使命

晋阳 著

作家出版社

目录

第一章　　　　· 001

第二章　　　　· 013

第三章　　　　· 025

第四章　　　　· 034

第五章　　　　· 046

第六章　　　　· 056

第七章　　　　· 065

第八章　　　　· 078

第九章　　　　· 086

第十章　　　　· 098

第十一章　　　· 112

第十二章	· 122
第十三章	· 131
第十四章	· 142
第十五章	· 152
第十六章	· 164
第十七章	· 174
第十八章	· 186
第十九章	· 196
第二十章	· 207
第二十一章	· 216
第二十二章	· 223

第一章

窗户上刚透出熹微的亮色，德治老汉就一骨碌爬起来。

已经折腾好些天了，这个家依然那么让人恋恋不舍。真的是穷家难舍啊，从爷爷那辈儿就传下来的油漆大躺柜还躺在地上，自己亲手打的五斗柜、大衣柜就更不用说了，免漆板依然发出淡淡的白光……德治老汉披挂好衣服，把这些柜子的门一一打开又合上，用布满老茧的手抚摸着那光滑如女人肌肤般的木质纹理，就像抚摸着自己的孩子一样，忍不住长叹了一口气。

来到昨晚打扫洁净的院子里，给小黑驴饮了水，添了草料，看这个牲灵扑棱着那两只大耳朵，一副整装待发的样子，孟德治老汉的眼睛湿润了，赶紧走出石碹门洞，向老屋后面的牛头峁走去。等他一口气爬上峁顶，火红的太阳已从山坳里跳了出来，灰蒙蒙的云雾渐次退去，一道道山梁一条条沟壑如同水波浪一样浮现出来……从这里望下去，夹在晋陕蒙大峡谷里的黄河宛如一条金黄的哈达漂浮着，黑茶山、管涔山、云中山、勾注山、笔架山、柔舟山无不尽收眼底，中间那一块广袤的大平原就像镶嵌在这群山中的一块翠绿的宝石，飘散着淡淡的山岚和薄雾。这牛头峁真的是一块风水宝地啊！不仅是一个高处云端的制高点，而且黄河这条天然哈达还围着山寨几乎兜了一整圈，说四面环水一点都不过分，只有在一年中最干旱的季节里才会和晋西北、蒙古高原连在一起，真不能不感佩咱开山之祖的眼光独到，而自己，很快就要把老祖宗留下的这一切永远抛弃了……德治老汉感到眼睛酸涩，忍不住又长长地叹了一口气。

在这牛头峁的制高点上，劈头就是一个乱坟场，里面荒草没胫，大小石碑横躺竖卧，更多的是没有立碑的大小封土堆，德治老汉从一个个坟头边走过，心里涌上无限的感慨和凄凉。他熟悉这里所有的一切，几乎能叫出五代以内先祖的一个个名字。最后，他来到了一个新坟头前，口里喃喃地叫着"青青、青青"，这是他老伴儿的小名儿。老伴去世六年了，逢年过节他都会上来看看，烧烧纸，摆点供。打今儿以后还能不能来尽这个心，他真的不知道了。他绕坟转一圈，忍不住又叹一口气，赶紧穿过坟场，来到了那个著名的古寨口。可以看出，这古寨其实就是一个大土围子，历经风雨的剥蚀，许多地方坍塌了，只有一个烽火台和一个石碹门洞还保存得较完整，门洞上依稀镌刻着一副楹联："山河百战成焦土，黎庶九死有遗孤。"曾有多少专家亲临考证，却始终不知道出自何人手笔。

牛头峁是一个偏远而孤独的小山村，当年最繁华的时候，也不过几十户人家。在人们的口口相传中，小山村被披上了一层神秘的面纱。有传说，这里是明朝总兵万世德建造的兵寨；也有传说，这里其实是北边少数民族的一个村寨，一直到大清朝才纳入到朝廷的版图；但德治老汉最愿意相信的是，它其实是大宋朝杨家将的一个据点。因为他姓孟，全村人都姓孟，当然娶来的媳妇不算，而穆桂英当年的手下大将就有一个孟良，他们铁定都是孟良的传人。只可惜小山村没有什么家谱，只有一张丈二高的"云谱"也在"文革"中烧掉了。乱坟场里那些石碑，最多只能追溯到大清乾隆年间，但所有这一切，都无法证明他们不能是孟良之后。这地方四面环水，尤像一块遗世独立的巨大石头，在一道道石缝里，稀疏点缀着一棵棵千年古松。全村人家一概石房、石洞、石门、石墙，从黄河边一直披挂到牛头崄，旁边是人们从石缝里开垦出来的一块块山地。可惜土地贫瘠，只够勉强糊口，人们最主要的收入是养羊。一开春河水退去，小山寨和内蒙古草原连成一片，牧羊人便把全村的羊一起赶到那片水草丰茂的草原上，一直到立冬时节再赶回来。这一进一出，多年来几乎是村里一个最盛大的节日，一大早全村男女老少都会聚拢到牛头崄，用充满期待而湿润的眼睛迎送着这生气勃勃的牧羊队伍，仿佛那一只只温驯的山羊里饱含着他们所有的梦想和期待……唉，随着时过境迁，这一切已经成为一道逝去的风景，再也无法看到了！

太阳已升得老高，从这里望下去，所有的房屋、窑洞已一片死寂，再也没有一丝丝生气了。作为全村的老村长，德治老汉当然清楚，这几年随着山下移民新村的蓬勃发展，村里一户户人家都陆续搬走了，打上个月起，他已经成了全村的最后一个钉子户。大儿子孟中华前些日子专门回来一趟，连哄带叫地威胁说，爹，你要再不下山，我就叫几个后生上来，五花大绑也一定要把你弄下去！其实德治老汉嘴头很硬，心里也很清楚，这个家这个村这个山寨他肯定是守不住了，胳膊扭不过大腿，何况像他现在已经是七十多岁的老腿老胳膊了，这个家他必须搬，而且愈快愈好，因为雨季一来，这里就真的成了一座孤岛，到时候他也许真的会困死在这老寨子里啊……一想到这些，德治老汉就气不打一处来，恨得牙痒痒的，真想扇孟中华几个响亮的耳刮子。所谓重土难迁，从大将孟良到现如今，少说也有一千年了吧，这地方再穷再孤独再偏远，也是他老孟家祖传的一份家业，你真的设身处地地想一想，要在如此荒凉边远的地方开创这份家业，该有多艰难多辛苦，哪怕一直没有路没有电也打不通手机电话，这毕竟是自己独一无二的家啊！只可恨两个儿子全不争气，一个刚成家就搬到了山下面的郭家滩，一个干脆当起了整村搬迁负责人，不仅不帮他老爹守护祖业，反而一天到晚胁迫着他带头搬迁，为此他和这个不孝子已经吵吵闹闹两三年了。昨晚这最后一夜，他几乎没合一下眼，想不到土埋到脖子的人了，还要流落到异地他乡，一个叫什么"五道口"的破地方去，老孟家这份千年祖业最终还是要毁在他手里了！有时他真的就想，自己还真不如从这山顶上一头扎下去，跳了黄河呢。

德治老汉落泪了，刚强了一辈子的他，此刻变得老泪纵横，白胡子乱抖，好在这里已空无一人了，除了小黑驴和天上的飞鸟地上的松鼠、野兔啥的，也再没有一个活物。这些天大儿子中华派来的搬迁队，已经把一切能搬的东西全搬走了，只剩下那些老柜子、大瓷缸之类的。他坚持要搬，却没有一个人听他的话，都说"五道口"的新家里一应俱全，而且一水的现代化，这些破旧玩意儿搬下去也没有地儿摆，气得他真想把这些愣后生也敲打一顿。

德治老汉又慢慢回到了自家院子，看小黑驴已经吃饱喝足，瞪着一双圆溜溜的大眼睛，前蹄不停地在地上蹭着，摆出一副跃跃欲行的架势。他终于咬咬牙下定了决心，把每一扇家门、窗户全都闭严、锁好，好像这只是一次短暂的出行，赶天黑就要回来的样子，终于背起挎包，牵着小黑驴晃晃悠悠地向山下而去……鹅卵石铺就的山路光滑而洁净，在小黑驴蹄下发出叮叮当当的声音，两旁的古松、板栗树上，不时有黑老鸦和喜鹊腾空而起，也不知这是喜兆还是凶信，一只凶险的"信狐子"在湛蓝的天穹下悠然滑行，两只巨大的翅膀张开来，就像一架老式轰炸机一般……德治老汉当过兵，也很喜欢军械武器，才突然会有这样奇怪的联想。不一会儿，已来到山腰的渡桥边。说是渡桥，其实就是一座独木小桥，这是牛头峁通往处界的唯一通道，他停下脚步，扭头回望了好一会儿，才一抬腿跨上毛驴背，沿着木桥那头的一条乡村土路向山下而去……

其实，从牛头峁到山下的郭家滩，直线距离并不遥远，天气晴朗的时候，甚至可以看到郭家滩那一幢幢白瓷砖黄琉璃瓦的小二楼，以及不远处黄河河心的太子洲，但是要一步步走下去，少说也有十多里的盘山路，而且这条路自打他记事时就是这么个样子。山下的乡村道路这些年来变化真大，从上世纪八十年代的定点扶贫，到前些年的"村村通"工程，再到这几年的"乡村振兴计划"和"脱贫摘帽"，周围大大小小的村子，像他们这样的千年土路已经再也见不着了。为了硬化这条路，村委会几乎年年都打报告，他也不知道找了多少次乡镇政府。乡镇上算来算去，连说你们村人口越来越少，投资太大不划算，苦笑着不停地摇头叹气。经济账当然要算，但要知道在上世纪整个八十年代，小小的牛头峁可是全国响当当的"小流域治理"先进典型——不仅是典型，而且是首创者，发明人，这可是水利水电部表彰命名的，上过当年的《人民日报》，他老德治当年披红挂彩，在人民大会堂领的奖，大红奖杯至今还摆在县政府档案馆里，当年他领奖回来，沿路的地委书记、县委书记都到火车站迎接，他还到好多好多大村庄做过报告呢！

才眨眨眼的工夫，一晃三十多年过去了，人说好汉不提当年勇，如今老德治真的是老啰，曾经名噪一时的牛头峁也完全失去了昔日的风采，再也没有人搭理了！正如老话儿里说的，三十年河东三十年河西，周围许多不如牛头峁的破村子，这些年竟一个比一个富得流油。像对面山沟沟儿里的铁匠铺村，就因为村屁股下面全是煤，在"有水快流"的政策指导下，一度就成了全国出名的"小康村"，前来参观的小车也曾经络绎不绝。再比如马上就到的郭家滩，过去多少年里都名声不好，"陈家营的先生铁匠铺的炭，郭家滩的女人不用看"，除了女人一个赛一个水灵，其他的能有什么啊，就这女人漂亮更不长脸了，"不吃白葱吃红葱，郭家滩的女人裤带松，二斤粮票就钻被窝，临走还送你一包红果果"，"不钻被窝你歇歇脚，尝尝老娘的小樱桃"，这顺口溜打老德治记事起就挂在人们口头上了，可是进入二十一世纪，这个地处黄河岸边的古渡口一夜之间就突然变得大红大紫，几年时间不仅人口激增，而且撤乡并镇，乡政府也从下游的杨家湾搬到这里，建起了像模像样的"郭家滩镇"，在昔日狭窄的旧街道边，一排排一幢幢洋气的小二楼横空出世，整个一副暴发户的蛮横模样。因地势窄小，急于扩张的人们开始向沟底不断萎缩的黄河水道挤压，过去离河心里的太子洲少说也有五六里，现在不断地推土掩地，都快要连成一片了……可是谁又能想到，这才又过了不到十几年，"郭家滩镇撤销，陈家营乡撤销"，一下子又突然冒出个莫名其妙的"五道口村"来！

一路上，德治老汉骑着小黑驴，不停地胡思乱想，脑子里不时地闪过各种各样的画面，几十年的往事，就像过电影一般。这就是人生，这就是生活，看不惯，学着干。有什么办法呢，奋斗了一辈子，倔强了一辈子，最终还不是与生活完全妥协，已经古稀之年的人了，还不是照样背井离乡，到"五道口村"那么个鬼地方去"安度晚年"？这四个字是大儿子孟中华说的，多轻松的啊！人生地不熟的，你老子安度得了吗？

前面是一个岔道口。已经到山脚下了，真是年纪不饶人，生活了一辈子的老地方，怎么竟然有点眼生起来？德治老汉拉住缰绳，不由得怔了一下。向右边拐，原来是到郭家滩的大道，如今突然被挖断了，还堆了一个大土堆。这时他才想起来，不仅牛头峁，现在连郭家滩这样的大集镇，这次也被列入搬迁范围，看样子也已经不存在了。是啊，孟中华那天说得很坚决，不仅郭家滩，这次是真正的五村合并，还包括了太子洲和铁匠铺两个村。本来这次下山，德治老汉还想顺道看看太子洲的刘拴舟老汉，年轻时他们都是同时期的村干部，在郭家滩歇歇脚吃个午饭，也和那不争气的小儿子孟中原好好地谈一谈，现在看来，这小子大概也已经搬到"五道口"去了。想到这里，德治老汉更感到心烦意乱，打清早就没吃饭，肚子也不失时机地咕咕叫起来。他先是瞅一眼已升至当空的日头，咽一口唾沫，清清开始冒烟的喉咙，狠狠抽小黑驴一鞭，不情愿地扭头向左手的大道奔去。

在晋西北的支离破碎和千沟万壑间，这里是一块难得一见的平整高原，西面是一道道舒缓的黄土山梁，中间一条迤逦而下的季节河，就是著名的桑干河上游，从河边到梁顶，一层一层全是开垦的梯田。时当盛夏，正是一年中雨水丰茂的季节，在这层层叠叠的梯田里，金黄的油菜花，浅绿的燕麦，绿油油的山药蛋，还有泛着湛蓝光泽的胡麻地，一层层、一垄垄、一块块，比水彩画还要好看。对于这里的一切，德治老汉再熟悉不过了，除了短暂的两年当兵生涯，他一辈子没离开过黄土高坡。这里地广人稀，沟壑纵横，据说是地球上水土流失最严重的一块土地。一年一场风，从春刮到冬，只有在这个短暂的季节里，才会袒露出她的美丽和温柔，让人充满温暖的希望，就像一个女人最美丽的那个年龄……

到了，终于到了，眼前出现了一片密集的房屋。这地方本来就是一片乱石滩、荒地，只有靠里面的陈家营，才是一个真正有点名气的大村子，怎么突然之间，竟会冒出这样一大片的房舍、村寨来？简直就如同海市蜃楼一般。老德治忍不住拉紧缰绳，惊奇地张大了嘴巴，几乎无法相信自己的眼睛了。怎么可能，怎么会这样，才短短几年时间啊。记得三年前他去县城看病，还从这条路上走过，根本没有看到过一砖一瓦啊，只是听当时还在县水利局工作的儿子孟中华说，好像要搞什么移民搬迁了，领导们跟他谈话了，让他到陈家营挂职当什么工作队长。为了这个，德治老汉还把他这个儿子大骂了一顿，说这完全是被人排挤，他这一辈子算是完了！如今才不过三年嘛，这里竟然会冒出一个如此巨大的一个新村子来？而远远望去，昔日名头挺大的陈家营，反而再也没有一丝的风采了……德治老汉从驴背上跳下来，牵着小黑驴一边走一边看，只感到一排排整洁敞亮的新房子几乎望不到边，街道也是那样平整，一律的水泥路，干干净净儿乎和大城市没什么区别。不时有人嬉笑着从身边走过，也好像和过去变了个样子，穿戴得也似乎更加齐整，有种过年走亲戚的那种架势，只是没有一个熟人，一张张面孔都是陌生的，难道这就是今后几年自己要长期生活、养老送终的地方了？德治老汉说不出高兴还是悲哀，只是感到无比惊奇，他也不管自己那个新"家"究竟在什么地方，也懒得问人，只是一条街道一条街道地走下去，直到一个拎着脸盆的女人突然惊喜地拦住了他。

"啊，这不是他爷吗？我们都等你一整天了，你怎么现在才来啊？"

德治老汉斜睨了一眼，一下子怔住了，却一句话也不说，低下头继续往前走去。

"他爷你走反了，咱家在对过的西四排呢。"

女人扬着胳膊，急切地叫起来。

这一下，德治老汉不再倔了，只好乖乖地跟在这女人身后，扭头又走了回来。不一会儿，他已经被乱七八糟的一大伙人围拢起来，终于找到了自己的新"家"。在一片喧闹声中，他觉得自己的眼睛耳朵都不够用了，傻子似的跟在大伙儿身后，把新家的每一个房间都看了一遍。要不是终于又看到了从牛头峁搬下来的那些衣裳被褥盆盆罐罐，他真的无法把眼前的一切和自己联系在一起。对于这个所谓的"新家"，他现在既说不上讨厌也说不上喜欢，只是感到挺宽敞，挺大，到处明晃晃的，刺得人眼睛生疼，有一种说不上来的疏离感。对于跑前跑后的这一伙人，他就更感到陌生了，除了二儿媳妇郭小雨，他一个人的名字也叫不出来，只觉得有些人挺眼熟的，却无法断定他们究竟是从牛头峁搬下来的老户，还是来自其他地方的新人。一夜之间，他突然觉得自己老了许多，多少年来的自信、倔强和干练劲都不知道哪去了。这伙人说什么，他一概应着，做什么也一概照猫画虎，像个三岁的娃娃一般。即使对领他回来的郭小雨，他也感到有什么地方不对劲，好像换了一个人似的。直到在大伙儿的簇拥下，吃了在新家的第一顿饭，又放了一大串鞭炮，许多人终于慢慢散去，他依然感到头昏脑涨，只想赶紧在床上躺一躺了。

郭小雨还是挺机灵的，似乎一下子就看穿了老公公的心思，连说带笑地把屋里的人全打发走了。"他爷，你休息一会儿，有什么需要的，你就喊一声啊！"说完转身便掩上了门。

终于安静下来了。

折腾了大半天，德治老汉也感到全身疲乏，只想直瘫瘫地睡上一觉了。

只可惜怎么样也睡不着，在木板床上翻来覆去好一会儿，他只好又爬起来，点上一支烟，望着窄小的院子发起呆来。

是啊，如果和他原来的家比一比，其他不说，这院子的确是太狭小了，小到都不够小黑驴来回蹦跶哩，怪不得大儿子和搬家队的人都一再地劝他，让他把小黑驴也卖了。现在，看着小黑驴在院子的一角安静地卧着，大概也累得够呛，他实在感到一阵内疚，也有一种异样的感觉，好像这从山上带下来的唯一生灵，真就是他的一个朋友甚至亲人，是他的唯一伙伴，只有他们俩才会相依为命，任别人怎么着都不能分开了。

郭小雨还在院子里忙着。对于自己的这个小儿媳妇，德治老汉一向就没有多少好感。一个农村女人，啥时候打扮得都与众不同，你看看现在那个样子，紧身的半截裤，紧身的露肩背心，全身上下一身黑，倒显得白胳膊白腿反而更惹眼了。要想俏，一身皂。刚才只顾着忙乱了，现在隔着玻璃看过去，他才感到这一身的俏爽，实在是有点出格啊。当年二儿子孟中原高中毕业，连个中专也没有考上，他就动员儿子去当兵，心想他在部队锻炼几年，入个党回牛头峁接了班，就像当年自己走的路子一样，也是满满的一碗饭。况且这牛头峁真的是不能后继无人啊。他们是独家村，在儿子这一辈儿里，眼瞅着也没有几个有出息的人了。这不是他偏心眼，想搞什么封建世袭，实在是交不了手，他才弄得个三十年一贯制，当了一辈子的支部书记兼村长啊。这些年来，他倒是一直留意着培养人才，开始他挺想把印把子交给大儿子中华，可惜人家看不上，早早就考上中专走了。后来，村里的年轻人越来越少，虽然再也没有考上什么正经学校，但一个个都逐渐地离开了山寨，到城里打工去了，不管在城里面混得好不好，反正说什么也不回老家来。就像二儿子孟中原，当了两年义务兵，好像就突然变了一个人，说什么也不肯在牛头峁待下去了。为此，不知道和他吵了多少架。一天，这小子突然告诉德治老汉，他要做上门女婿，在山下的郭家滩安家了，气得德治老汉当时差点没背过气去。

真是丢人现眼啊！他孟德治，当年也是响当当的一条汉子，在方圆十里八村，谁不知道受过水利部表彰的孟德治啊！没想到刚强了一辈子，儿子居然要做招女婿，入赘，这比刮他两耳光还让人难耐哩。

可是儿子也说了，如今的年轻人都往大地方奔，留在这地老天荒的牛头峁，永远没有什么前途，甚至连老婆也娶不上，要打一辈子光棍呢。"这三不管的鬼地方，路不通，电不通，手机也不通，简直是鸟不拉屎的地方，你让我在这里待一辈子，这不是要你儿子的命吗？"

孟德治当即无话可说了，平生第一次违心办事，默认了孟中原的这个选择。但他还是气不打一处来，坚持没有给这个小儿子办婚事，只补贴了五千块现金。从此这父子俩便在心里结下了疙瘩,除了八月十五、过大年,这二儿二媳妇一年也不回牛头峁一次来。再后来,他听说郭家滩撤乡建镇,一天赛一天地发达起来,风言风语的都说是开起了什么"歌厅"一条街,而且第一家"歌厅"就是二儿子和儿媳妇开的。他问什么叫"歌厅",说话的人总是吞吞吐吐,他却很快面红耳赤,再也听不下去了——什么"小姐",什么"一小时五十块","一站一条龙,任凭客人挑",这不就是旧社会的妓院吗?德治老汉越想越生气,连死的心都有了,真想一头扎到黄河里死去算了。

如今一晃又过了十几年,这个妖精一样的儿媳妇也快四十岁了吧。隔着玻璃望出去,德治老汉却莫名其妙地总感觉,她那全身上下窈窕又丰满的骚劲儿,依然有种令人不安的气息。而且也挺奇怪的,一下午了,这女人总是进进出出,手里时时总拎着个脸盆,一会儿洗把脸,一会儿又刷刷牙,好像总是不停地洗涮自己,这难道是良家妇人居家过日子的样子吗?德治老汉觉得心头又开始发堵,只好拉拉毛巾被蒙上了头。

在睡梦中,德治老汉恍恍惚惚又回到了牛头峁,可惜独木桥被黄河淹了,他怎么也上不了山,这时大儿子孟中华和媳妇杜丽琴来了,他问孙子成成呢,两个人都不答话。再过一会儿,二儿子孟中原和媳妇郭小雨也来了,同样地,也不见孙女琪琪,这次他没再问,只是又想,怎么也不见女儿孟中丽?是啊,这个女儿自从出嫁就很少再见面了,也不知她过得怎么样啊……忽然,有人大叫起来,惊得他猛地睁开眼,就见小小的院子里忽地挤满了人,见他一骨碌下了地,郭小雨就急急慌慌走进来,定定地看着他说:

"他爷你……没事吧?"

"怎么了,我能有什么事?"

"没事就好,没事就好,快吓死我了……"

"吓什么……院里怎么这么多人?"

"是这样的,他爷,他大伯中华他……"

"中华怎么了?他怎么到现在还不过来?!"德治老汉立刻打断了儿媳的话。

"中华大伯病了……"

"病了?怎么会病了呢?"

"是……也可能是被人打了,晕倒了……"

"啊?!"

德治老汉感到自己头晕眼花,不由得大叫一声,也一下栽倒在地了。

第二章

大团大团的白云,如同棉絮一般,弥漫了整个天际。自己的身子轻飘飘的,好像也化成了白云一朵,融化在这无边的温柔里,伴随着微微的轻风,自由自在地飘浮着。俯看下面的整个世界,昔日苍凉的千沟万壑也逐渐融合在一起,变成了翠绿翠绿的一片……自打记事起,这才是最惬意最慵懒最闲适的一刻,一抹阳光温煦地亲吻着脸颊,就这样永远飘下去,在暖暖的睡意中不再醒来……

旁边有人惊喜地说着什么,有什么东西从他的脸颊划过。

孟中华觉得自己正一点一点捡拾失去的记忆,一点一点从高高的云端坠落,只是全身上下瘫瘫的,一丝力气也没有,甚至连眨一下眼皮也不可能,他只好在心里默念着喃喃着,努力俯视茫茫云层下的一切……

这就是著名的黄土高坡。每次出差,每次坐飞机,他都会久久地趴在窗户上,被眼前的一幕深深地刺痛。不论从麦浪滚滚的华北平原,还是崇山大漠的西北地区,抑或从阡陌纵横的成都盆地,出发后一路飞呀飞,满眼都是碧绿青翠的,但只要一飞临这块土地,一片一片些许的绿色贴在这片支离破碎的土地上。也难怪有一次陪亚洲银行的官员参观,那个英国人张口就说:这里是不适合人类生存的地方。可是眼前的这一幕,却真的让他感动落泪了,不论是海螺般矗立在黄河边上的老家牛头峁,还是山下边的郭家滩、夹在山旮旯里的铁匠铺,一直到陈家营这一带,完完全全是绿色的海洋,浅绿、葱绿、翠绿、墨绿连成一片,完全融化出一个从未见过的绿色世界……这不是梦,这是他打小就有的理想,这是他正在描绘的一幅画卷,他觉得自己就像伟大的画家梵高那样,正挥动一支顶天立地的巨笔,把所有的绿色一股脑儿全抹到了这片土地的千沟万壑、支支岔岔里。想想三年来,为了这样一个梦想,他几乎没有睡过一个安稳觉,有时深更半夜突然想起一个问题,也会立刻坐起来,一直冥思苦想到天明……

现在,总算有个结果了,不管铁匠铺、郭家滩、太子洲还是家乡牛头峁,已经正式成为历史,对了,还有陈家营也消失了,新的移民村叫"五道口",这名字还是他亲自起的,不论啥时候一想起来都令人特别骄傲,我孟中华再也不是过去的那个龟缩在县水利局的小干事了,实践证明,只要是一滴水,就能够反射出太阳的光芒,给我一点阳光,我就会还你一片灿烂,干完这件大事,我也许真该好好地休息一下了……

这些年来,牛头峁几十户人家,他还算是第一个正规中专毕业吃上公家饭的人哩。在他小的时候,村里还勉强维持着一所小学校,这些年人们走的走搬的搬,连这所小学校都不存在了。尽管老父亲那样顽固,一直坚守着这个老孟家的旧窠,其实孟中华心里明白,如果像这样下去,老孟家就真的要在知识经济时代被历史完全抛弃了。那时候上初中,牛头峁的娃娃也必须到山下的郭家滩去上学。从山下到山上,来回十八华里,十几岁的娃娃们每天都要走上这么一趟,不管春夏秋冬、风霜雨雪,几乎没有人受得了这个苦,从初一到初三,上学的总是愈来愈少,多少年来他自己是坚持下来的唯一一个。那时的他也只有十五六岁,每次走到仁福园,那个传说埋了许多死难者的地方,看着黄土崖上一孔孔如魔窟一样的废弃窑洞,他就不由得感到头皮发麻,总是提心吊胆一路小跑着走过那段路……一直到踏上摇摇晃晃的独木桥,看到牛头峁上那一个残破的门洞,怦怦的心才会平复下来……

想到这里,他的眼前突然浮现出一个靓丽的身影,就像大团大团的白云里突然出现的一道彩虹,在他前面放出五彩斑斓的炫目光芒……然后是咯咯的笑声,那样清脆那样迷人……是的,她就是这样,一天到晚地笑着,一笑就显出那个很大很大的酒窝。在初中班二十多名同学中,她是最单纯又最可爱的一个,打入学第一天起,自己就注意到了她的存在。他知道,她叫郭彩彩,家就在郭家滩村口的位置,每天上学下学,他都会从她家门口路过。有时来得早了,他会默默地盯着她家那土打垒的院墙好一会儿,那儿总是画满了巨大的白色圆圈,他知道那是用来吓唬狼的,那时候狼真多,在从学校到牛头峁的路上,每年他几乎都会看到一双蓝幽幽的眼睛在不远处闪烁……那时他手里总是挥舞着一柄长钢叉,并学着老爹教给他的办法,大声呼喊着,把地上的石子打得乱飞……一直到初中毕业,他都没有和郭彩彩正经说过几句话,两人总是时常默然地对一下眼神。在全班,他们俩总是第一、第二名,这使他们俩有一种无需言传的亲密感。毕业那天晚上,他背起书包准备回家,在学校门口一直磨蹭了好半天,他知道从今以后就再也不会轻易到郭家滩来了。忽然,一个靓丽的身影居然从校门后闪了出来。天色尚明,他们俩平行着往外走,中间隔了足有两米远。

"你上高中还是考中专?"他大着胆子问。

"我家穷,还是考中专实惠。你呢?"

"我家更穷，也一样。"

"那……中考的时候我们一起去县城吧……"

"好，一言为定，我要借一辆摩托，专门来接你……"

说着话，很快走到了僻静无人的地方，他们俩之间的距离便越缩越短，很快变成肩并肩，在轻轻的手臂相蹭中，也不记得到底是谁先主动的，反正两只手轻轻地握在了一起，火辣辣的，但两双眼睛依旧警惕地看着前方，谁也不看对方一眼。一直走到她家大门口，也没有遇到一个人，两个人似乎都在呼呼地喘着粗气，不知道下一步到底该干什么。直到她家的大门忽地响了一下，他才像受惊的小兔子一样从那个倩丽而滚烫的身子边走开，头也不回踏上了回牛头峁的山路……

孟中华觉得，有冰冷的东西从眼角滑过，他拼命挣扎着，忽地一下睁开了眼。

"啊，中华醒了！中华他醒了！"一个女人的声音惊喜地叫了起来。

他努力张开眼睛，寻找着声音传过来的地方，终于看到了妻子杜丽琴那一张瘦削的脸和金丝眼镜后面疲惫又欣喜的眼神。杜丽琴一边说，一边用手指抹去他眼角的泪滴，激动得似乎都有点手足无措了。

孟中华想说话，干裂的嘴唇哆嗦着，却发不出声音来。

杜丽琴把耳朵附到他嘴边听了一会儿，似乎就明白了他说的意思，连忙又附在他耳边轻轻地说："今儿是第三天，你知道吗？你已经昏迷三天了。"

说着话，又摘下眼镜自个儿抹起泪来。

"三天？昏迷……这是什么地方？"

孟中华依旧无声地嘴唇哆嗦着，无声地喃喃着。

这时，周围又很快围上了许多人。一下子，孟中华都有点分不清这一张张面孔了，也听不清他们在叽里咕噜说着什么。但是他很快便明白了，这是一家医院，应该是医院的干部病房吧。这几年县医院盖起了新大楼，干部病房据说在全省都是一流水平，他还是第一次享受这待遇啊……但是，他怎么也想不起来，从小到大不吃药不打针，身子铁塔一般的自己怎么会突然昏迷，怎么会住进医院了？他努力挣扎着，想抬起双手，却感到双臂沉重如铁，又很快被人们按住了。这时他才注意到，自己鼻子上还插着什么管子，手上也插着管子，几个穿白大褂的医生护士正进进出出的，脸上也都是一派欢欣，似乎都为他的突然醒来惊喜不已，又围着他不住地忙乱起来。他觉得自己很无奈，完全是一只待宰的羔羊，任由这一伙人去折腾，只好把眼睛闭上，继续默想刚才的那一幕……

但是很可惜，一切很快就过去了，刚才还那么清晰的杂沓影像，突然间又变得模糊不清断断续续的，再也续接不起来了。

从水利学校毕业分配到县水利局，一晃二十多年过去，从当初的人人羡慕到如今的人到中年，生活似乎渐渐步入了一潭死水，再也荡不起一丝涟漪了。上有老下有小，每天两点一线在办公室和家之间刻板地摇来摆去，昔日的许多同学、同事，这个提拔了，那个调走了，只有自己似乎注定要在水利局大楼一层拐角处的一个阴暗房间里，和众多同样的老干事一起终老，当年在学校时曾有的豪情万丈早已化作青烟一缕……最让他心里不平衡的是，当年分配的时候，杜丽琴还只是水利局的一个打字员，有人介绍和他结婚，他还颇费了一番踟躇，要不是考虑到她老父亲好歹是水利局的副局长，他还真有点瞧不上这个黑干消瘦的女人呢。谁知道这些年，老丈人的官越做越大，一直做到了县长助理、副县长，杜丽琴也水涨船高，恰好又没有入党，大字不识几个，居然出任了县社科联副主席……随着位置的逐渐变化，孟中华在家里的地位也开始一落千丈，每天一下班就窝在家里，洗衣做饭接送孩子，几乎变成了一个标准的家庭妇男……日子就这样一天天消逝着，直到三年前的一个下午，才突然掀起一个巨浪，几乎把一切都打翻了……

那是早春二月的一个下午，寒风料峭，他正想早点下班去逛逛菜市场，突然接到通知，让他立刻去县委开会。主持会议的是新上任的县委书记，进会场的时候，他已经晚了一步，只好在众目睽睽中寻找着自己的位置，费了好大劲才坐下来。

"……这一次，我们要举全县之力，不，甚至是全省全市之力，用三至五年的时间，集中消灭所有一百人以下的山庄窝铺和自然村，使全县的行政村规模一举压缩50%，彻底改变我们这一集中连片穷困地区几千年来地广人稀、一个县比东部发达地区一个乡还小很多的自然经济格局……对了，按照省市领导的说法，我们就是要断臂求生，先并村，再撤乡，最后并县，哪怕消灭一半的县也在所不惜，这叫作先拆庙，再减和尚，实行自我革命。这样大刀阔斧地一增一减，什么机构臃肿、人浮于事、官僚主义不作为，长期积累的一切问题都会迎刃而解……"

他当时真的以为，这不过是一次例行的会议，就像过去的许多会议一样，即使讲得再慷慨激越，也不一定能落到实处，说了就等于做了。按照安排，他是从水利局抽调的下乡工作队人员，还是驻陈家营村的副队长。队长姓田，是从县委组织部抽调的，同时还兼任着乡党委副书记。另外两个队员，一个叫曹寿眉，人称老眉，是县委史志办的老干事，已经五六十的人了，长得高大气派，大背头，说起话来一套一套的，显然比他更有领导派头；另一个是个女老师，师范毕业刚参加工作，名叫白琳，人称小白鸽。就靠着这几个人，没想到三年来，他们真的是用尽了所有的心血和汗水，眼瞅着五道口新村横空出世，如同一个呱呱坠地的婴儿一天天地长大，那份欣喜，那份幸福，是没有任何东西可以比拟的。自从毕业步入社会二十多年，他第一次感到心情舒畅，只要一踏上规划、建设中的五道口新村的土地，似乎每一块砖瓦石头都向他露出微微的笑意……

虽然老父亲压根就不同意，父子俩一见面就吵翻了天，牛头峁的村民还是不顾老村长的阻拦，一户接一户搬下来了，前些日子他回村和老父亲恳切地谈了一晚上，终于逼着老父亲也答应下山，不再固守他那个像孤堡一般的旧家了。太子洲本来就是个独家村，这些年来只剩下郭彩彩一户人家。他亲自上门，和郭彩彩谈了话，郭彩彩就很痛快地答应下来，后来成为五道口新村第一个入住的大家庭。公公婆婆和她家男人刘大柱早死了，却一溜儿有三个女儿，分别叫芸芸、婷婷和娜娜，一个赛一个漂亮，真不知道这上帝是怎么安排的。还是真应了那句老话：郭家滩的女人不用看，一个一个赛天仙。刘大柱是太子洲的土著，郭彩彩却是根红苗正的郭家滩的血脉，错不了的。剩下两个大村子，一个郭家滩一个铁匠铺，也很快全签了协议，赶今年入冬就全搬迁了，但他真没想到，就在自己最高兴的这个时候，铁匠铺还会有人跳出来兴风作浪啊……

就是在老父亲搬家下山的那个中午，他忙乱一上午全身都瘫软了，头痛欲裂，刚在办公室吃了点白琳做的蛋炒面，正待要躺下歇歇，老眉就气喘吁吁地跑进来说："主任，不好啦，出大事了！""什么大事？""铁匠铺村的几十号人，要搬回旧村里去，把回铁匠铺的那条公路也给堵了……""怎么会这样，怎么会这样？！"孟中华边说边扔下碗筷，转身就往屋外跑。走了几步，又转回身，抓起来桌上的烟，点一支猛抽几口，嘱咐曹寿眉道："老眉头，你赶紧去开车，咱们马上去一趟！"

下乡工作队是没有公车的，他们进出坐的都是曹寿眉的私家桑塔纳2000，老眉头一听又说让他开自家车，眉头就皱得死紧，一边埋怨油费报不了，这样下来干一年他还得倒贴几千块钱，一边已把那辆破车发动起来。等摇摇晃晃地出了村，才又扭头看着他说："我说主任，你这是要去哪儿啊？"

"当然是堵路现场，那条路牵连着金城煤炭集团的几个大矿，路断了，还不要出大事遭人命啊？"

"那……要不要多叫几个人？"

"人多有什么用，这又不是打架赌人手。老眉你说说，凭我现在的人气，还不至于疏不通这么个疙瘩吧？"

"那是那是，不是我说，主任您现在的威信啊，那是杠杠的，任谁也比不了的！在咱们五道口新村吹口气，小狗也吓得直哆嗦……我的意思是说，这种事是不是让他们村干部出面比较好？"

"这个嘛……"他当时不由得沉吟了一下，"我还正想问你哩，你说说，在这个关键时候，我们正筹备选举呢，铁匠铺人就出面闹这么一出，是不是有什么更深远的目的啊，幕后黑手是谁？"

"是谁，还不是明摆着的？"曹寿眉不正面回答，只比画了一个躺着的手势，嘿嘿地笑个不停。

看曹寿眉这个样子，他当时也笑起来，又点上一支烟，一边抽一边剧烈地咳嗽着，眼前便浮现出了一张苍白的充满病态的大方脸来。

铁匠铺村就隐藏在对面大山的深处，盘山公路沿着一条深沟蜿蜒而进，大概是运煤车太多的缘故，这公路坑坑洼洼，颠簸不断，又撒满了煤粉，车一过便荡起老大的粉尘，隔着玻璃都呛得人喘不上气来。老眉头一边开一边抱怨，不一会儿就看到了堵在路上的大小车辆，他们只好停下来，步行往里面走。除了一辆路过的外地车，故意堵路的都是铁匠铺的。有小四轮，农用三轮，也有大卡，看来，这一次铁匠铺人倒是很齐心啊，全村能动的车大概都开出来了，大多是空车，也有少数车上还拉着些破旧家具。厮混了整整三年，村里这些人虽然有的还叫不上名儿，但几乎没一个不面熟，也没一个不认识他和老眉的。看到他们俩一副急急慌慌的样子，大家都从驾驶室里探出头来，也有的站在路边，连忙过来和他们俩打着招呼。孟中华边走边问："高十周呢，他来了没有？""高十周没来，高加辛总来了吧，还有什么大虎、二虎、憨虎什么的，都统统给我叫过来！"然后他和老眉走到堵车点，在一块大石头上站住，看到人们逐渐地聚拢过来，刚要喊话，一个黑眉黑眼五大三粗的中年人便气喘吁吁地赶了过来，摆出一副嬉皮笑脸的样子：

"孟主任、曹主任，你们找我啊？"

看他这样一副讨厌相，孟中华就气不打一处来，脸一沉说："好小子哇，高加辛，你现在吃了豹子胆了，居然敢带头阻拦县级交通干线，不知道这是违法行为？"

"看看孟主任你说哪里话，我哪有那个胆子啊，我只是开车路过，都不知道这究竟怎么回事……"

"别耍贫嘴，也别和我说废话了，你以为我是瞎子啊，高十周没来，铁匠铺除了你还能有谁？你就在这拦着别走，县刑警队马上就到，这回我一定要给你找个吃公家饭的地方。"

"什么什么？孟主任你……"高加辛一听，脸都吓白了不少，转身欲走，又被老眉给拉住了，只好低下头，偷偷地直瞅他的脸色。

他当时故意不理睬这小子，只看着慢慢围上来的人们大声说："大家知道吗，这叫破坏公共交通罪，寻衅滋事罪，还有聚众闹事，反正罪名多啦，不过对大多数人我们是宽大为怀的，只有领头人、组织者才会被严厉惩处！希望大家一定要听村委会的话，听党和政府的安排，不要上个别居心不良的小人的当啊……"

人群里一阵骚动，有的赶紧摆出事不关己的样子，有的不自觉地在向后面挪着步子。刚刚还吵吵嚷嚷的，很快便寂静下来，大家你看看我，我看看你，最后都把目光齐聚在低头不语的高加辛身上，只有太阳火辣辣地照耀着，一张张黑黝黝的脸上都淌着层层臭汗。

高加辛忽然不服气地抬起头来："叫我说，咱们都是普通老百姓，不懂得这法那法这规定那规定的，但是，自打搬到五道口以来，我们铁匠铺的人损失太大了。现在，国家的地质灾害补助款马上就要下来了，既然在新村我们领不到，我们还是回老村里去吧，反正这笔款我们是一定要领到的，大家说对不对？"

经他这么一咋呼，大伙儿的情绪又被调动起来，七嘴八舌乱说一气，只是吵吵嚷嚷的什么也听不清。孟中华当下心里明白，怪不得呢，立刻凶狠地瞪这小子一眼，大声喊了起来：

"大家不要听某些人别有用心的蛊惑挑拨，这笔款还只是有一个意向，并没有真正到位。在这里我要向大家郑重承诺，筹委会一定会听从大家的意见，绝不会杀富济贫，也不会搞全村大投票，还是我们原来制定的政策，原开支渠道不变，受益群体不变，大家的利益会得到保证的，而且只会增加不会减少，请大家一定要相信党委政府，相信我孟中华……"

也不知道究竟是他的讲话起到了作用，还是天气太热，太阳太毒，加上这些人闹了大半天，眼瞅着半后晌了中午饭还没有吃，都开始慢慢地有了退意。高加辛不知接了个什么电话，也赶紧讨好地过来，眨巴着眼对孟中华和曹寿眉说："两位主任，要不我……先走一步？"

孟中华故意盯着老眉说："你看呢？"

曹寿眉故意显出很不安的样子："这个……恐怕不太好吧，别人都能走，加辛恐怕不行，不然刑警队来了，我们怎么交代？"

说完，却松开抓着高加辛的手，把孟中华拉到一辆大车后面，他俩开始点燃了香烟，嘀嘀咕咕说起了悄悄话，干脆不搭理高加辛他们了。

因为堵的时间太长，从这里望过去，对面来的大卡车一辆顶着一辆，都是载重六十吨到八十吨的超重运煤车，看到堵路的村民们依旧在这里吵吵嚷嚷，这些大车司机都有点儿忍无可忍，纷纷围上来诉说着，谩骂着，很快，金城集团煤矿的几个领导也步走着赶了过来。孟中华只好向这些人做着解释，等回头看去，不知何时高加辛已跑得没影儿了……他的脸上立刻浮上了微微的笑意，和曹寿眉相视不语，拉着这几个矿领导来到一棵大树下坐着又凶凶地抽起烟来。

不一会儿，一队队的交警也赶来了，挤成一块的车辆开始慢慢松动，逐渐地疏散开来。近三年来，像今儿这样集体上访、闹事、围堵的事真的是太多了。孟中华已经见惯不怪，处理起来也从容得多了。农民们都是讲究实际的，你只要把道理讲清楚，保证他们的合理利益，大多数人都会通情达理地自觉和你站在一起……但是，今儿这一幕还是让他有点儿意外，因为正像他刚刚讲的，这个资源补偿的事真还是一点儿影儿没有，怎么就会这么多人出头闹腾开了？老眉说得不错，这里面肯定有高人指使，而且一定另有目的，醉翁之意不在酒啊……他当时这样想着，眼前不由得又浮现出了那么一张蜡黄而病态的大方脸，还有茶色眼镜后面一双深不可测的眼睛……这个人真的不可小觑，而且也是最让他头痛的，除了心机缜密、深不可测，要知道这个人还是他名义上的妹夫啊……

等到车辆开走，道路疏通，和几个煤矿领导也握手告别了，一头钻进闷热如蒸笼的破桑塔纳2000里，孟中华忽然感到剧烈的头痛，他摆摆手刚让老眉停住车，又哇哇地大吐起来，中午吃的蛋炒饭竟然喷得满车厢都是……其间，他记得好像还接了一个电话，是弟媳妇郭小雨打来的，说是老爸终于下山来了，让他马上回去。他当时已经口齿不清了，只喃喃地说自己病了，呕吐不止，头痛得厉害，郭小雨一听，就坚决让老眉接电话，手机里立刻响起了一个熟悉又陌生的尖利女声:"曹主任,你听我说,赶紧去县医院吧,我闺女可是学过医的,她现在就在身边,刚才听你们这么说,好像不是一般的感冒、中暑,一定要高度重视啊……"再后来,他便什么也不知道了。

此刻,他忽然觉得这个陌生又熟悉的声音好像又响了起来:

"……是啊是啊,当时我闺女就觉得不太对劲,中暑感冒怎么会那样吐啊,喷射性呕吐,这是典型的脑病变症状,也多亏抢救及时……"

妻子杜丽琴打断她的话说:"哎呀,真的要好好谢谢你,看来还是多学点医好啊。刚才医生也说了,脑桥出血这是十分危险的,要是再迟来一会儿,不用多,耽搁上一个多小时,后果就很难说了。"

"不是我说,这三年,孟主任也真是累坏了,这一下,正该好好休息休息了。我说好好养养病,好了也不要出院,起码住上他一年半载。现在的人们都说了:其他一切都是别人的,只有健康才是自己的。没有健康,其他一切都等于零……"

孟中华听着听着,不由得吓了一跳,这不是太子洲的郭彩彩吗,她怎么会在这里呀,他的心不禁怦怦地跳起来,眼前又浮现出晕眩的白云、彩虹……

果然,不等郭彩彩再说什么,妻子杜丽琴已口气冷淡地说:"你这话算说着了,这一次就是他想出院我也不让他出了,反正是公费医疗,住上三年五年的都无所谓……谢谢你的好意,让他安静一会儿好不好啊?"怎么会这样,要住三年五载,还不如让我死在医院里呢……他努力张大嘴巴,眼睛也突然睁得好大,似乎把周围的人都吓了一跳。只见妻子附在他嘴边又听了一气,才又淡淡地说:

"听不清楚,声音小得像蚊子一样,大概是口渴了吧。"

孟中华还想再吼叫几声,却感到一点儿力气也没有了,心里感到无尽的悲伤,有冷冰冰的泪从眼角渗了出来,酸酸的。

第三章

　　这是陈家营老村外面的一块空地，从这里望下去，新村、老村尽收眼底，蜿蜒的桑干河，开阔的河谷地，中间一条三级公路，以及从旁边山崖间横穿而过的高速公路和高速铁路，把这一块土地交织成古老又新兴、苍凉又炙热的奇异画卷……这是建筑在高地中央的一间四面玻璃窗落地的大房子，足有百十平米，房子里摆着宽大的老板桌，一张造型奇特的双人床，还有一把高档轮椅。床边有好些奇怪的按钮，也不知道有什么用处。此时，大床上正躺着一个臃肿的身躯，硕大的头颅，长长的如女人般的头发，映衬出一张惨白的略带浮肿的大方脸，一副大方框茶色眼镜后面，一双眼睛忧郁而冷漠又深不可测，此时他的眼神正穿过前面的落地大玻璃窗，落在前面不知什么地方。

　　屋子的空气好像凝固了，除了粗声粗气的呼吸声，没有一丝声音。

　　这个躺着的开始摇动双臂，在空中挥舞了几下，又按了一下床头的按钮。

　　清脆的铃声忽地响起，划破了屋子的宁静，走廊里传来"咚咚"的脚步声，一个高大壮硕的黑脸大汉走进来，在大床旁恭敬地弯下腰：

"总经理,有什么吩咐?"

床上那张脸却一丝表情也没有,好像一具僵尸。

黑壮汉子轻手轻脚退到老板台边,在一把摇椅上坐下。俄尔又似乎回过味来,从旁边的饮水机上接了一杯水,搁到大方脸的床头。然后又按着另一个按钮,大床便慢慢倾斜起来,呈四十五度的样子。大方脸自己端起水杯,慢慢喝了几口,忽然用一种尖利的奇特嗓音说:

"憨虎啊,高加辛现在在什么地方?"

被称为憨虎的黑壮汉子重新站直身子,声音低沉地答道:"一直联系不上,手机还没有信号。"

"我看铁匠铺那条公路车来车往,好像已经通了?"

"是的,应该是通了。前头通过一次电话,加辛村长说,孟主任、曹主任他们都过去疏通……"

不等他说完,大方脸鼻子哼了一下:"孟主任,孟中华,我这大兄弟好啊!"吓得憨虎立刻闭了嘴。

"再给高加辛打电话,让他来见我!"

"好好好……"

"他手机没信号,你不会打给别人?"

"是是是……"

"关键要快!立刻、马上、就!"

"是……立刻马上就!"

憨虎连声应着,开始掏出手机乱拨一气。

一直过了很长时间,走廊里又响起了杂沓的脚步声,门开了,先露出高加辛那一张窄长脸,然后他向外摆了摆手,让跟随的人们都等着,自己轻手轻脚走进来,低眉顺眼地看着床上的大方脸:

"总经理,手机没电了,知道你着急。本来堵得死死的,矿上的头儿也很快赶来了,我正要再吊吊他们,再慢慢和他们谈价钱,谁知道孟主任、老曹他们突然来了,而且你不知道他们那阵势,一讲话好多人都害怕,有人先开车溜了——最主要的是,他们已经通知刑警队,要给我们都定罪呢,什么破坏公共交通,寻衅滋事,敲诈勒索,啊呀呀,一大堆的罪名……"

"这一诈,就把你吓破胆了?"大方脸冷笑起来。

高加辛连忙把腰弯得更低,声音也有点发抖:"不是我们吓破了胆,主要是大家伙儿都吓坏了,不听我的,我一个人实在拦不住……"

大方脸没有再说话,只把一只惨白的手挥了一下,高加辛便赶紧闭上了嘴。

一旁的高憨虎赶紧把他拉到旁边,又给他倒了一杯水,他便急切地喝起来。

躺在床上的大方脸就是高十周。铁匠铺也是个一姓村,除了近几年从更远的深山里搬下来的杂姓,全村都是高家的后代。这个村也不过百十口人,在一条大沟深处的山梁上,散布着一孔孔石碹窑洞。全村几乎没有一块平地,仅有的几百亩梁地就像一块块破抹布,披挂在一道道山梁上。据说村里有一个懒汉,自己干脆不种地,每逢到秋收的时候,他就专门到沟底里蹲守着。因为这里的田地全都是窄窄的一小条,有的陡得连毛驴都站不住,人们到地里刨土豆,滚下沟里的比收了的还要多。没几天秋收下来,躲在沟里的懒汉,捡的土豆竟超过了正儿八经的种田人。好在天无绝人之路,在这里的沟沟岔岔里,却到处是出露的煤层,有的煤层不仅埋藏浅,而且煤质极好,全都是泛着亮光的大块无烟优质白煤。所以,自古以来铁匠铺的人都不以种地为要,只要刨个坡坡挖个窝窝,饿不死就行,要想娶上媳妇盖上房,小日子过得滋润一点,只有在这老天爷的馈赠上做文章……只要一走进条条山沟里,就会惊奇地发现这里到处都是大大小小的黑窟窿,有的土窑洞比较浅,也有的十分深长,想来这开采的年头够长了……到了上世纪九十年代，在"有水快流"的政策指引下，这里更是全村男女老少齐上阵，大大小小的黑口子开了有几十处，更有许多头脑灵活的人，不满足于自家土法开采，出去"招商引资"，招来了越来越多的外地人，一时间多少年默默无闻的铁匠铺名满天下，轰动一时，成了全国著名的小康村、致富村，很快把八十年代的水土流失治理先进典型——牛头峁给比了下去，一条狭窄的土沟里大小车辆川流不息，说话的口音天南海北，一些衣着光鲜、袒胸露肉的女人也不时在高高矮矮的石碹窑洞和彩钢工房里说笑嬉闹、进进出出，如同翩翩飞舞的一群群的花蝴蝶一般……

那时，村里闹腾得最厉害的要数高乃仁了。这个农民出身的土专家独具慧眼，从村委会承包下了当时资源最好的一处小煤矿，又外出招揽投资，很快形成了年产几十万吨的空前规模。此后，村委会和村民都心热眼红，因承包合同的有效性问题和高乃仁打起了官司。经历了六个年头，三级法院的十二次判决，高乃仁最终完胜，夺回了所有的权益，真正成了资产上亿元的民营企业家，还一度被选为全国工商联副主席……

高十周就是在这个时候，成为帮助高乃仁打官司的重要智囊的。

高十周头脑灵活，聪明好学，从小就是一堆孩子里足智多谋、喜欢出谋划策的头儿。高中毕业后，就跟着高乃仁打天下混江湖，认识了周边十里八村各式各样人物。德治老汉的小女儿孟中丽，当时正在县宾馆当服务员，高十周跟着高乃仁进进出出常住宾馆，竟很快勾住了小姑娘的魂儿。消息传到村里，当时德治老汉并不太同意，因为他对铁匠铺村的人一向缺乏好感，总觉得那地方净出脾气暴躁的愣头青，文文雅雅的中丽进入这样的人家，难保不受欺负。然而等见了面，又觉得这个叫高十周的年轻人彬彬有礼，说话做事滴水不漏，倒像是一个做大事的料儿，而且女儿已经铁了心，一再声言不让她嫁此人就要跳黄河，老德治就一口答应了这门亲事了。

真是世事难料，谁承想才几年光景，盛极一时的高乃仁很快风光不再。先是煤炭资源整合，他的煤矿被国有资本收购，后来又查出他吸毒，私藏枪支，还多次到澳门赌博，好像还涉及什么黑社会，不仅坐了大牢，而且很快在牢里死掉了。高十周就更可悲了，那时他在铁匠铺村一帮青年中第一个买了辆超酷的摩托，十几万的进口货，小青年们几乎羡煞了，一有时间就借出去兜风。时间长了高十周不乐意了，又不能不借，头脑灵活的他就动起了歪脑筋，自己不用的时候就把闸卸开，说是摩托坏了。有一次他自己出门办事，一着急竟忘了这一点，结果一出村就连车带人栽到桑干河里了……经过好一番治疗，命倒是捡回来了，只可惜从胸椎以下全部瘫痪，失去了知觉……那时，他和中丽结婚三年，还没有小孩，谁知道孟中丽怎么想的，尽管父母哥哥嫂嫂都反复规劝，让她趁着年轻，赶紧离婚走人，她却一天到晚只是个哭，脑子好像都哭傻了，至今还是名义上的合法夫妻，只是一个在村里，一个在城里，谁也闹不清楚究竟算怎么一回事儿。有时村里人没事闲聊天，便都说德治老汉家的几个孩子，都和他爹是一个德性，死倔头，一根筋，全是扛着牛头不会换肩肩的家伙！

不过话说回来，尽管身子瘫痪了，高十周的脑子却似乎更灵活了，这十来年躺在床上，却一刻也没有闲着，而且生意做得风生水起，让多少四肢健全的人都羡慕不已。先是在陈家营村外的公路边建起个洗煤厂，这玻璃房就是为监视洗煤厂的一举一动而建造的。后来，又成立了什么"仁义发展有限公司"，涉及房地产、拆迁、出租、典当、小额贷款等诸多行业，加上高乃仁死掉了，铁匠铺村的一拨儿人，尤其是一伙同年仿岁的小伙子，全都围绕在他的周围，俨然成了全村里的龙头老大。至于名义上的村长高加辛，人们都说充其量只能算是高十周豢养的一条狗。加上高十周为人仗义，乐善好施，说话办事干脆利落，说一不二，张口闭口"立刻马上就"，在移民新村"五道口"的威信也与日俱增，他自己也愈益深藏不露，一天到晚沉着个脸，连最贴身的高憨虎都有点儿摸不透这个神秘人物了。

太阳逐渐西斜，屋里的光线已暗了下来，三个大男人都呼哧呼哧地喘着粗气，却谁也不说话，空气好像都凝固了，让人有种窒息的感觉。高加辛愤愤地说："这件事绝不能就这样完了，否则，我们在新村里就永远抬不起头了。"

"可是你清楚，孟主任毕竟是我的大舅兄，我不能与他为难。"

"这个我知道。不过孟主任再怎么也是外来干部，是工作队队长，人家很快就走了，治理五道口还需要咱们高家人啊。"

高憨虎也说："总经理，我觉得你应该动员动员他，让孟主任使点劲儿，他走以后把这担子交给你啊。"

"交给我？"高十周那张大方脸忽然惨笑一下，"你觉得有可能吗？我现在已是桃花源中人，不问秦汉，何论魏晋啊……"

"总经理，你不能这样！就这几个村，什么郭茂、陈仁美、陈仁名之类的，哪一个能和你比啊，他们连小拇指头都算不上……"高加辛赶紧抢过话头，露出一脸谄媚的浅笑。

高十周忍不住又惨然一笑，心里却说，他妈的，把我当傻子啊，我来挑担子，还不是你们得实惠？但他不能不承认，这两个家伙说的也不是没有一点道理。扶贫工作队总是要走的，治理五道口还得靠咱铁匠铺的人，所谓当仁不让，与其让那郭茂、陈仁美之类的家伙出马，还不如自己亲自出面，展活一天算一天。但是，和他们这些头脑简单四肢发达的人，有些话永远不能说，只好嘿嘿地笑笑，指　指旁边的轮椅，让两人把他扶到椅子上坐好了。

手机忽然响了起来，高憨虎接了一声，然后捂着听筒轻声说："总经理，郭家滩的郭茂说，想上来见见你……"

030

真是说曹操曹操到，高十周脸上不由得浮出神秘莫测的一丝浅笑，轻轻地挥了一下手。

不一会儿，在一名小后生的引领下，一个全身名牌、敦敦实实的中年汉子走了进来，一看到高十周，哈哈大笑不已，赶紧上前拉住他的手，一边摇晃一边说："十周老弟，高总经理，几天没见面，你的气色可是越来越好了。白白胖胖，简直就像一个养在深闺的小媳妇大姑娘啊……"

说罢，他又兀自笑了一气，才发现屋里的空气挺沉闷的，其他几个人脸上都没有一丝笑意，才尴尬地咳了几声，看看这个那个，最后又充满疑惑地盯着高十周的眼睛——只可怜隔着茶色眼镜，什么也看不清，让他心里直犯嘀咕：怎么这么紧张，是不是出什么事儿了？

高十周不接话茬儿，只幽幽地笑一下说："你有什么事，总不会只是来看我，说这么几句淡话吧？"

郭茂嘿嘿地笑个不停，连说我就是来看望你的嘛，弟兄们一日不见如隔三秋啊……又兀自笑了一气，才淡淡地说："当然，也有一个小事情。长话短说吧，我想最近摆个酒，请你一定要赏光出席一下。"

"摆酒？有什么好事情？"

"没有没有，这不……郭家滩也快从地球上消失了，我那鸿运大酒楼也只好关门大吉了，这就算是吃最后一顿，做个念头吧。"

"说得轻巧……"高十周惨白的大方脸毫无表情，只不住地转着眼珠子，"仅仅是为了这个？"

"当然，正好老弟兄们一起聚聚……我听说，你家老岳父也从牛头峁搬下来了，我们都成了一个村的人了，就算是庆祝老先生乔迁之喜，让老先生乐和乐和吧……"

"原来这样……我就说你是属凤凰的，无宝处不落，怎么平白无故会舍得破费啊！只是这个酒席我实在无法奉陪，这个你知道的，那老爷子本不待见我，我去了不是平白添堵吗？"

"那那……如果你老弟不能赏光，那一定要派个代表什么的，比如恳请高加辛高村长出席一下，要知道你可是代表铁匠铺百十号父老乡亲嘛。"说着话，扭头又和高加辛、高憨虎他们握一下手，高加辛脸上便闪过一丝得意的微笑，只是偷觑躺在床上的高十周一眼，又赶紧收敛了。

"这个可以考虑，只要高加辛愿意。不过我很好奇，除了这几个人，你还请了些什么人，比方说……陈家营一方……"

听高十周这样说，郭茂就知道他又在动什么鬼心思了，不管何时何地为了什么事情，只要和这个老瘫子在一起，你就必须多加十二倍的小心，这大概是郭茂与这家伙相处数十年最真切的体会了。他于是又哈哈地笑着说："兄弟说的极是，不过我只是有这么个想法，具体的正要向兄弟请教呢，你说说，陈家营那一方，咱到底是请好还是不请好呢？"

谁知道他刚说完，高十周却突然生气起来，立刻换一种口吻，冷冷地说："这话就扯淡了，你请客是你自己的事，请谁不请谁和我高某人有尿的关系啊？加辛、憨虎，送客！"

几句话，饿得郭茂直翻白眼，想发作又无法发作，只好暗自咬咬牙，头也不回地走了出去，心想，不管怎么说，残疾人毕竟是不正常的，心理变态，精神也残疾了，咱们走着瞧，他妈的，老子全腿全胳膊，还怕你个瘫子不成？一边想一边毫不理会高加辛、高憨虎两个人在身后的招呼，飞快地跨上了一辆路虎车，车后扬起一片尘土。

望着郭茂那一副气急败坏的样子，高十周皮笑肉不笑地嘿嘿着，直到高加辛、高憨虎送客回来，有点不知所措地看着他，才挥一下手说："没想到吧？对他这种人，就不能太客套了，他以为我是谁啊！！"

"那是那是……"高加辛依旧不太明白,只好嗫嚅着说,"这个人毕竟是郭家滩的一霸,今后在一个村了,抬头不见低头见,还是小心一点的好。"

高十周十分鄙夷地说:"扯淡,我就不信这个邪!就他那点花花肠子,我还看不透啊!什么乔迁之喜,什么老兄弟聚聚,他这是要挑衅这五个村,要当这五道口的头儿,骑在咱们头上拉屎啊!"

"那……我也不去吃饭了,谁稀罕啊,那个鸿运酒楼早就该塌伙了!"

"不,你还是要去的。有什么情况,立刻马上就向我报告。"

"是是,总经理!"高加辛故意大声地应着,用力拍一下胸脯。

看着他这个滑稽的样子,高十周满意地笑起来,又扭头嘱咐高憨虎:"开车去吧,咱们进县城里一趟……"

"现在吗?"

"立刻马上就!"

不一会儿,一辆高大宽敞的悍马越野车已停到院子里,高加辛和高憨虎一左一右护驾,把高十周连同那辆特制的轮椅一起在悍马车上安顿好,高憨虎便一头钻进了驾驶室。只有高加辛退到一旁,轻轻挥着双手,等悍马车在村边一路扬尘消失了,才抹抹头上的汗,唾了一口黏稠的唾沫。

第四章

正是黄昏时分，一轮红日显得特别大特别圆，把半个天空都映得一片火红。看兆头，今儿肯定是个好日子。郭茂的心情也格外欢畅，早早地就来到自家酒楼，指挥着一拨儿临时叫回来的服务员忙碌着。好说歹说，今晚这个饭总算吃得成了，只是比预定的日子推迟了十几天。这也难怪，这些日子村里出了好些个事，要聚一下真的是不容易啊。起先是铁匠铺的人堵路闹事，紧接着是老孟家父子先后都病倒了，听说孟中华至今还在医院里躺着呢。再后来陈家营的人又嫌弃叫这个不叫那个，郭彩彩也几次登门找不到人，真不知道这些人都在忙什么呢。好多村里人就是这个德性，要叫他出血请客，那这辈子也指望不上，你好心好意请他吧，他两个肩肩担着个嘴，还挑三拣四的，臭毛病一大堆。好在现如今的生活真是天翻地覆，就算蜗居在地老天荒的山旮旯里，只要你有钱，就什么也不用愁，一切都是现成的，等最后敲定日子，只用了不到两天的工夫，一顿南北风味、中西合璧的大餐也就基本齐备了，此刻，郭茂一副踌躇满志的样子，在宽敞的大厅里踱着步。

郭茂是地地道道的郭家滩人，生于兹长于兹，这里有他所有的光荣和梦想，他怎么也没有想到，年近半百了，有朝一日还会亲自抛弃这里的一切，流落到那个叫什么"五道口"的鬼地方去。自从消息传下来，他一天安稳觉也没有睡过，别说现在这点儿补偿连塞牙缝都不够，即使给再多的钱，他也不情愿离开这里。就说现在这个鸿运酒楼，自从开工兴建到如今七八年的时间，曾经接待过多少高官显贵、巨富大款，有几个包间就是特供县、乡领导专用的，他郭茂的事业也从此走上鸿运，成了远近闻名的民营企业家、致富带头人，还一直当着郭家滩的村长、支部书记，一直到前年搬迁开始，他才赶紧辞了职。他知道，一开始拆迁就没好日子了，他可不想当什么末代皇帝，只想乘机多要点赔偿才是正理。

郭家滩，自古就是黄河边上的一个渡口，河中间又横亘着一个太子洲，摆渡的人，还可以在洲上歇歇脚。不知从何时开始，摆渡的事就让太子洲的住户给垄断了，成了代代相传的一个祖业。这太子洲足有半平方公里，上面密密麻麻长满了柿子，村中间还开垦着一片农田，每到夏天还稻花飘香，俨然是一派江南风貌。在传说中，西汉初年宫廷内乱，太子刘恒曾随母亲薄太后避乱于此，故名。不过说来也怪，这些年来郭家滩的人变来变去，太子洲永远只有刘姓人家，到后来只剩下刘拴舟一户，老两口打鱼摆渡一辈子，抚养着一对儿女，儿子刘大柱，女儿刘小美，兄妹俩年龄相差七八岁，而且让人称奇的是，小美长得亭亭玉立，仿佛一个江南美女，大柱却黑干消瘦，头发稀疏，站在一起，没有一个人相信两个是一母同胞，可见造化弄人，真是变化万千。

这是一片鸡鸣三省的神奇土地，只要一跨过黄河，下边是陕西榆林地区，上边就是内蒙古的鄂尔多斯高原。那里虽然植被稀少，到处是裸露的黄土沙丘，即使水草丰茂的盛夏时节，也是一派让人沮丧的黄褐色，人走上去浮土能坩到膝盖深，但是进入新世纪，却在这层薄薄的土层下，挖出了一个令人震惊的世界级大煤矿，埋藏之浅，矿床之优简直让人无法相信。一时间，从榆林到沙圪垯，再到大柳塔、康巴什，全部变成了人来车往、机械轰鸣的大工地，成了创造财富最快、最令人垂涎的一个地方……郭家滩，就是在这个时候，开始了它短暂的黄金时代。

不过仅仅十几年，许多事情的细节都已经淹没到历史的尘埃之中。回想起来，居然任谁也说不清，究竟是出自谁的主意，自古以来贫困、凋敝、寂寂无闻的郭家滩，几乎一夜之间冒出了数也数不清的歌厅、洗浴中心、洗头房、足疗店来。有说是孟中原和他老婆郭小雨，也有说是一个四川女人，还有的说是几个东北小姐，反正说来说去，孟中原两口子肯定是始作俑者之一。郭茂的父亲是郭家滩的赤贫户，五十年代就当过贫协会主任。后来几上几下，一会儿是"革委会"主任，一会儿是支部书记，一会儿又是治保主任、民兵连长，别看级别不高，实实在在是全村为数不多的"当权派"。郭茂一开始也不知道，其貌不扬的老爹究竟有什么高明之处，总觉得这事儿似乎挺神秘的，他们家好像注定就是来管理这个穷村子的。后来涉世渐深，自己也当了村干部，才慢慢解开了其中的奥秘。

自打记事起，每到过年前夕，郭茂的父亲都要不远万里到大城市里走一趟，临走时准备上好半天，什么老南瓜，什么金州小米，什么太子滩的稻谷，每一样都只一小袋，回来的时候却会换回来好些个城里的吃吃喝喝、洋玩意儿，其中最让郭茂难忘的就是那大白兔奶糖了。他会一粒一粒保存起来，一直保存到外面的糖纸再也剥不下来，他会连包装一起吞到肚子里。后来到了九十年代的一天，在一大伙县乡干部的簇拥下，一个须眉皆白的胖老头来到村里，还在他家里吃了一顿饭，郭茂才知道，原来这老头当年在郭家滩一带打过游击抗过日，是一个令人钦佩的大人物。这老头子本是陈家营人，但让老头子印象最深的，却是在他们家石碥窑洞里待过的那两年啦。这次故地重游，老头子发出倡议，要在郭家滩筹建一座希望小学。为此，陈家营的一伙人还多次上访，坚决要求把这所希望小学建到他们村里，不然，他们老陈家就再也不认老头子这个本家了。可恨老头子根本不为所动，依然固执己见，并不到一年光景就把新学校建立起来，气得陈家营人干瞪眼没话说。等又过若干年，郭茂自己也当了村干部，他对这其中的许多奥秘才有了更深刻的理解。

郭家滩的女人不用看，最好看的其实就是郭彩彩。等上初中的时候，郭彩彩成了他们每个男孩见面必提的一个话题。只可惜郭茂比彩彩高一届，学习成绩也不太好，彩彩见了他总是爱理不理的，似乎从来不把他放在眼里。不过，郭茂心里一直很自信，不管怎样，自己也是老村长家娃娃，咱不上大学不进城，就在本乡地面上混，不信你这个小白鸽能飞到哪里去。谁知道世事无常，几年之后，自己居然和太子洲的小美女刘小美结了婚。

郭茂一直到现在也不清楚，人的心理究竟是怎么回事儿。如果以常人的眼光看，小美也许一点儿也不比郭彩彩逊色，有许多镇上的干部甚至开玩笑说，郭彩彩充其量只能算是一棵水灵灵的大白菜，刘小美才像玉兰花那样清幽迷人……然而在郭茂的眼里，刘小美再美也只是一个人，而郭彩彩才是一尊神，是他心目中永难忘怀的唯一女神。时间长了，他和刘小美便经常磕磕碰碰，几乎到了三天一小吵五天一大吵的地步。然而他怎么也没想到，在这段生活灰暗的日子里，当时郭家滩镇的一把手陈守忠，却莫名其妙对他格外垂青，不仅发展他入党，还在预备期间就让他当了村长，而且在换届的时候好一番力荐，最后把他推到了全村一把手的位置……

那时，正值郭家滩发生巨变的时候。有了这个乡镇一把手的鼎力相助，郭茂也扑下身子，没日没夜地干了起来。几年下来，破败的郭家滩已翻天覆地、焕然一新，所有的古旧建筑几乎都拆除、重建了，狭窄的石板路变成了宽敞的柏油马路，新的村镇也从半山腰一直向黄河岸边延伸，最让郭茂得意的是，在他的一声令下，新的建筑更加整齐划一，更加洋气、有派，一概是二层小洋楼，外墙白瓷砖，屋顶黄色琉璃瓦，看着就让人眉开眼笑，有一种现代化的大派头……当然，那条最繁华的街上，一大半都成了他们家的房产，特别是这座鸿运酒楼，又高达五层，特别有一种高拔出世、鹤立鸡群的优越和自豪……孟中原和他老婆郭小雨，也就是在这个时候开起了本地第一家歌厅——百老汇，房子还是租的他郭茂的。

忽然，院子里响起了尖利的喇叭声，一辆辆汽车驶了进来。客人到了，郭茂立刻拍拍头，从回忆中清醒过来，赶紧满脸堆笑迎了出去。

最先到达的原来是陈仁美、陈仁财两个。郭茂与这两个人都不熟，立刻走上前彬彬有礼地逐一握手，一边小心端详着。

说是同姓同族的弟兄俩，其实两个人长得南辕北辙，比洋山药和土豆的差距还要大。陈仁美看起来年纪不小了，颀长消瘦的身躯，窄长脸上一双眼睛炯炯有神，一看就是个饱经风霜又老辣世故之人。早听说他家祖上是陈家营的首富大地主大商人，老父亲在土改的时候就被斗死了，其叔叔早年参加了八路军，是死是活已杳无音信，陈仁美本人当了一辈子的"五类分子"，早年娶下的老婆也在"文革"中离异了，但后来收养的一个儿子，这些年倒是出乎其类拔乎其萃，听说当着一个什么股份公司的总经理，陈仁美从此背也不驼了，耳朵也不背了，张口闭口就是一句话：俺们建国说了……至于又矮又胖的陈仁财，一看就是个又蠢又笨的家伙，而且他和陈仁美也只能说五百年前是一家，八竿子也打不着的关系，陈仁美的亲弟兄叫作陈仁名，是个出名的老光棍，陈家营著名的"陈半仙"。但这个八竿子打不着的同族小弟陈仁财，别看只有四十多岁，也没念过儿天书，可是这些年竟然也莫名其妙地就发达起来，听说正嚷嚷着要在县城新建一座高档宾馆呢，使郭茂也不能不刮目相看。这次吃饭，到底叫不叫这两个人，郭茂颇费了一番脑筋，最后还是下决心宁愿对方不赏脸，咱不能不走礼，郑重地下了请柬。看他们一副兴高采烈的样子，来得又这么早，郭茂也极为高兴，一边寒暄，一边把二人让到大厅里，招呼服务员又点烟又奉茶的，弄得陈仁美都有点儿手足无措，陈仁财却依旧一副目中无人的样子，挺着大肚子在地上走来走去，好像一头笨重的棕熊。

客人陆陆续续都到齐了，有太子洲的郭彩彩，还有铁匠铺的高加辛和两个黑脸大汉，不用问，自然是那几虎之一。传说中，铁匠铺一向有五只虎，大虎、二虎、憨虎和高二六、高加辛两个属虎的，是高十周名副其实的"五虎上将"。最后姗姗来迟的自然是主角孟德治老汉，是郭茂专门派车接过来的。在司机的搀扶下，老头子一进门，就立刻注意到坐在沙发里的小儿子孟中原和儿媳郭小雨，脸色一沉，转身就往外面走。好在郭茂和几个手下眼疾手快，不由分说已把老头子架住，紧接着大家一哄而上，连拉带扶簇拥着把老头子按到了大圆桌正中的一把太师椅子上。

等大家互相客套着一起落座，白酒红酒全斟满了，郭茂便端出主人翁的架势，高擎着酒杯站起来大声说：

"各位乡亲、各位新朋老友，你大爷，今儿难得给我郭某人赏脸，我郭某人真是感到蓬荜生辉，三生有幸啊！你大爷，咱是一个粗人，斗大的字没认下一箩筐，一激动也咬文嚼字起来。特别是咱们牛头峁的孟德治老爷子真你大爷，能亲自吃这个饭，真是太给我脸子了。过去，咱们都是相隔十里八里的乡里乡亲，从今往后，就都是五道口村人，是地地道道的一家人了。今儿嘛，我郭某人在自己家里摆这个酒，一个呢就是为孟老太爷祝贺乔迁之喜，另一个嘛就是让乡亲们互相熟悉熟悉，过去在座的有的认识，有的不认识，今后在一个村里生活，见了面再说不认识，就太那个了……还有一个嘛，也算是在郭某人这小酒楼里纪念，虽然还不至于是最后一顿饭，但也一定是吃一顿少一顿，我这鸿运酒楼开了十年整，也真到了关门大吉的时候……真的是你大爷……"

郭茂这个人说话，特别是激动起来，张口闭口你大爷你大爷的，有人说那是敬辞，即你是父亲的意思，也有的说是粗话，我是你大爷的简称，也许两者兼而有之，全看当时的情形和具体的表情了。此刻说到这儿，郭茂感到自己眼圈都红了，一个大老爷们儿的声音都有点儿哽咽了，赶紧招呼大家都端起酒杯，自己一仰脖子先喝了个底朝天。

这酒杯其实就是平素喝水的玻璃杯，一杯子下去就足有三四两，大家一看郭茂这么邪乎，一上席就来真格的了，就不由得都有点儿自输胆子，连忙大声陪说赔笑，却只抿了一小口，就悄悄放下了杯子。

按照本地方的规矩，主人一定要连干三杯的。今儿郭茂显然是豁出去了，既毫不谦让，也不管别人怎么喝，自个儿咕咚地喝起来。看这架势，大家都有点儿发怔了，德治老汉也连忙按住酒杯，关心地说：

"大侄儿，你可不能这样毁身子啊，酒醉伤身，这可不是闹着玩的。"

郭茂显然已经有点酒劲上头，一边招呼大家吃菜，一边粗声粗气地说："大爷你放心，我郭茂这辈子，讲的就是个义气，咱这地方人们说得好，钱是个纸纸，酒是个水水，只要人对脾气，命还是个啥啊！今儿大家兄弟姐妹们都能来捧场，给我郭茂天大的面子，我是真高兴啊，来来来，你大爷别拦着，我做侄儿的再敬你一杯！祝你老人家，福如东海，寿比南山，新家新气象，再活五百年！"说罢，他又一推椅子忽地站起来，双手擎着酒杯，向德治老汉深鞠一躬，又一仰脖子喝了个一干二净。

他的几个部下脸都吓白了，赶紧上前扶着郭茂坐下。

菜很快在大圆桌上堆成了山。今儿郭茂显然出了血本的，这桌饭既有本地的炖羊肉、黑肉烩菜、烧土豆、野鸡炖蘑菇和莜面栲栳栳，也有从南方空运过来的大闸蟹、鳕鱼、鲈鱼和东北风味的葱烧海参、大烩菜，真的是土洋结合、南北合璧，别有一番特别的风味。在郭茂的一番渲染下，德治老汉似乎也有点儿激动起来，等喝得差不多了，也忽地站起身说：

"今儿难得郭村长这么高兴，看得起我这把老骨头，我也说几句吧。我看了一圈儿，除了我们自己家的，大家的年龄也都不大，和我比起来都是小一辈儿的了。过去呀，咱们这几个村，离得也都不远，大家邻村上下的，不说见过也听说过。特别像陈家营，是有名的大村子，中原他老娘家就是陈家营的，我过去每一次进城还会路过村里看看的。现在嘛托党的好政策，咱们都搬到一起了，成了一村人了，这是做梦也没有想到过的。过去讲老实话，我是最反对这个政策的，在整个八十年代，我们牛头峁可是全国出名的先进典型，进过人民大会堂的，现在倒好，说搬迁就搬迁，好好的千年古寨子，在我老汉手上就没了，我能心里高兴吗？可是这些日子，自从搬下来，我看着新房子的确是不错的，大家相处得也挺和气，也就没什么好生气的了，今后也希望大家能够和和睦睦，安安稳稳，把咱们这个新村子建设好……现在，我提个议，咱们大家都敬一下郭村长这老侄儿吧。"

话音刚落，一直沉默不语的孟中原连忙站起身："爹，这个酒我替你喝了吧。"

德治老汉白了他一眼，又看看旁边的儿媳郭小雨，忽的一下，居然也喝了个底朝天。

一看这七十多岁的老汉都喝干了，在座的也不好意思藏着掖着，都纷纷端起了酒杯，咕嘟咕嘟喝起来。在这烈性酒精的刺激下，屋里的空气很快变得燥热而欢快，每个人的情绪都高昂起来，敬的敬，劝的劝，说笑声不断，高家两兄弟已开始一对一猜拳行令，连郭彩彩这个年过半百的女人也满面通红，拉着郭小雨挨着个儿敬开了酒。这女人显然是酒场老手了，长得眉清目秀，落落大方，有一种与年龄不相称的妖媚劲儿，在酒精的刺激下，两颊绯红，两个大酒窝显得更加俏丽诱人，一路敬酒又一路咯咯地笑着，把满桌的男人们一个个哄得眉开眼笑，喝得昏天黑地，热腾腾的气浪似乎要把整座酒楼都浮了起来……

"郭彩彩，唱一个吧！"不知道谁大声吆喝着。

"好好好，唱一个，唱一个！"众人应和着。

"郭彩彩唱完郭小雨唱，今儿就看你们两姐妹了。"

尽管郭小雨已扭捏地退到了一旁，郭彩彩却已咯咯大笑着唱起来。只一张口，满屋的说笑都戛然而止，仿佛一道清冽冽的泉水突然从天而降，从每一个火辣涨红的脸颊上涌过，大家都不自觉地打了个激灵，整个身心都融化在这轻柔又热烈的旋律中……

> 对把把的那个圪梁梁上那是一个谁，
> 那就是我那要命的二小妹妹，
> 哥哥我在那圪梁梁上妹妹你在那沟，
> 说不上那个话儿来咱们摆一摆手，
> ……

"好哇，好……"

"郭小雨，来一个，郭小雨，来一个……"

大家齐声高喊，又哗哗地拍着手掌。

虽然有点儿腼腆，又当着老公公和丈夫的面，郭小雨毕竟是开过歌厅的女老板，见过大世面的，不仅落落大方地唱起来，而且一张口就完全是另一副情意，仿佛把大家带到了异国他乡：

亭亭白桦，悠悠碧空，微微南来风，
木兰花开山岗上，北国之春天，北国之春已来临。
城里不知季节变换，不知季节已变换，
妈妈犹在寄来包裹，送来寒衣御严冬，
……

在这块荒凉的土地上，几乎人人都是天生的歌手，千百年流传下来的民歌，浸润在每个人的灵魂里，成为苦难人生的一部分。你想想，在那样开阔又那样荒凉的土地劳作，满目全是沟壑纵横的黄土高坡，有时连天空也被染成一片灰黄，即使在盛夏也难得见到些许绿色，更不用说成片的森林、草木了……就在这样几近绝望的疲惫中，突然看到对面的山梁上，一个小媳妇、大妹妹穿着花花绿绿的衣裳走过，那种欣喜与振奋，真的不啻于在戈壁沙漠里终于看到了一片绿洲一眼甘泉，任谁都会张开双臂兴奋地唱起来跳起来……

一曲歌罢，大伙儿还没有回过神来，脸上无不笼罩着一层忧郁的神情。郭茂觉得时机到了，赶紧站起来挥舞着手臂说：

"你大爷，各位各位，你大爷今儿心里高兴，我突然想到一件十分要紧的事情，讲出来向各位老少爷们儿请教。你大爷，现在咱们就都算是五道口村人了，但是到现在为止，我们这个新村还没有一个正式的领导班子呢。你大爷，这几年多亏了孟主任、曹主任他们。但是，他们实际上是一个筹备委员会，而且人家都是城里头来的大干部，人家帮我们搬迁、建设可以，要长期留在这地方是不可能的，要治理好这个五道口村，还得要靠咱五个老村的原班人马啊。我文化不高，这是不是就叫港人治港，澳人治澳？在座的，绝大多数都是原村里的班子成员，或者当过村干部，或者是村里说话带响的，但是，我觉得，在咱们这一伙人里面，任谁也不能跟德治大叔比，人家是几十年一贯的老先进、老典型，威望、资历、能力、水平都摆在那儿的。你大爷，那可是杠杠的老革命啊！所以我提议，我们共推德治大叔出任我们五道口村的五道爷怎么样？"

听他这么一说，大伙儿的酒立刻醒了一半，德治老汉也很清醒，立刻摆摆手说："使不得使不得，我们牛头崞是小村小户，再说我都七老八十了，有那个心也没那个力了……"

不等他说完，郭茂立刻打断话说："哎呀，话可不能这么说，人和人不一样，甘宁七岁当宰相，姜太公七十岁还在渭河边钓鱼呢。看看你老叔这身体，这一口一杯的量，你大爷，这身体真是杠杠的，再干十年都没问题。大家说是不是啊？"一边说一边用眼盯着每个人。

一直沉默不语好像有什么心思的陈仁美，忽然按住小胖子陈仁财的肩，皮笑肉不笑地说："郭茂老弟说的这番话，我们陈家营的自然无不同意。不过在我看来，德治大爷年纪的确不小了，现在搞换届，好像都有一个年纪上的要求吧，如果德治大爷实在不想干，我们也就无法勉为其难。所以，依我之见，还是要有个备用人选才好，这就好比汽车要有备胎一样，我看郭茂就是难得的人选，是不可多得的人才啊！"

郭茂一听，立刻急得直摆手："啊，这可不行，这可不行，怎么话说来说去，突然就绕到我这头来了？"

陈仁美嘿嘿地笑着，沉着脸一直喝闷酒的陈仁财忽然拉他一把，伏在他身边低声说："明不假的，这小子那么点花花肠子，还想糊弄我们哩，真他妈的搞笑……"说到这里，他忽地打住话头，又扭头看着铁匠铺的几个黑脸大汉,大声说道:"哎,我说你们哥几个,也不能只顾吃喝,也一定要发表个意见啊。就刚才我哥这提议,你们有什么意见啊,明不假的,难道你们不同意郭茂大哥?"

一个傍晚,这三个彪形大汉几乎都很少说话,好像都憋着一口气,只是找不到发泄的地方,看陈仁财这样说话,三个人你看我,我看你,最后还是年纪最长的高加辛嘿嘿地冷笑着说:"怎么会不同意呢,我们都是老实巴交的庄户人家,不会花言巧语胡说八道,更不会说一套做一套,我们都是直肠子一根筋。叫我说呀,只要是郭家滩人,我们都同意,不仅是郭茂大哥,就是郭彩彩大姐,我们也没有意见的……"

叫他这么说,大家都觉得有点儿不对味儿,可是一时间又不知道该怎么对答,只好都垂下头,默默地吃起饭来。只有孟中原忽然呵呵地笑起来:"铁匠铺这几位老哥我还不认识,看来我们还是要多沟通啊,要知道郭彩彩大姐,人家是来自太子洲的唯一代表,可不能算咱郭家滩人啊。"

这样一说,大家也都点头微笑,只有郭彩彩毫不客气地说:"好啊,既然大家这么说,而且都这么谦让,那么我就当仁不让了,只要咱孟老爷子放一句话,我可就等着走马上任呀。再说了,咱既是太子洲的,也是郭家滩的,这叫作甘蔗棒子两头甜,你们这一伙大老爷们儿,就等着给老娘我听候使唤吧……好啦好啦,现在我立刻先下一道令,大家共同举杯,各人自扫门前雪,把酒杯里的全喝干好吗?"

一句话,竟说得大伙儿都笑起来,显出一片其乐融融的和谐氛围。

第五章

在床上躺了十几天，竟好像过了一个世纪。

打完一天的吊针，今儿第一次下了地，在人们七手八脚的搀扶下，慢慢踱起了步。然而刚走了没两圈，大家又赶紧把他扶到床上躺下来。

活了半辈子，孟中华还是第一次这样长久地躺在床上，说是休息，真比下地干活还要疲累，是一种全身瘫软无精打采的疲惫感，全身上下没有一块地方不难受，又实在说不清究竟怎么个难受法。十几天下来，身上好像脱了一层皮，内衣上沾满了皮屑，生命的活力好像突然间抽走了，只剩下了无比沉重又僵硬的一个壳体……直到今天走了这几圈，他才觉得似乎又唤醒了生的勇气，找到了一点活着的感觉……他示意把床头抬高一点，目光迟滞地看着地上的每个人。

看他今儿状态挺好，妻子杜丽琴高兴地说："刚才主治大夫和我谈话了，你恢复得比他们预期的都好，说你身体的底子还是很不错的，照这样下去，再过一礼拜就可以出院，让咱们回家慢慢养了。"

"还要住一礼拜，还要回家养？"孟中华却一点儿也高兴不起来，这样不死不活的日子，还真的有点儿过不下去了。

杜丽琴却不理他,只对身后的曹寿眉、白琳还有几个乡里的干部说:"你们都不用耗在这里,赶紧回去,该做什么做什么去吧,告诉领导们和其他人,老孟这病恐怕就回不去了,有什么事也不用再和他说了。"这几个人便有点儿不好意思,纷纷站起来准备先撤退,只有曹寿眉不紧不慢地说:"是啊是啊,一般的事情我们也绝不会麻烦领导,身体是革命的本钱,还是休息第一、养病第一……不过话说回来,咱五道口现在正处在关键时期,一些大的事情还真的离不开老孟,还是要靠领导定夺啊!"

杜丽琴那口舌,却是得理不让人的,立即沉下脸说:"老眉啊,话可不能这么说,这世界离开谁也不是问题,只有我家里才最终离不开这个人,有什么大不了的,你们去请示别的领导去……而且我明白告诉你们,县领导最近已经明确表态,我们老孟马上就要调走,不会再蹚这个臭水坑了!"

看杜丽琴似乎真的生气了,老眉赶紧打着哈哈往外走,其他几个人也都一声不吱,迅速离开了。杜丽琴把他们送到门口,轻轻挥一下手,就反身往椅子上一坐,兀自生着气说:

"你这伙同事、部下啊,真没一个好东西,都是一群滑头鬼,你都成这样了,还一天到晚纠缠着你,这不是尊敬领导、爱护领导,完全是残害领导,真不知道他们心里究竟是怎么想的!"

孟中华无话可说,只好疲惫地闭上眼睛。

这些年,自从当了个县社科联副主席,丽琴的脾气是越来越大,说话的口气也越来越硬了。平时回到家里,也是二郎腿一跷,只等着吃便宜饭呢。要不是这样,他也不会坚决要求下乡参加扶贫队了。在机关里混了大半辈子,许多事情都已经看开了,但他有时候依旧想不通,怎么在一个屋檐下,也是这样不平衡,这样让人心气不顺?特别是在一些社会场合,人们介绍的时候,总是随口就说,这位是杜主席，这位是杜主席的丈夫，甚至连自己的名字都省略了。每到这个时候，他就总是故意不留情面，郑重地说："更正一下，本人姓孟名中华，在水利局工作，这是我老婆。"常常把在场的人呛得半天泛不起话来。

也许说来说去，都怪自己脾气太倔，在官场这可是大忌，和老父亲是一个德性。

就说老父亲吧，自从娘去世以后，脾气也变得越来越古怪，几乎和每个子女都有矛盾。中原和小雨因为不回牛头峁，一直在郭家滩安家开歌厅，与老父亲几乎断绝了父子关系，连过年也只回来住一天打个照面。小妹中丽更是常年住在城里，已经多年没音讯了。本来只有自己和老父亲关系最好，也最能说得来，自从开始移民搬迁，老父亲就和他吵翻了天，一开始说他们这样做，纯粹是异想天开，完全违背了毛主席当年"农业学大寨"的指示精神，后来又说，把山上的农民搬到新村里去，是搞政绩工程，根本不管老百姓的死活，这样下去，这块古老的土地才算是真正完了。"你说说看，一堆土豆山药蛋，究竟是一个一个摆开烂得快，还是堆在一起烂得快？"只要一吵架，老父亲就这样反复问他，一副理直气壮又无可辩驳的样子。

天慢慢黑下来。在门口的液晶显示器上，数字分分秒秒跳动着，让人真切地感受到，宝贵的生命就是这样无可挽回地在流逝。自打生了这场病，这种流逝感真的太强烈了，生命的短暂可怕得让人沮丧、窒息，停一刻都焦躁不安……两个人就这样谁也不理谁地呆坐了许久，杜丽琴清理下小桌，准备打饭去了。

"今儿你想吃什么？"

"随便吧。"

杜丽琴不再搭理他，刚走到门口，门忽地打开，德治老汉和儿子成成进来了。杜丽琴要拉着他们一起去吃饭，德治老汉却说什么也不干,儿子成成又说,爷爷不去他也不去,气得杜丽琴一甩手先走了。

德治老汉一进门,立刻喘着粗气大声说:"中华,路上听成成说,你这病已经好多了,再过一两个星期就可以出院了?"

孟中华点头应和着,赶紧招呼成成扶爷爷坐下,又指指堆在墙角的水果,那都是亲友们探视送来的,让他给爷爷洗点儿吃。成成这孩子别看二十四岁了,警校毕业也好几年了,单纯得还像个小孩子,尤其是沉默寡言,你问一句他答一句,你指一下他动一下,想想自己当年二十岁从省水利学校毕业,就开始单打独斗、打拼生活了,孟中华真感到说不出来的凄凉,只好转移话题,连问老父亲搬了新家适应不适应,还有什么欠缺的地方。

德治老汉正吃着香蕉,一听他这么说,香蕉也不吃了,往小桌上一扔说:"这事儿不说不生气,一说气死人。前几天我来了就想和你说说,看你还是迷离马虎的样子,就一直强忍着没吭气。你们那房子盖的,要说也的确下了功夫,可是到底还是不切合实际,比如咱那个院子那么小,连个驴圈也没有,你叫我把小黑驴往哪儿撂啊?"

孟中华只好赔着笑说:"爹,你都七十多岁的人了,来了就好好地休息,颐养天年,现在每个月还给你发着养老金的,你要养驴干吗啊,卖了算啦。"

"这是什么话?你以为你爹是城里人,一天到晚吃了睡睡了吃,混吃等死,要不就在马路上乱窜,在广场上甩胳膊蹬腿的,那才真叫吃饱饭撑得慌,城隍庙失火,烧得鬼抽筋呢。你爹是受苦人出身,活一天就得累一天,一天不劳累就浑身难受,你让我一天到晚待在这屋子里,这不是活活要我的命吗?"

"这个……"孟中华大感意外,被老父亲戗得一句话也说不出来,好半天才说:"话怎么能这么说,你不会出去遛遛弯,和隔壁邻居扯扯闲吗?"

"隔壁邻居也不是过去的老人了，你们分房也不按原来的村子分，我大概问了一下，除了你弟一家，一个熟人也没有，都不知道是从哪里蹦出来的，真正和坐禁闭一样了。隔壁的郭彩彩，还是来了之后才熟悉起来，知道她是太子洲刘拴舟家儿媳妇，可怜刘拴舟老两口也早死了。所以，我不管别人怎么样，我一定要先在院子里搭一个驴棚，还要把那满院铺的地砖全起掉，从明年开春，在院子里种点儿蔬菜什么的……"

"这个……"孟中华无言以对，只好打着哈哈。自打移民村开建以来，这就是一个颇具争论的话题。一开始规定得很严格，完全按城市的标准设置，整齐划一，没有一点儿余地。老父亲住的这批房，就是当年开建的首批房，完全没有考虑农村的实际需求。按照当年专家们的设想，要改造就一定要高起点，不能迁就农村的陋习，不能随意降低标准，要超前十到二十年，按照完全的城镇化、信息化、市场化的要求一步到位推进……后来，在实际工作中才发现，农村大多数人对这一套根本不接受，抵触情绪很大，首批农户用行政命令搬下来，没几天又全搬回去了。因此，后来搞的二期、三期开发，标准就越放越宽，不仅保留了宅院菜地，还预留了鸡棚和养殖用房……当然，这些是绝对不能告诉老父亲的，否则准骂死他不可，说不定还会吵着再搬一回了。

杜丽琴回来了，还跟着孟中原夫妻俩和多日不见的小妹孟中丽。他们已相跟着在饭店吃过饭，还打包回一大堆的饭菜来。他们祖孙三个，很快香甜地吃起来。等吃罢饭，杜丽琴才郑重地对大伙说："今儿，咱们一家人都在这里，我就正好给大家都说一下吧。现在看来，中华这病已经好起来了，从明天起大家就不用再天天过来了，主要有我和成成，我要开会不在，再有人顶替一下。现在可以提前告诉大家了，自从生病以来，县里的领导们也来看望的不少，现在有领导已经和我正式谈过了，等中华病好了，就提拔一下给个副科级。我说了，也不用实职，找个清闲岗位安排个虚职算了。所以在这段日子里大家都要高度关注，只能帮忙不能添乱，特别是考核考查的时候，一定要高度重视，小心有些人找碴子使绊子。已经三年多了，陈家营那地方也不能再去了，一个烂摊子，再待下去有百害而无一利，不仅把身体赔进去，谁知道还会出什么大乱子呢？你们说，是不是啊？"

一看杜丽琴把话说得这么严肃，满屋人都不知道说什么好，只好连连点头应允，都有点喜上眉梢。毕竟对祖祖辈辈的老农民来说，家里能出一个副科级的大干部，实在是一件光宗耀祖、风光无限的大事情啊！连孟中华嘴上不说，心里也有点儿兴冲冲的。这不仅是一个官衔，是一个大台阶，更重要的是对自己这三年含辛茹苦、艰苦拼搏的一番肯定。要不是重病在身，他真想和几个弟妹们酩酊大醉一回啊！同时他就觉得，看来在领导岗位上待久了，还是很锻炼人的，听老婆这一番话，还真算是有的放矢、一语中的，不能不让人另眼相看。

杜丽琴看着孟中丽又说："小妹，多时不见面，你那美容店的生意怎么样？"

瘦瘦弱弱的孟中丽一副没睡醒的样子，边打哈欠边说："马马虎虎，现在什么都不好干，凑合着吧。"

"现在进入经济的收缩时期，能维持下去就不错了。我是说，咱可是要正正规规做生意，千万不能搞那些乱七八糟的东西，一旦叫人查住了，不仅你自己倒霉，连你大哥也得带害哩。"

听嫂子这么说，孟中丽的脸莫名其妙地一下红了，有点生气地说："大嫂你放心，咱老孟家，祖祖辈辈没出过丢人现眼的货。"

也不知为什么，说这话的时候，几个人目光都不约而同地在屋里寻找着什么。郭小雨恰好洗涮碗筷去了，孟中原便觉得这话有点儿刺得耳根子疼，凶凶地瞪妹妹一眼，转身出门去了，只有屋门发出沉重的一声响。他这一走，孟中丽也觉得不自在起来，赶忙向大家打个招呼，连说店里还离不开人，也很快走掉了。

郭小雨回来了，把洗干净的碗筷整齐地码放起来，又把乱糟糟的屋子全部清理一遍，看大家都怔怔的，好像都有什么心思似的，想问又觉得不好张口，便拿着洗漱用品进了卫生间。孟中华无意间发现，这个弟媳妇真的有点儿怪怪的，不仅自打进来就总是沉默无语地洗呀涮呀，几乎一刻也不肯停歇，而且好像一有时间就特别喜欢刷牙，才进来多长时间啊，这已经是第二次刷牙了，难道是得了什么牙疼病啊？

德治老汉说："对啦，还有个正经事呢，太子洲的那个郭彩彩，还托我给中华捎个话，她家那个大女儿不是学医的吗，毕业好几年了也没找下个什么工作，不知道最近县医院要不要人啊，你们有什么门路没有？"

孟中华不由得笑一下："爹，你怎么刚来才几天，就和这家人这么熟了？"

"什么才几天？我和太子洲刘拴舟他们认识的时候，你还没生下呢。"

"是嘛，那时候也没有这个郭彩彩呀。"

"这不……我那天听说你让人打了，一下子就晕倒了，恰巧她家那个闺女路过，就给我抢救了好半天，这不一下就认识了。原来才知道，她爷爷是太子洲的刘拴舟老汉，那时候黄河上没有桥，要去一趟鄂尔多斯，非坐刘老汉的小船不可，我还在刘老汉家吃过饭住过夜呢……"

"原来是这样啊！不过县医院招不招人，咱可不知道，在这地方真是一个熟人也没有，说不上话的。"孟中华不想让老父亲再说下去，赶紧堵了他的嘴。

正好郭小雨从卫生间回来，赶紧抢过话头说："是啊是啊，这次多亏了郭彩彩和她女儿芸芸，他爷爷一下子晕倒了，我当时吓得头都蒙了，一点主意也没有了，全靠人家做主。这些天郭彩彩在医院里也是跑前跑后，也真帮了不少忙。听医生说呀，那天他大伯晕倒的时候，幸亏是听了芸芸的话，及时送医院了，要是再晚来半个小时，还不知道会怎么样呢……"

孟中华真没想到，他这个弟媳妇要么一声不吭，要么说起来还滔滔不绝的，说着说着脸颊也红了，显出略微羞涩的样子，的确挺招人爱怜的。不过她越说他就越担心生怕再惹出什么是非来。自从他住院这些天，郭彩彩的确来得比较勤，也比较显眼，妻子已明显不高兴了。果然，不等郭小雨再说什么，杜丽琴立刻抢过话头说："甭说没熟人，有熟人也不能帮。不仅这个妖精女人，还有村里那一拨儿人，能不理会坚决不理会！不然，扯不断，理还乱，拉扯起来会没个完的，况且你已经是要走的人了！"

听儿媳妇这样抢白，德治老汉的脸沉下来，只是现在不比在家里，只好鼻子里哼哼了几下，干脆站起来说："天气也不早了，成成，开车去，咱们回家吧。"

大家纷纷站起来，刚拉开门，一个衣着破旧的干瘦老头儿突然闯进来，把大家都吓了一跳。这人看样子足有六七十岁了，一条腿似乎还有点儿跛，一进门便呆呆地看着大家，呼哧呼哧直喘气。杜丽琴急了，赶紧骂着儿子成成说："怎么不看着点儿，从哪儿冒出这么个流浪老汉来，快快让他出去，小心把你爸气得犯了病！"

成成也不吭声，上去就推老头子。

"慢着慢着，我要见孟主任，谁是孟主任？"老头子推开成成的手，有点儿惊恐地看着满屋的人。许是屋里的灯光太过强烈，刺得他不住地眨巴眼睛。

杜丽琴厌恶地挥着手:"去去去,这是医院病房,哪有什么孟主任!"

看成成手足无措的样子,孟中原也走上前,帮着想把老头子推出去。老头子却似乎把他当成了"孟主任",拉住他的手怎么也不放,连连说:"我可找到你了,你别推我走,我有天大的着急事,非找你解决不可!"听着听着,躺在床上的孟中华便忍不住了,赶紧探起身子说:

"好啦好啦,不要再嚷嚷了,你是找我的吧,我就是孟中华。到底有什么着急事,你慢慢和我说,好不好啊?"

老头子也看清楚他了,便不管不顾地挤到病床前,开始絮絮叨叨地诉说起来。虽然口音很重,又有点儿口齿不清,前言不搭后语的,孟中华还是慢慢听清楚了,这老头子是原陈家营村的,今年的危房改造补助下来了,却没有他的份儿。孟中华问他够不够资格,老头子便立刻激动起来,大声嚷嚷着,不住地诅咒发誓,说真正按实际情况,他们家不是第一,最起码也是前三名,他们家不够格,就没有人够格了。他要说的是假话,出门就让雷公给劈了。孟中华又问他,既然够格怎么会没有他呢,他有没有找过其他干部。老头子苍老的脸上便有了泪珠,又急又气地说,他在村里见谁找谁,就是你推我,我推他,谁也不管这事儿,有的干脆说,可能是村委会闹错了,把他的名字给漏了,今年已经没戏,只能等明年了……听他这样说,孟中原立刻插嘴说:

"他这话说得实在,今年危房改造,的确有点粗糙,有的人可能就是漏报了,大叔你就再等等,误了今年还有明年,听说一共要搞三四年哩。"

"不,我不要明年,我就要今年。今年要没我,这就是明摆着欺负我,不给我解决,我就找县委、省委去!"说着话,干脆一屁股在病床上坐下来。

看他这样一副死气白赖又可怜兮兮的样子，德沿老汉忍不下去了，立刻瞪着儿子，让他赶紧想办法。孟中华略一思忖，只好嘱咐老头子，让他回村里去找找原陈家营村的负责人陈仁财，看他不放心的样子，又当着他的面给陈仁财打了电话，口气严厉地要求他，无论采取什么办法，也一定要把这老头一家统计进去。陈仁财问清了名字，在电话里面显出一副作难的样子，连连检讨说："孟主任你一定还记着的，当时上报名单的时候，乡里只给了咱们五天的时间，我说这么短的时间，材料又要得那么细，我实在没这个本事，你当时还发了脾气，让我们一定要照顾大局，保证完成任务……现在看来，肯定是忙来忙去的，把他的名字给漏了。现在你让他找我，我有什么办法啊？！"

"那……你是不准备管了？"

"管当然要管，可是怎么管啊？计划已经报上去了，我又变不出钱来。"

"这……"

不等孟中华再说下去，杜丽琴已经抢过手机，口气生硬地说道："哎，我说姓陈的，你可给我听着，我是中华的老婆，县社科联的杜主席。我们家老公现在可是大病初愈，连县领导们都说了，谁要惹他生气，犯了病，要负责任的。你也说了，是你们自己给漏报了，你们出了漏子，你们不补救谁补救？有什么办法，你们想想啊，你们还想让领导给你们拿办法啊？你们下一步是不想干了？！"

说罢，也不等对方吭一声，立刻啪地合上了手机。

看杜丽琴口气如此严厉，大家都有点出乎意料，惊愕地瞪大了眼睛，连哭闹不休的那个老头也一下张大了没一颗牙的干瘪嘴巴。

第六章

自打从医院回来,德治老汉的心情好了许多。

大儿子总算从生死线上抢救回来了,他打心眼里感到高兴。这几年吵归吵,闹归闹,儿子毕竟是儿子,而且是他们家最有出息的一个。而且听儿媳妇那口气,中华很快就要从五道口这地方调走了,离开是非地,还能提拔个什么官,这不是天上掉馅饼的事嘛。况且,儿子现在也听话多了,回来没几天,就有人上门为他搭了个小驴棚,还运来不少草料,他那小黑驴也总算是安顿下来了。

一大早吃早饭,德治老汉就上街溜达起来。

自打从牛头崂搬下来,德治老汉还没有正儿八经在家里做过饭呢。一开始是小儿子怕他不适应,天天叫到他们家去吃饭。再后来,他发现这新村里面有好几家像模像样的饭店,反正他手里还颇有几个零花钱,就一家挨着一家吃了个遍。老伴儿陈青青死得早,这几年他守在山上,老实说吃饭总是有一顿没一顿的,能这么闲心不操,每天吃上个可口的热乎饭,真还是不容易的。他甚至都有点后悔没早听大儿子的话,迟下来了好几年。再一个呀,就是遗憾老伴儿死得太早了,天生就是个没福气的，要不老两口这样吃吃喝喝遛遛弯儿，还不比那满大街吸汽车尾气的城里人更幸福？

老伴其实是地道的陈家营人，从小因父母双亡，偌大的村里竟没有一个近亲戚，只有一个疯疯癫癫的老奶奶领着她到处流浪乞讨。到了上个世纪最困难的六〇年，恰逢三年自然灾害，不仅野菜挖完了，连许多杨树叶子柳树皮都剥了个光，这个疯奶奶便领着她离开陈家营，一路向西，最后便晕倒在了牛头峁的独木桥边……德治老汉的父母搭救了她们，并最终让陈青青成了他的媳妇。

在那动荡不安的年代里，牛头峁有时候像个世外桃源一样。那时村里只有十来户人家，刨个坡坡，吃个窝窝，自古就是穷苦人逃难活命的地方。而且漫山遍野的板栗、核桃和松子，要饱个肚子还是没啥问题的。相反在平原大村里，虽然"农业学大寨"的口号喊得震天响，一天到晚吆喝着粮食亩产要"过黄河、跨长江、达纲要"，大多数人家反而一年下来连肚子也填不饱。记得小时候陪着父母到陈家营磨面，那真是一个从未见过的奇遇啊。那时候陈家营已经通了电，有了电磨，为了省时省力，那一年他们就没有用自家的石磨，一大早赶着毛驴车来到了陈家营。中午还找了陈青青的一个远方本家，在他们家蹭了一顿饭。真没想到，这户人家大小七八口人，居然连碗筷都没有，全家人和来的"亲戚"一块儿围着个大红瓦盆，挥舞着七长八短自制的"筷子"，小孩子们干脆下手，直接抓着吃起来。记得吃的饭是莜面鱼鱼儿，只拌了一点土豆丝儿，浇了一股醋，又撒了一点儿盐，十几个人默不作声地"抢食"，很快一个大瓦盆就底朝天了……几个娃娃还把手指头舔得干干净净的……要知道，那时已经进入二十世纪七十年代了。

一眨眼几十年过去了，不知是什么缘故，如今的德治老汉总是会时不时回忆起许多年前的事情，往事如电影片一样在眼前不住地闪现，有一种恍恍惚惚、如同隔世的感觉。

如今的陈家营实际上完全分成了新旧两大片，远远看去老村子还是上世纪七八十年代那副模样，这新村子就再也没有一丝过去的痕迹了。听说这新村子还是专门请外地的专家设计的，德治老汉连着转悠了好几天，努力感受着这里的一切，老实说他既说不出好也说不出不好，甚至感到有点既熟悉又陌生的感觉，觉得怪怪的，好像走在老电影的布景里面一样。人生不过一场戏，自己活了这么大，是不是也真的在演戏呢？

这新铺的街道也是石头的，却不是光滑的鹅卵石，而是方方正正的大青石块，专门用机械加工的。街道两边的房屋也是仿木结构，摸一下才知道原来都是冰冷的混凝土浇筑的。而且粗糙不堪，一点儿也不像过去盖的老房子那样精致工巧。除了一个个院子，还专门修了个大戏台、古客栈，还有民俗展览馆和村史陈列室，在这个地方老德治一直转悠了好几趟，直到在一个角落里看到他当年捧着水利部大奖杯的老照片，才多少感到一丝欣慰和欢喜。不过令人遗憾的是，他和水利部部长钱正英握手的那张照片却没有看到，也不知道是不是已经丢了。但是，那仿古戏台显然太粗糙了，的的确确像个拍电影的道具一样，要是真来一个戏班子，那东西肯定一点儿用处也没有，不现搭台子，根本唱不成戏的，也不知道中华他们这些当干部的年轻人究竟是怎么想的，尽搞这些花里胡哨、中看不中用的东西，有意思吗？

正是下午时分，戏台上早早聚了一堆人，不知道正嘻嘻哈哈说笑什么呢，德治老汉也挤了过去，在一块石条上坐下来。

一伙人没有一个认识的，中间有一个老者，看样子也有六十多岁了，瘦长的刀条脸，颀长的身材，细长的眼睛炯炯有神，还留着长长的白胡子，穿一身不合时宜的老式中山装，正操一口本地少见的普通话侃侃而谈：

"……这铁匠铺人姓高不假,但是,你们谁知道他母亲姓什么吗?比如说,高十周为什么叫这么个名儿?其实那不是八九十的十,而是加减的加,姓高的加上姓周的,明摆着他娘姓周嘛。还有那个高加辛,他娘肯定姓辛无疑。有个人还叫什么高日张,这是不是也太赤裸裸的了……"

人群里腾起一片笑声,大家无不佩服地点头称是。

"这就叫乡俗,一个地方一个习惯,铁匠铺那地方就是这样直截了当……说到底,他们那地方还是没文化,千百年来出得最多的也就是个铁匠,挖煤窑卖炭的罢了,哪里能和咱们陈家营比啊。咱陈家营自古就是兵家必争之地,南来北往,人烟稠密,天南海北,什么样的人没见过啊。大明朝时镇守在咱们这里的是总兵周遇吉,被李自成围了十几天,全家几十口人集体自焚了,你们知道不知道?话扯远了,咱还说这起名字,俺们老陈家自古就是大姓望族,出过好多的名人哩。前些年在郭家滩捐款建希望小学的陈老自不用说,是省部级的大官儿。你们不是这村的,有时间到老营盘里看一看,就可以看出好多的门道来。有的门楼看起来破破烂烂,仔细一看,门头上还镌刻着三个字:状元第。你打问一下吧,这户人家哪朝哪代铁定是出过状元郎的。还有的破门楼边还有两个青石礅子,人们大都以为那就和现代有人在门口摆个石狮子一样,其实不对,那叫拴马石,说明古代这户人家承受过皇帝和朝廷的旌旗表彰,那是竖过石旗杆的……"

说到这里,老头子得意地看看竖耳聆听的人们,从口袋里摸出皱巴巴的一根烟,点上,深深地吸了几口,才又摇头晃脑地说:"现在人有了几个臭钱,就自以为老子天下第一,穷人乍富,腆胸凸肚,赶紧在门口摆两个石狮子,其实不仅不能镇宅,反而是要招祸的,那石狮子可不是一般人家能够享受的,只有衙门门口摆着才般配,你不看凡是摆个石狮子的这些人家,这些年来一般不出几年就家破人亡了?"

"原来这样……"

"有道理啊……"

大家议论纷纷，无不称叹不已。

德治老汉也忍不住插话说："既然这样，那你接着刚才的话题说说看，这陈仁美、陈仁财究竟有什么讲究？"他忽然想起了那次在鸿运酒楼吃饭时见过的那兄弟俩。

老头子哈哈一笑，手捋胡子说："这两人都是我们陈家一辈儿的。我们陈家族谱上有规定，仁义礼智忠孝诚信，一代一代起名字都按这八个字周而复始排序，我们这是仁字辈的嘛。陈仁美嘛，一看就是来源于一句古话，君子成人之美嘛。至于这陈仁财……就有点儿俗气了。大家有所不知，虽然是同一辈儿，但其实两个人八竿子也打不着，都不知道出多少辈了。解放前陈仁财一家是全村有名的破落户，扛长工打短工，雇工一个，常年到我们家蹭吃蹭喝的，要不怎么会起这么个俗不可耐的名字……真正有辱我们老陈家的门风啊，有辱斯文，斯文扫地……"老头子边说边摇头叹息，显出一副无比伤心的样子。

"那……你是哪一位呀？"孟德治小心地问道。

"我呀，哈哈，在咱们这地方，不知道孟主任的可能有，不知道我的可以说没有。哎，我说你是谁呀，怎么连我这么大名鼎鼎的人物都不知道？"

德治老汉一听，忽然就加了点小心，连忙打着哈哈，说自己是来走亲戚的，停了一会儿才又忍不住问道："你说的孟主任是……是哪一位，为人处世怎么样啊？"

"原来你连这个也不知道啊！"老汉又哈哈大笑着，上上下下地打量着德治老汉，"看来你是真正的外地人，怪不得哩！大家说的孟主任，就是下乡工作队的队长，也是我们这移民新村的一把手啊。沉默寡言，铁腕手段，人好着呢，这五道口村就是他一手搞起来的。五道口，五道口，这名字起得好哇，他就是地地道道的五道爷啊！不过……这人现在已经不行了，听说是脑出血，抢救了半天，捡回来半条命来，恐怕再也回不来了……"说到这儿，老头子又招呼一下周围的人，让大家静一静，做出一副挺神秘的样子，努力压低声音说："你们大家还不知道吧，现在咱们五道口新村啊，已经是群龙无首、乱作一团了，姓孟的这么一倒下，各种牛鬼蛇神、鼠兔鸡狗就都跳出来了，都瞅着想取而代之，当当这个五道爷哩……"

"怪不得，原来是这样啊……"

周围的人都似懂非懂地看着这个神秘的老头子，脸上显出一派神秘又困惑的钦佩神色。

听他们都这么说，德治老汉就感到有点儿不自在，只好悻悻地站起来，讪讪地走开。

刚走了没几步，才发现老头子竟然跟了上来，用力拍一下他的肩膀说："你别急着走呀老哥，还没告给我，你究竟是谁家的亲戚啊？"

人地两生，说话不敢造次，德治老汉一直记着大儿媳妇的嘱咐，可不想给儿子惹什么麻烦，就随意地朝前指一指，径直向郭彩彩家走去。

这郭彩彩就在他家隔壁，也是他搬下山以来最先认识的一户。牛头崾统共十几户人家，在这样庞大的移民新村，简直就像汇入大海的几滴水，早没个影儿了。还挺巧，居然和这郭彩彩做了新邻居。想当年的太子洲，那真算是一个地老天荒的世外桃源啊，比他那牛头崾还让人难忘。记得在太子洲住的那一夜，正是八月中秋的前夕，一轮明月高挂在天穹，涨水以后的黄河开阔而宁静，夜幕下又显得格外幽静，一涌一涌的湾流在洲前的岩石上打着漩儿。这地方不大，但草木繁茂，层层密密几乎不见天空，只有月光从天穹倾泻下来，哗哗的流水声，微风摇曳的树影，还有稀疏的月光，交织出一个令人难忘的温馨世界……那时，刘拴舟老汉和他老婆都还活着，一对独守孤岛的老渔民，还有他那个憨厚老实的儿子大柱，百灵鸟一样的女儿小美，全家人围在一起招待他这个从河套地区归来的陌生人。鱼是几天前新打的，一直养在岸边的竹笼里，从水里一拎出来就收拾了，世上没有比这更新鲜的了，自家养的鸡蛋煮了一大盘，几样新鲜蔬菜也是在岛上自种的，孟德治拿出两瓶从内蒙古带回来的烈性老酒，三个男人喝了个酩酊大醉……记得当年刘拴舟说得最多的话就是，咱太子洲从上一辈的弟兄六个，死的死，走的走，如今只剩下咱独一户了。希望老哥千千万万打听着，给咱大柱说上个媳妇，太子洲刘家不能断在咱手里啊……

孟德治觉得自己的眼睛湿润了。一晃几十年过去了，除了太子洲还在黄河河心里伫立着，这一家人走的走、散的散，再也见不到一个了。

今天，郭彩彩的新院子热闹非常，进进出出的尽是人。这个院子蛮大的，一溜五间大房子，最西头的两间装饰一新，还挂着一个大牌子。老德治看了半天才闹清楚，郭彩彩的大女儿芸芸，在这里开办起了全村第一家家庭卫生所。看到孟德治进来，身后还跟着一个老头子，郭彩彩拉着女儿芸芸赶紧迎上来，把他们拉到东屋一张大圆桌旁坐下。

芸芸长得和她妈一模一样，只是个子更高一些，又架着个金丝眼镜，显得更加文质彬彬，一边沏茶倒水，一边问德治老汉："孟爷爷，今儿来得好，我们刚才还正想着过去请您呢，对啦，您身边这位大爷叫什么来着？"

孟德治扭头看看长胡子老汉，竟不知道该怎么说，只嘿嘿地笑笑，吧嗒地抽起烟来。

一个人从旁边人群里挤过来，突然拉住孟德治老汉的手，亲切地摇了摇，只是人声嘈杂，实在听不清他说的什么。德治老汉觉得人群里闹哄哄的，连眼睛也不够用了，定睛瞅了半天才闹清楚，原来是那个摆酒请客的郭茂。他也不想再说什么，只是把郭茂拉到身边坐下，又拿起桌上的红塔山，递给他一支烟。

一直坐在旁边的长胡子老汉明显有点不乐意了，连说这屋里怎么有一股味儿，是不是什么东西发霉了，不住地用手扇着。过一会儿，又自个从烟盒里抽出一支，却不着急点燃，只是不住地在桌子上颠着，一直颠得剩下了大半支，才嚓的一下点燃，一边悠悠地吸着，一边看着郭茂说：

"这位大侄儿，你贵姓？"

"不敢不敢，姓郭。"郭茂连忙点头应和。

"那也是郭家滩的啰？"

"是啊是啊。"

"那……你认识郭茂吗？"

"啊……不认识……大爷你和他熟悉？"

听这说话的口气，郭茂不由得感到有点儿意外，一边应和着，一边小心地观察老头子的脸色。

老头子呵呵地笑着说："我也不认得。不过，这个人名气挺大啊，我也是常听人们说，郭家滩有个郭茂，大能人啊。听人说，这个人特别有钱，是咱们这儿有名的大款啊，郭家滩这十几年大发展，捞得最多的就是这个人了。而且这个人……"

说到这儿，老头子突然压低声音，又看看周围的人，才附到郭茂耳边说："这个话可不敢告诉别人，听人们说呀，这个人是个有名的老色鬼，郭家滩的女人们啊，除了养他的和他养的，全被他给睡了……真正是开着小车拉着羊，家家都有丈母娘啊……"边说边嘿嘿地笑，一副无奈而又可笑的样子。等笑够了抬起头，老头子才惊讶地发现，自己身边那两个人都不见了。只有郭彩彩赶了过来，一边给他沏热茶，一边又忙着找火点烟，快嘴快舌地赔着笑脸：

"哎呀，人多，乱哄哄的，您老可一定要多担待呀。大概您还不认识呀，自我介绍一下，我叫郭彩彩，是从太子洲搬过来的。对啦，这是我女儿。"一边说，一边向人群里招呼着，把芸芸推到老头子身旁说，"这就是芸芸，大学医学系毕业的。对啦芸芸，这位是陈大爷，今后陈大爷有个头疼脑热的，不用他过来，打个电话，发个微信，你就立马给大爷到家里面照料去，对吧？"

芸芸也很乖巧，不仅连连点头应着，还立刻拿过一个本子来，开始登记老头子的住址、电话，又乱七八糟问了好多别的。老头子一边随口答着，一边就呵呵地逗她说：

"你这闺女，这么会做生意呀，人又长得这么乖巧，比你妈年轻时还强一百倍啊。看来，你这个家庭门诊部，不发财都不可能啊。"

"看陈大爷说哪儿了，发不发无所谓，我主要是为大伙儿搞好服务。"芸芸说着，脸刷地就红了。

"哎，我说闺女，还有郭彩彩呢，你们怎么知道我的名字啊，我过去对你妈妈可是只闻其名不见其人啊……"

"陈大爷，看您这话说的！其实您才是咱这五道口的大名人，大家谁没听说过，五道口老陈家有名的百事通陈仁名，您可是咱们这儿不可多得的一大宝贝，大家说对不对啊？"

说罢郭彩彩忍不住咯咯大笑，逗得老头子和周边人也都哈哈地大笑起来。

第七章

晋西北的暖季是短暂的，一立秋，秋风起，秋雨长，早晚便有了丝丝的凉意。

身体一恢复，孟中华就再也坐不住了，在老婆杜丽琴的一再催促下，先后到各个有关部门和领导办公室走了一趟。在乡村待了几年，城里的一切似乎都陌生起来。现代社会嘛，各方面的节奏都在加快。小县城也变化不小，似乎一夜之间从昔日的庄稼地里冒出了好多高耸的楼盘。过去最高的建筑还是县委大楼，统共不过五层，现在也竟然冒出了好些十层以上的住宅楼来。听说最新的楼盘开盘价，足足能让普通工薪阶层吓出心脏病来。那些层层密密的机关单位也一样，有的换了领导，有的换了单位名号，更多的则是换了许多工作人员，一些相处了十几年几十年的老人老关系，怎么突然之间就退休了，有几个甚至无声无息就进火葬场的烟囱了。听着人们平平淡淡的叙说，真让他感到心惊肉跳，心里酸酸的一片凄凉，正所谓兔死狐悲，自己也不是刚到奈何桥、鬼门关上走了一趟吗？

走了一圈，更让他感到异样的是，一些身居要职又熟识多年的领导，见了面说起话来也似乎不太一样了，有的吞吞吐吐的，有的客客气气的，还有的则和他尽谈一些风马牛不相及的事情。比如民意考察，县委党校的学习培训，还有几个村干部的能力呀什么的，问得他自己都有点莫名其妙起来。特别是那位组织部的领导，就一再地问他，铁匠铺的高十周、高加辛这两人到底怎么样，能不能挑起更重的担子来。嘱咐他一定要加强对村干部的培养，要多给这几个人压担子，不要学诸葛亮，事必躬亲，大事小事全攥在手里，既把自己累倒了，别的人还会有看法，还稀里糊涂地讲了大半天"弹钢琴""九个指头和一个指头"之类的神秘道理……这个领导也真是奇怪，大热的天窗户也不开，闷得人气也喘不上来，说起话来又细声细气、云遮雾绕。一席话谈下来，他脑子发涨，几乎什么也没有听清楚，却有一种中暑的感觉，只好迅速逃离了那个令人头晕目眩的地方。

走出县委大楼，在停满小车的大院里顶头就遇见了曹寿眉。一见面，老眉立刻把他拉到僻静处，用不安的口吻说："主任你好，没想到在这里见面了。这几天也没再顾上登门探望，看样子身体一定是大好了？"

"当然，完全好了。"孟中华用力一挥双臂，"你这是……不在村里好好待着，到县委大院跑什么呀？"

"啊呀领导，我这一辈子了，这次也算是为了自己的事跑跑吧，你可不要笑话老哥啊。"

"个人的事？老哥遇到什么事了？"

"是啊是啊，老哥是明人不做暗事。不瞒你说，这些日子，单位、村里都已经吵翻天了，都说你老弟马上要提拔重用，离开五道口了。五道口要正式选举成立支部和村委会，而且说得有鼻子有眼的，你老弟想把新村子的大权交到你妹夫的手里才放心，已经嚷嚷得一塌糊涂了，所以老哥也必须立马开路走人，能像你那样提拔一下更好，不提拔也非走不可，不然陷在这个烂泥塘里，还有老哥的一点儿活路吗？"

"原来是这样啊……"孟中华一听，立刻瞪起了眼睛，口气也变得冷冰冰的，"什么乱七八糟的，尽是无事生非、造谣生事！我就是再没有头脑再自私，也不能把我家那个瘫子扶上台呀，什么妹夫不妹夫的，你难道不知道，我巴不得小妹和他赶紧离婚，为此已经闹得反目成仇，好几年不说话了？"

"但是，大伙儿也说了，自古打仗亲兄弟，上阵父子兵，吵归吵，闹归闹，打断胳膊还连着筋哩……当然，大伙儿也议论说，倒也不一定非让高十周直接出面打理，那毕竟太赤裸裸了，况且还是个瘫子，但是他可以垂帘听政，充当幕后指挥啊，明着在台面上的，也可能是高加辛甚至高憨虎什么的，高十周玩得最熟练的还不是这一套吗？"

"好好好，这倒不错，真不知道是谁起哄起来的，其实倒是个好主意啊！"孟中华呵呵冷笑，然后才恶狠狠地骂道："简直是放狗屁！"

看他这么生气，曹寿眉便不再吭气了，连忙又向他道歉，连说自己不过是胡说八道，把社会上谣传的风言风语转告于他，让他一定不要生气，风吹过耳而已，然后转身就走了。但是，从他那一个眼神和一丝冷笑里，孟中华却分明感到，这家伙嘴上不说，心里却完全就是这样想的，一定还在背后冷笑他的虚伪和可憎呢。

真没想到，自打自己生了一场病，就一下子滋生出这样诸多的麻烦和是非来，也让他在表面的彬彬有礼、温和谦让背后，看到了多少不可告人的阴险和黑暗。难道说，表面上一直风平浪静的小小的五道口新村，也在背后正孕育着一场令人恐怖的大风暴吗？

他又想起了那天封堵铁匠铺村公路的事儿来。现在看来，那个事情也绝不是偶然的，只不过是一个预演一次示威，他的眼前又浮现出了那张惨白的病态的大方脸和茶色眼镜后面那双深不可测的眼睛……对这个神秘的人，他自信还是有所了解的，并且一想起来就感到不寒而栗。

中丽和高十周的婚事，当年老父母虽然答应了，他却总是有点不祥的预感，总觉得这个彬彬有礼、头脑灵活的年轻人有点阴，让人不可捉摸。等出了车祸，开始那几年，大家都无法面对这个事实，只能默默地期待着，也许有一天他还会站起来。中丽更是赌咒发誓说，只要他有一口气，她就会永远守在他的身边，哪怕就这样一生一世……但他心里清楚，这毕竟是年轻人一时间的感情冲动。可是怎么也没有想到，如今一晃七八年过去了，这个瘫子尽管再也没有站起来，却凭着自己过人的聪明，居然在身边团聚了一大拨儿高家子弟，先开煤矿，再办洗煤厂，再后来办起了像模像样的仁义发展有限公司，涉及公路收费、征地拆迁、金融外包等好多行业，俨然成了当地屈指可数的明星企业家……至于孟中丽，也在城里独立经营着一家洗头房足疗店，离婚的事提一次中丽就和他们吵一次，这几年几乎和家里断绝了往来。他这次生病，中丽也只是隔三差五来看望一下，默默坐一会儿就走了。

难道这一次，高十周真的下了决心要出面挑五道口新村这个大梁？

也许，这些年来他和家里人都看错了，这个高十周真的是不可多得的奇才、大才，是传奇一般的神秘人物？

还有他那个仁义公司到底是怎么一回事儿，煤矿据说早塌了，建在河谷里的洗煤厂好像也不怎么生产，平时都是大门紧闭、无人进出的，但是他手下那一伙人，都一天到晚开豪车、进酒楼，花天酒地的名头挺大，这里面还会不会包藏着别的什么名堂？

在陈家营下乡这三年，孟中华心思都集中在建村搬村这一件事上，没时间也没精力顾及别的事儿。现在，新村已经建了起来，几个村绝大多数人家也已经搬迁入住了，下一步究竟该做些什么呢？

就在前些日子，全县召开了一个撤乡并村工作会议，会上就明确提出，搬下来还不一定稳得住，要确保每户农户，有房了、有土地、有收入、有事做、留得下、稳得住，甚至提出来，对原来的老村子，原则上要一律推倒房子、炸毁村子、挖断路子，所有的土地要全部收回、置换、不留后路……而且要尽快召开"党代会、村民代表大会"，选举产生新的两委班子，在年底之前，筹委会、工作组等临时机构要一律撤销，这要作为整村搬迁工作是否成功最重要的一个标志……当时听得他都有点头皮发麻。已经三年了，他早已觉得身心俱疲，只一心想着功成身退了，怎么听会上的口气，这还只是万里长征第一步，以后的路子还会更长，要打的硬仗也会更大。看来，妻子说的那一套也许只是一厢情愿，现在的他才真正走到了人生的十字路口啊……

从县委大院出来，孟中华突然感到心烦意乱，只好漫无目的地在大马路上溜达起来。

几十年来，眼前这条街道也是风云变幻，比川剧的脸谱还变得快哩。一开始是全民兴商，所有的沿街单位全推倒围墙建商铺，街道两旁一下子冒出无数的小商小店，一天到晚高音喇叭吵得人头痛欲裂。再后来是新建小吃一条街，政府一声令下，大小商铺全部改成饭店、小吃店，还动员了许多民间艺人，现场表演小食品制作和民间杂耍，什么捏糖人、炸油糕、烤羊肉串和吹唢呐、吹笙之类的都有，一时间也红红火火、闻名遐迩……只可惜好景不长，才几年时间，这么些有活力的东西突然之间黯然失色，各店铺立刻萧条冷落、门可罗雀了。好在这时政策变化了，干脆拆旧鼎新、大兴土木，开始创建重点工程"步行一条街"，大有对标香港铜锣湾的架势。据说总共投资了十几个亿，而当时的县委书记就从中贪污了近一个亿。等步行街建成开张，这个大刀阔斧的铁腕书记也蹲了大狱。这时大家才突然发现，当年的这个主意该有多么地荒谬，小县城一共没几条街，一条主街道禁止所有机动车通行，这成心是找堵啊。在人们怨声载道的漫骂声中，步行街废了，聪明的老百姓自发行动，竟很快把整条街搞成了一个洗头足疗特色街，现在你看吧，大街两旁一家挨一家的，全是洗头足疗的霓虹广告，大白天也不关灯熄火，流光溢彩的好一个花花世界……忽然，孟中华和一个女的顶头撞了一下。

"哎呀，你眼瞎了？"

这女人正在店面前的绳子上晾晒一块块湿毛巾，趔趄着骂起来。

孟中华停下脚步，定睛一看，这不是郭彩彩家那个小女儿娜娜吗？

娜娜似乎也认出他来，羞怯得满脸通红，转身就往门店里走。

她不念书了？怎么会在这里呢？孟中华有点诧异，也轻轻推开了那扇贴着半裸美人招贴画的门。

这屋里温度真高，一时间热浪滚滚的，就像进了澡堂子一般，连眼睛也罩得模糊不清了。孟中华小心地躲避着地上的人影，揉揉眼睛努力寻找着那个小姑娘。

"你找谁呀，是不是要洗洗头？"

有人边说边迎上来，都穿着整齐的制服，理着一样的发型，他一下子就蒙住了，什么也分不清楚，只好不住地揉着眼睛。正不知所措，一个女的已一把拉住他，把他拽到了旁边的一个空房间里。

"大哥，你怎么过这儿来了？"等关上门，这女的才小声说道。

孟中华仔细一看，立刻惊诧地叫起来："原来是中丽啊，你怎么在这里啊？"

孟中丽脸上闪过不易察觉的一丝笑意，口气依旧淡淡地说："这话好奇怪呀，这是我的店嘛，我不来这里能去哪儿呢？"

他忽然觉得好笑，不知道说什么好了。是啊，他怎么没想到呀，这不正是她的店铺嘛。对于这个小妹，他其实一直是心存愧疚的。自打上了水利学校，他就一直生活在城里，和村里的关系也就日渐疏离，对这个小妹的成长没留过一点儿心。那时村里的小学校已经办不下去了，连郭家滩希望学校也没有成班的学生了，小妹要跟着他到城里念书，杜丽琴又不乐意，郭中丽便自作主张，不再上学了，来到县城找到他，要大哥给安排个打工的地方。他当时千不该万不该，竟然让这个小妹来到县宾馆当了服务员，要不怎么会有后来一连串的灾难和不幸呢？

看着他一副呆呆怔怔的样子，孟中丽也有点儿发蒙，只好招呼服务员斟茶倒水，又拿来一盒软中华，嚓地为他点上一支，才认真地看着他说："大哥，大老远你找我，一定有什么事吧？"

"这个……真没有什么事，我不过是随便走走……看看……"

"不会吧，你那么忙的身子，刚刚出院没几天，怎么会突然有闲心逛大街了？"

孟中华是个不善言辞的人，只好嘿嘿地笑一下，一根接着一根地闷声抽烟。尽管出院时医生一再嘱咐，最后他发现，自己的烟瘾反而越来越大了。看着眼前团团升腾的烟雾，他会感到片刻的麻痹和松弛，仿佛和周围的一切推开了距离，好半天才说："现在生意怎么样啊？"

"不好不坏，就那样吧，刚刚饿不死，也吃不饱。"

孟中华有点嗫嚅了："你和……他，也还那样？"

"不那样又能怎样，也一样的……不死不活，不好不坏……"

孟中华抬起头，定定地看着小妹。老实说，中丽不丑也不傻，柔弱中却有一种像男人一样的刚毅和决绝。他只好移开目光，盯着窗台上的一盆塑料花说："你们的关系……也还那样？"

"还那样。"

"你还是那个老主意，不准备改变一下？那天老爸还说了，他也实在不希望你这样下去，有生之年老爸希望……"他实在说不下去了，"这个……你比我清楚。"

孟中丽把头埋在沙发圈里，双肩一耸一耸的，瘦弱的身子剧烈起伏着，就像每次说到这个话题时一样，让他既心痛又无可奈何。一直过了好长时间，她才猛地站起来，随手拿起一块毛巾绞了把脸，口气又重新变得冷淡而决绝了：

"大哥，其实你不用再说了，你不说我也清楚。我知道，你们都是为了我好，我也知道这样下去不是一个结果。但是，又有什么办法呢，这可能是我的命吧。就像地藏菩萨说的，我不下地狱，谁下地狱，我命该如此吧！"

"其实你不要这样想，只要你愿意，办法总会有的……"

"有什么办法啊，无非鱼死网破，死路一条……"

"怎么会……你主要还是放不下这段感情……"

"感情，什么感情？"孟中丽忍不住冷笑起来，"真可笑，你们都这么大的人了，怎么还会这样幼稚？原来这些年，你们一直是这样看待这一问题的啊。其实，我早就想开了，感情算什么呀，那东西太轻薄又太奢侈，生存，活着，才是最根本也最实在的。但是，在现实世界上，活着，实在是一种极不容易的事情啊……"

听她这样说，孟中华既感到意外又心有所动，却不知道该说什么好。

孟中丽兀自点上一支烟，凶凶地抽了几口，连着咳嗽起来，好半天才悠悠慢慢地说："也许你们到现在都根本不知道，如果有一天，我真的要离开他，他会杀死我们所有人的。"

"不会的，他怎么敢，那不过是吓唬人吧。"孟中华连忙摇头。

"会的，他一定会的，你根本不了解他！"孟中丽忽然尖着嗓子叫起来，把他吓了一大跳。

等停了好一会儿，孟中丽才又说道："大哥，你真的不知道，他这个人是绝对说一不二的主儿。其实，这些日子我也正要找你呢。我听说，你马上就离开村里了，现在咱们村里都快吵翻天了，都想着你走以后村里到底由谁来领导啊。现在和过去不一样了，这可是四五个村子合并过来的，人多摊子也大，加上这几年上级投资很多，这个基层一把手可比许多大干部还实惠啊。所以，你一定要想清楚，这个担子究竟该交给谁好呢？"

"原来这样……哈哈，真想不到，连你也这么关心这个事呀，可假如我不走了呢？"

"那是不可能的。听说这个事县委已经有定论了，而且我知道，从内心来讲，你也巴不得立刻就离开这个烂泥潭哩。但是，你一定要注意，你要想顺顺利利地走了，还完完美美地能提拔一下，并不是一件简单容易的事情啊。现在官场的情况大伙儿也都清楚，干什么都必须搞什么民意测验的，如果测评不过关，一切都白搭。"

"那……你的意思是……"

"我没有什么意思，也不会说什么，说了你也不会听的，我只是把情况告诉你，一切由大哥你自己做决定。"

孟中华还想说点什么，看小妹欲言又止的样子，知道也再问不出什么来，干脆闭口不言站起来。

孟中丽也不挽留，只是边送他边自言自语道："至于我，你们都放心好啦，大不了弄个鱼死网破，反正我这辈子也活够了……"等来到大厅里，便转身忙自己的去了。孟中华正要出去，忽然一个中年女人急忙走出来拉住了他。

"咦，这不是郭彩彩吗？你来这里干什么？"

他的心里不由得一阵惊喜，脸也热乎乎的了，好在中丽已不知哪里去了。这些日子，郭彩彩一有时间就来医院，一来就手脚麻利地忙这忙那，弄得妻子倒袖手旁观起来，有次竟然半开玩笑地说，也许我们俩该换换位置才好。吓得他直使眼色，悄悄嘱咐这个美女同学再也不要抛头露面来回跑了。

其实，自从中考以后，他们就完全断了音讯，直到在水利局工作数年，有一回局长要招待上级领导，点名要吃黄河大鲤鱼，他提前就通知了县水利站。等到那天厅局领导都来了，十几辆车浩浩荡荡开到黄河岸边，又坐船登上太子洲，在一间临水搭建的草舍渔村坐下来，水利站站长才悄悄告诉他，如今黄河大鲤鱼已十分稀罕，恐怕吃不成了。他当时真的吓坏了，情知这事非同小可，一旦让局长知道了，再惹恼省市领导，非剥了他的皮不可。那时郭家滩还没有设镇，村里也没有一家像样的饭店，就这个临时搭建的"草舍渔村"，还是下游杨家湾乡政府专门调的厨师和服务员……就在大家互相埋怨、一筹莫展之际，一个头发稀疏、身板瘦小的中年汉子忽然闯进来，信誓旦旦地告诉大家，已经有办法了，请各位领导尽管放心！欣喜之余，水利站站长悄悄告诉他，此人是太子洲的土著摆渡人，老实厚道，说话办事挺靠谱的。尤其是他有一个精明干练又特别漂亮的老婆，说话办事比阿庆嫂还阿庆嫂哩……不过说归说，他整个中午一直忐忑不安，直到作为头牌主打菜的清炖黄河大鲤鱼总算端上来了，并赢得所有领导的啧啧称赞，那位正中端坐的副市长更显得兴奋异常，边吃边赞不绝口，脸上的每个毛孔仿佛都散发出愉快的气息，一连干了三杯老白汾酒，他的心才总算落到肚子里，同时又感到内心五味杂陈，都不知道说什么好了。一直到酒足饭饱，所有的客人都上了岸，车队在长河落日中腾起一道烟尘，留下结算的他才又见到了那位摆渡人和他的漂亮妻子。

他当时已喝得头昏脑涨、醉眼惺忪，拉住这夫妻俩的手谢个不停，突然间愣住了。

水利站站长还在一旁介绍说，这次要不是这位女士的主意，我们就捅大娄子了。多亏他们夫妻紧急跑到对岸的内蒙古饭店，一家一家地想办法扫货，才为我们救了急、解了围啊！这次我们一定不能亏待他们，这些临时建筑也就留给他们了，而且我建议，今后你们正好就此把这个风味饭店办起来，一定会火爆下去的……

那时他才知道，郭彩彩原来嫁到了太子洲，那个黑瘦的中年汉子就是她丈夫刘大柱。此后他陆陆续续地听说，那"草舍渔村"并没有建起来，郭彩彩却一连生了三个女儿。因违反计划生育，他们家的船也被查封了，被罚了十几万块钱，刘大柱只好弃船登岸，到铁匠铺下了煤窑，并最终在煤矿冒顶时死掉了。只有在二女儿婷婷上大学报名的时候，郭彩彩才来城里找过他一次。听着她平静的叙说，他却产生了深深的罪孽感，总觉得她的一连串苦难都和自己有脱不开的某种关系……如今，世事如棋，婷婷也已经是大二的大学生了吧……

看他惊奇的样子，郭彩彩也不急着回答，转身拉过一个小姑娘，小姑娘羞怯地唤他一声大叔，又立刻背过了身子。郭彩彩快嘴快舌的，又问了他半天身体状况，病好了没有……慢慢地他也就弄清楚了，原来她那小女儿娜娜也不上学了，出去打工年龄太小，只好送到这里来当学徒，小姑娘还挺有志气，一再说，等学好手艺，她自己也回五道口开一家美容厅，做一回老板梦。孟中华只好含糊地应着，连说有志气有志气，真好样的，比你娘年轻的时候强多了，一边说一边快步走了出去，生怕小妹又闯出来。谁知道郭彩彩竟追出来，把他拦在大街上，附在他耳边低声说：

"芸芸的事让你费心了。不过，现在你暂时别管她了，她先在咱们村开了一个家庭诊疗所，看样子还不错，就让她先干干再说吧。"

孟中华想起来了，她曾经托老父亲捎话，让他给芸芸联系个工作的单位呢，只是一场病弄得他心灰意冷，竟把这事儿给忘了。现在听她这么说，便不无解脱地长呀一口气说："那好那好，现在是市场经济，只要能挣下钱，搞个体其实也挺不错的。"

"可是，刚开了没几天，乡里就来了一拨人，给查封了。"郭彩彩气愤地说。

"为什么？"

"手续不全呗。"

"噢，那就赶快补手续啊，现在不论干什么，没有手续肯定不行的。"

郭彩彩却一副不以为然的样子："算了吧，哪有那么复杂啊，我们也问过邻村许多人，芸芸她们同学开的也不少，根本就没有一个手续齐全的，纯粹就是欺负人。开始那几天郭茂天天过来，又问这又问那的，我怀疑就是这家伙搞的鬼。"

"为什么，他有什么目的？"

"还不是为钱呗。过两天他和我说了，他有个关系在县卫生局，手续的事都好办，只要交两万块钱就可以。要不然，就一定要罚十万块钱呢。"

"有这样的事儿？"孟中华吃惊地看着她，只感到她呼呼地直喘气，热气喷得他脸颊痒痒的。

"这种事儿多了，有什么好惊讶的。我说，这事儿还得你出面啊，不然一直拖下去可就麻烦了，而且咱们绝不能便宜了郭茂那小子。你不知道，他这个人是最没良心的，得寸进尺，根本不能招惹的。"

孟中华忙点点头，真想赶快离开了，他可不想和一个花枝招展的女人在大街上这样俯首帖耳地惹人注目，再惹出别的什么事端来。郭彩彩却不管这个，看他急着要走，又着急地拉住他的两只手，脸也几乎贴到他耳朵上了："还有很重要的一件事，你可一定要注意啊。我听说郭家滩有几个人，正吵吵着要进北京去告状呢，说铁匠铺的仁义公司是什么黑社会组织，高十周是黑社会的头，不管怎么说，这人也是你家亲戚吧，可千万不要把你牵扯进去啊……"

"难道这也是郭茂在后面捣鬼？"孟中华说着，不禁倒吸一口凉气。

第八章

　　今儿大清早，陈仁财就早早地起了床，一口气爬上了大西梁。

　　才不到五十的年纪，走了半辈子山路了，竟然气喘如牛，心怦怦地快要跳出来了，他拣一块平整点儿的石头坐下，突然就觉得一阵悲凉，不知不觉老之将至矣。

　　从大西梁上望下去，首先映入眼帘的就是那几十座熟悉的大铁塔。那是西电东输的大通道，五十万伏的高压线。从某种意义上讲，他的人生就是从这些铁塔身上改变的。那还是十几年前，首都北京要搞世界级的大型活动，防止破坏、保证电力就成了一项十分紧迫的任务。当时县电业局把任务派下来，大伙儿都觉得补助太低，活儿太苦，又挺危险的，没有人愿意报名，在这紧急关头，是他陈仁财主动承揽下来的，并招来两个小兄弟，三个人在这大西梁上搭起帐篷，在炎热的夏季度过了整整两个月。那样的经历，真的是令人难忘啊。每天吃住在一顶大帐篷里，用电业局配给的煤气灶自个做饭，每人一根电警棍、一把大砍刀、一个望远镜，每天都要把这二十几座大铁塔全部巡查一遍……一直到北京的世纪盛会顺利结束，他们三人一共领到了八千多块的补助。

别看那些补助款不足挂齿，对他来说，最大的收益却是认识了县电业局的业务科长，此人对他的诚实、敬业赞不绝口，两人很快成了莫逆之交。所以，同样的人生，能不能发现机遇、把握机遇，将会演绎截然不同的境况，这就是素质问题。

此后，陈仁财逐渐从这位科长手里承揽下了县城许多街道的代收电费业务，他一分工资也不挣，义务为科长代收代办，每年还要孝敬几万块钱，而且业务量陡增，过去许多的呆死账都收了回来。这位科长足不出户，就公私两济，年年受到上级领导表彰，何乐而不为呢？到后来，整个县城的电费收缴都成了他陈仁财的管辖范围，他的手下又聚集了一群义务代办员，实际上成了县电业局外挂的电费收缴公司……

一晃十几年过去了，如今的陈仁财，在县城里已是一个有头有脸的人物了，只要在大街上一站，几乎没有人不认识，没有人不过来打招呼的，一到中午，手机就响个不停，约请吃饭的几乎排起了长队……反而在陈家营本乡地面，他自己低调，别人也依然把他当成那个憨头憨脑的小后生看待，哪里能想到，他现在手头上已经聚集了一大笔的资金，正琢磨着要搞一个炫人眼球的巨额投资，到时候真不知道会让多少人惊掉下巴。

从这里望下去，旧镇新村尽收眼底。中间隔着一条河，就是那条著名的桑干河。可惜如今的桑干河已经干涸，变成了乱石滚滚的干河滩。老村在大西梁下依坡而建，外面一道方方正正的土围子依然完整无缺，只是四面的门洞变成了大豁口，没有了往日的威严与肃杀。因为邻近县城，这些年陈家营的人口也流失严重，许多人都举家搬迁到城里去了。有的买了房，有的至今还租房居住，反正大家再也不愿回到这古老的镇子里，前些年倾全力新建的青砖大瓦房，任凭风吹雨淋地破旧下去。要不是五道口新村的开工兴建，昔日一方大镇的陈家营很快就会在风雨飘摇中变成一座死村……现在新移民村固然兴盛一时，处在堡子里的老村依旧死气沉沉，也许复建陈家祠堂还真是一个好办法哩。

这个主意是老大哥陈仁名给他出的。尽管老头子贫困、潦倒，一辈子打光棍，在同辈人中威信依然无人可及，包括袖着双臂、悠然自得、自称富贵闲人的陈仁美在内。听村里人讲，这老头子年轻时就看书一目十行、过目不忘，初中毕业教初中，在一拨民办教师中属于天分最高的一个。不仅课讲得好，他还酷爱当地的梆子戏和民歌，不管方圆几十里的村里过集赶会唱戏曲，他步行几十里也要赶去，听完看完又连夜赶回来，第二天照样不误登台讲课。有时看戏入了迷，回来以后连续几天都分不清戏里戏外，白天黑夜口里不断地念着道白哼着唱腔，一副迷迷瞪瞪的痴呆样子……村里人都说，这小子恐怕已经疯了。

再后来，他便有课也不好好上，天天外出听戏，有时一走就是十几天，回来以后就窝在家里，一连好多天不再出门，见了人也是喜怒无常，或悲悲戚戚哭哭啼啼，或大呼小叫口里念念有词，直到有一年从内蒙古鄂尔多斯沙圪堆回来，陈仁名就再也不代课，把当了十几年的民办教师也辞了。那时家里父母还在，一天到晚张罗着给他娶媳妇，谁知人家说媒的人一上门打问，听说就是那个看戏入迷的"先生"，就都摇摇头离开了……后来，父母先后含恨下世，陈仁名便干脆绝了娶妻生子的念头，一天到晚在村里悠悠荡荡，几亩责任田地种得不成样子，打下的粮食刚够自己吃，但是只要一回家，人们就看到这位"先生"挑灯读书，也不知道那些书都是从哪儿弄来的。读罢还要絮絮叨叨给人们讲，要不就给人们开口讲一些让人瞠目结舌的人生大道理，要不就讲什么"马前课""玉匣记""推背图"，见了谁都喜欢看看手相、相相面,把他们家的阴阳二宅批驳一气,听得每个人都会头皮发麻,大有无可奈何之慨……从此,陈家营的陈仁名先生便愈传愈远,颇有点儿小诸葛、陈半仙之意……"陈家营的先生,铁匠铺的炭,郭家滩的女人不用看",是先有二先生还是先有此传言,已经成了先有鸡先有蛋的一笔糊涂账。

这些天,也不知道是谁给这位"二先生"说了,他陈仁财手里有一笔大钱,正在寻找投资门路,就一连找了他好几次,一再动员他说:"咱们这陈家营本是一块风水宝地,自从在郭家滩建希望学校的那个老头子之后,这些年来之所以再也无有出人头地的大才,关键是日本人进来那年,在陈家营大开杀戒,后来闹'文化大革命',又一把火把个陈家祠堂给烧了。所以,大凡有识之士,当务之急是趁着现在政府有新政策,全国上下复古之风盛行,赶紧把这件好事办好,这样上合天意,下安民心,又符合国家旅游开发的大形势,搞得好还可以引来国家投资,把陈家营古镇一举全面修复,岂不是一本万利、一举多得的大好事吗?"陈仁名愈说愈兴奋,一边眨巴眼睛,一边悠悠地捋着胡子,细声慢气地说:"不知道你听说了没有,你老哥现在可是天天看电视、听新闻,正儿八经研究政策呢,这叫作农村振兴战略,古村落历史风貌修复工程,是大有名堂的啊!"

"农村振兴战略,历史风貌修复工程……"陈仁财极力重复着这几个字眼,不由得一下子睁大了眼睛。

况且,这些年来也不知道怎么搞的,老陈家几乎家家都子嗣不旺,是不是也和不敬祖先有点儿关系?

陈仁名就不要说了,一辈子的老光棍;陈仁美也一样,也是三代单传,到了他这一辈儿,正赶上"清理阶级队伍"、"四清四不清",他自己成了破落地主,"地富反坏右"之一,老婆带着大肚子跑了,现在那个当什么总经理的儿子,说到底早已没有老陈家的一点儿血脉……就拿他自己来说吧，虽说有两个儿子，却没有一个争气的。大儿子高中毕业就怎么也不肯念书了，好说歹说上了个私立的技术学院，又花了二十万元，总算在中铁十三局给他安排了个工作，没干两年因为打架被开除了。二儿子更不争气，一天到晚只喜欢飙车、跳街舞，正经本领没有一个。用他妈的话说，好歹两个娃，都还没吸了毒成了黑社会，如今都游手好闲待在家里，真是让人感到无比绝望。过去他根本不信命，如今年纪大了，才发现人再强强不过命去，人世间也许真有一些看不见摸不着又左右着命运的神秘力量……

想到这些，陈仁财甚至有点儿兴冲冲的了，从这里望下去，那块作为他开建祠堂的风水宝地，的确像五道口山上的灵鹫峰一样高拔、突兀、气象不凡，他梦想中的那个同样气象不凡的祠堂，似乎已经在一片青砖瓦房间拔地而起，引起过路行人的齐声惊叹……从大西梁下来，他不再犹豫，径直就去了村委会。

手机响了，却是一个陌生的号码。他忍耐着，任由它反复地响了又响，才无奈地按起来："哪位？有什么事吗？"也许又是哪个商铺停电断线了，他学着城里工作人员的腔调问道。

"哎呀呀，我说你是陈仁财吗，怎么说话拿腔拿调的，我还以为打错了呢。"电话里的声音一点儿也不熟悉，却嘿嘿地笑着。

"什么拿腔拿调！有话快说，有屁快放，我正马踩车呢。"

"哈哈，这话痛快，这话痛快，我就喜欢这样的痛快人。我说你现在在什么地方啊，咱们还是见个面，见面谈谈吧，我是……孟中原，咱们前些日子一起吃过饭的。"

原来是他……是孟主任的亲弟弟啊……陈仁财一边应着，一边就不由得心里边直打鼓，不知道这小子葫芦里卖的什么药。

很快两个人就见面了，其实打电话的时候，也就隔着一条街的样子。新建的村委会就在戏台院隔壁，和村史展览馆共用一个大院子。

他们俩就在村史展览馆的大展板前坐下，正对着展板上那张郭家滩希望学校落成庆典的彩色照片……孟中原开始口气婉转地夸奖陈仁财，说他人望高，办事实在，在现有一拨儿原村干部中威望最高、能力最强，下一步理应得到更大的任用。好像隐隐约约的意思是，他一定会在他哥哥面前鼎力推荐，多多美言。这意思连陈仁财这样的粗人都听出来了，就让他感到特别好笑，只好连连表示感谢。紧接着，才又讲起了最近的几个发财门路，可惜陈仁财一句也没听进去，因为在他看来，那些个生意都不太靠谱，天下哪有那么容易的事儿呀……一直海阔天空唠叨了好长时间，陈仁财烦躁已极，才终于听懂了这家伙的真实意思，是想从他这儿借钱呢，他一下就警觉起来，直截了当地说：

"多少？"

"十……万如何？"

"十万啊？！"

"要不……就五万……"

"多长时间？"

"要不了多长时间，就是倒一倒手，只要一转来就还给你了。"孟中原一边说，一边紧紧地盯着陈仁财的眼睛。

陈仁财被他盯得实在不好意思了就自个嘿嘿地笑一下，站起来在地上边踱步边晃着双臂说：

"其实你不理解我的意思，我是说呀，明不假的嘛。十万八万太小了，不值得和我说嘛，我还以为你一张口，起码也得三五十万吧……"

"这、这……"孟中原不知道怎么说好了。

"好啦好啦，这小事一桩嘛，不值当的，不值当的……今儿我真有事，一半天咱们再联系，好好地合计合计，明不假的，我还正想找几个哥们儿，办一件顶天立地的大事情呢！"

说着话，陈仁财便不再搭理孟中原，赶紧从村史展览馆走出来。

此时，整个大院都站满了人，闹哄哄的不知道出了什么事情。毕竟是新村子啊，一下子增加这么多人口，好多面孔都是陌生的，陈仁财瞅了半天，才发现一两个陈家营的男人，有一个就是到处告状说他家危房改造被漏掉的那个老头儿……陈仁财便招招手，把两个人都叫过来，问他们这么多人都是来干什么的。两个人却都奇怪地看着他说：

"你是来做什么的？"

"我……没事。"

"我们也没事。"

两个人说罢，便立刻悄悄挤进了人群。

神经病！陈仁财心里骂着，也挤进了人群。那个老头子却紧紧拉住他的手，又絮絮叨叨说起了危房改造的事儿，他只好点头应允，连说已经报上去了，误不了你的事儿，随着人潮不耐烦地向前涌去。

等来到村委会办公室的门口，他才发现，原来办公室里也有不少人，都围着孟中华说话呢。怪不得呢，原来是孟中华回来了。不管官大官小，人家毕竟是一把手，一下子躺倒病了几个月，人们都想来见个面，也算是人之常情。陈仁财拼命吆喝着拨拉开众人，直接进了屋子。只听孟中华正哑着嗓子说："让大家都散去，该干什么先干什么。都围在这儿，是准备闹事吗？"

话音刚落，又响起了郭茂的声音："大家不是闹事，都是听说你孟主任要走了，都想来送送你嘛，这是乡亲们的一片情谊啊。"

"这是什么话，谁说我要走了？"

"谁也没有说，但是不知道怎么就有这么一股风，任谁解释也没有效果……"来自郭家滩的另一个原村干部小声说。

孟中华不听他解释，依旧黑着脸说："这是政治谣言，是别有用心的，大家要注意做好思想政治工作。"

又是一个粗重的声音响起来,这会儿他终于看清楚了,铁匠铺的高加辛就在他身边,却同样沉着脸说:"其实要我说,也有许多人不是来送行的,说白了就是听说你要走了,好多说过的话还没有兑现,好多事还只开了个头,于是一定要见见你,让你给一个说法,不然心里总是觉得不踏实啊……"

"好吧,有这样的想法也不怪大家。"被围在中央的孟中华思忖了一下,才满头大汗地吩咐大家说,"你们分头去做做工作,把大家的要求、想法归纳一下,从明年起一个村一个村地排队,一件一件落实,反正我这次来,就不准备再走了,请大家放心好啦!"

听孟中华这样说,屋里的人便纷纷点头称是,慢慢向屋外挤去,在院子里大声吆喝起来。不一会儿,满院的人不再吵嚷,开始慢慢地散去了。等只剩下了郭茂、高加辛等少数几个干部,陈仁财才走上前拉住孟中华的手,问了半天他的病情,又连连道歉说,听说主任病了,几次打电话想去看看,没想到嫂子和侄儿都说不方便,一直也没有看望,还请孟主任原谅啊……听他这样说,郭茂便立刻撇了撇嘴说:"不要只说好听的,一点儿实事也不办。现在主任上班了,真有心,你今晚就请个客啊。"

"请客还不容易?明不假的,只是咱没有鸿运酒楼……"

"废话,没酒楼就不请客了?立马到县城,那地方有的是比鸿运酒楼强得多的大饭店!"郭茂莫名其妙就火了,粗着嗓子说道。

陈仁财本来想和孟中华好好探讨一下兴建祠堂的事儿,没想到竟然遇到这样一伙烂人,对这个郭茂呀高加辛之类的,老实说他从心里一点好感也没有,只好又说了一会儿不咸不淡的废话,才悻悻地从这个臭气烘烘的办公室出来。

第九章

大病一场，九死一生，身子便再也恢复不到从前了。一向气壮如牛的孟中华实在感到从来没有过的疲惫、衰朽，一天下来全身的零件好像都散架了，要不是一堆堆紧急的事儿挡在面前，真想饭也不吃，立刻找个无人的角落蒙头大睡一觉……突然，手机又尖利地叫起来，他几乎有点发蒙了，愣了好半天才接起来，却是纪委的一个老朋友，听着听着又让他惊诧莫名，头脑也立刻像浇了桶凉水。"小老弟，你最近一定要注意，要真走就立刻马上抬腿走人，干净利落，要不走就必须严密控制局面，确保大局稳定啊……这个，该怎么说呢，切不可三心二意，举棋不定，当断不断反受其乱，这是大忌啊……"他一听这话说得掐头去尾、云遮雾绕的，就感到有点儿头疼欲裂的痛苦："老兄，你这话怎么讲呀，是不是有人挖我墙脚，告状告到你那儿了？"

"这是你自己的猜测，我可没有这么讲过对不对？但是，无风不起浪，树欲静而风不止，大风起于青蘋之末啊……小心行得万年船，要汲取教训，万万不可粗心大意……"

这一类人，说话一向就是这样，亦真亦假，亦实亦幻，自己一辈子也没学得来,怪不得到老也只能当个乡镇干部。孟中华叹叹气关了手机,只能不住地摇头苦笑。

弟弟孟中原来了,告诉他今晚到家里吃饭,小雨已经蒸上莜面栲栳栳了,还有炖羊肉,都是他最喜欢的,如果没事现在就去吧。他点点头,刚要起身,曹寿眉和白琳来了,只好又向弟弟苦笑,摆摆手让他先走一步。

"那……你可快点着啊,还有曹主任和小白老师,也一块儿叫上啊。"孟中原走到门口,又不放心地扭头嘱咐着。

天已经黑下来了,孟中华也懒得开灯,小屋里显得人影幢幢的。

三年来,大部分日子就是在这里度过的。一开始,这里还是一道烂河滩,他只能借住在堡子里的一间民房里。确定开建移民新村后,建成的第一个建筑就是这个村委大院,作为整个工程的指挥部。孟中华一向是个不重视细节的人,整个办公室也显得随心所欲、杂乱无章,办公桌上堆满了一摊摊一叠叠的文件,书架上的书横竖乱摆,有的已经翻烂了,也有的连包装纸也没有打开,上面落满了尘土,显然已有些岁月了。里面靠墙是一盘大炕,这地方冬天特别冷,不烧火炕是没法过冬的,火炕烧得太热又能把人烫伤,一般都是在火炕上再架起来一个矮脚床,床上杂乱无章堆满了衣裳……孟中华疲惫地揉揉眼:

"都顺利吧,还有什么事?"

曹寿眉郑重地看着他说:"主任,我觉得嘛,今天这事儿有点奇怪,挺蹊跷的。你今儿回来上班,连我当时也不知道,村里那么多人却知道得那么清楚,哗啦一下子全来了,这是不是有预谋有组织的?"

"那么……是什么人在幕后当黑手,目的又是什么?"

"和上次堵路一样,示威、逼迫。"

"要逼迫我走吗?!"孟中华不觉一怔。

不等老眉头再说什么，白琳立刻抢着说道："我说你们两位领导，你们不能只顾自己，把小妹妹落下不管啊。整整三年了，咱们这可是一个团结战斗的整体。小妹妹跟着两位大哥，确实学到了不少东西，没有功劳也有苦劳不是？对啦，孟主任您其实一直是副主任，真正的主任不是乡里挂名的副书记老田吗？所以，严格说来，我们这是一个四人团体，我们三个不管做出什么成绩，光荣首先都是属于人家韩书记的。你不看，前一段韩书记已经提拔了，到什么局里当了一把手。下一步，你们两位自然也一定会受到提拔重用。我呢一个人民教师，提拔重用就不指望了，能不能把我从学校调出来，哪怕到什么爱委会、绿化办当个小干事也行啊。"

这一番话说的，别人不笑，她自己先笑岔了气，好半天喘不过气来。

孟中华终于站起来，猛地拍一下桌子说："好啦，到此为止，大家都不要再议论这个事儿了。我明确地告诉你们，我是不会离开这里的，五道口是在咱们的手上建起来的，也一定要在咱们的手上巩固下去。现在村里越是人心浮动，我们就越要沉下心来，气定神闲，不知道这个词对不对，反正就这么个意思，各自做好各自的工作，懂吗？"

他们两个互相看看，懵懵懂懂地点着头，都不再吱声，一起相随着去孟中原家了。

其实，他们俩当然不知道，孟中华这一番话，也是有原版有出处的。上午，他去乡里拜见乡党委书记，才知道病了几个月，乡里的书记也已经换了，新来的这个人是个小青年，毛手毛脚的愣头青一个，也不听他介绍村里的情况，更不用汇报工作，只是劈头盖脸训诫开了：

"老孟啊，你既然病好了，就马上上班去吧。听好多人反映，这几年中你的工作还是不错的，撤乡并村成绩很大，也可以说是有功之臣嘛。而且还弄了一身的病，也算是为党鞠躬尽瘁了。但是，每个阶段有每个阶段的任务，任何人都不可以居功自傲。用领导们的话说，搬迁成功这只是万里长征第一步，今后的路子更长，任务更艰巨。况且从你们那里来看，搬迁也还没有完全成功。前一段，有个村子不是还堵了路，闹着要搬回去吗？还有那个郭家滩，许多人家还没有真正搬迁，补助协议也需要进一步落实。所以，搬出来，如果巩固不住、稳不住，那就会前功尽弃。稳得住也还不够，必须有活儿干、富起来。如果做不到这个，反而闹得上访不断，以前的成绩也会一笔勾销啊……"

他当时是憋着一肚子气离开乡里的。现在的年轻人，才当了屁大一个官，也不知道是走的哪一个门路，就这样一下子变得盛气凌人，比那些县领导们还脾气大官气足呢。但是，处于他现在这个尴尬的位置，要想上一个台阶，是绝对不能得罪这个顶头上司的。天完全黑下来，街巷里人影幢幢，一盏盏太阳能节能灯都亮起来了。要知道，这些路灯都是他拉来的赞助，基建款至今也还没有还清呢。他努力压抑心中的委屈，只把脚下的一粒粒石子踢得在黑暗中滚来滚去。

中原的家和老父亲是紧挨着的，在分房的时候没有抓阄，是他一口指定的，这也算是一种特权？但是，不管怎么说，有个儿子在老父亲身边，作为长子的他才总算放心一些。一进屋才发现，满屋子热气腾腾的，显然天气已经凉多了，孟中华在地中央站着，抬手让老眉和白琳往里走，一边仔细观察着。在屋子靠里面的大火炕上，摆了一个长条的小炕桌，他依稀记得，这家什也实在有些年头了，还是老父亲年轻时亲手打造的呢。老父亲只穿了件二股筋背心，盘着腿坐在炕桌西头，光秃秃的前额油光发亮，正抓住老眉的手使劲儿往身边拽。老眉也有模有样，乖乖学样盘着腿坐下来。又要拽白琳，忽然有人进屋来。孟中华抬头一看，原来是儿子成成。孟中华也有样学样，像德治老汉当年那样，立刻拿出做父亲的威严来，沉下脸说：

"你不在单位好好工作,怎么又跑回来了?"

成成职业学校毕业,托了好多关系,花了十来万块钱,现在还只是戒毒所的一名辅警。孟中华最大的希望就是,有朝一日儿子能成为一名正式干警,为此他不惜再花一倍的钱。

儿子脱鞋上炕,先端起桌上的茶水喝了一杯,才闷闷地说:"不是我要回来,是妈让我回来的,说是不放心你,让我回来看看。电话也不接,谁知道你们倒是逍遥自在,又吃肉又喝酒的。"

说罢,又拿起摆在一角的酒瓶来:"怎么还不倒上,喝吧。"

孟中华一看,连忙把酒瓶抢过来,沉下脸说:"没大没小的,别人都能喝,就你不能喝,赶快吃完睡去吧。"

"哼,叫我喝我也不喝,什么劣质白酒!"

不等他们父子俩再说什么,曹寿眉已经抢过了酒瓶,唰唰地倒起来,一边哈哈地笑着说:"怎么不喝,该喝不喝也不对。大口喝酒,大块吃肉,这可是咱们这地方几千年不变的老规矩。来来来,后生可畏,我今儿先不敬德治大叔,先敬成成一杯。再过十年,天下就全是你们的了,到时候,翅膀硬了,可不要忘了和老哥喝过烧酒啊!"

看这架势,孟中华知道,今儿算是管不住了,只好不住地使眼色,又小声嘱咐成成,一定要自我控制,千万别喝醉露丑了。

人总算到齐了,孟中原也不再忙乱,开始坐下来掇酒让菜,只剩下郭小雨一个女人手忙脚乱地上菜盛饭。这女人真叫作干练麻利,滴水不漏,不一会儿就把一切都整备齐了,小炕桌上摆得满满当当。这是最典型的地方风味了,满满一瓦盆炖羊肉,一瓦盆莜面栲栳栳,一瓦盆的烧山药蛋,一瓦盆的大烩菜,剩下的就是些下酒凉菜了……尤其是那炖羊肉,一大块一大块油光光亮闪闪的,只配了少许的土豆、胡萝卜,吃一口满嘴喷香,一点儿都不膻不腻、不肥不柴,让人一辈子都忘不了……曹寿眉一边大快朵颐,一边不住地啧啧称赞:

"哎呀呀，这世界最好的羊肉，就产在咱们这一带啊！尤其是今儿这肉炖得呀，侄儿媳妇这手艺呀，那真是没得说，这才真应了那句老话，油糕粉汤炖羊肉，给个县长都不当！改天有机会，请小雨媳妇再给咱们弄个油糕粉汤，那才更见你的手艺哩。"

郭小雨连忙笑笑说："看曹主任说的。粉汤今儿就有，正在锅里煨着哩。至于油糕，这几年可不容易吃了，老百姓种得少多了……"

刚说两句，话头便被孟德治老汉打断了："说少也不少，只要曹主任爱吃，改天一定要做一桌。在咱们这地方，山珍海味没有吧，这个油糕粉汤还用愁啊！"

曹寿眉显然喝多了，开始讲那个传统笑话。说的是两个干部下乡，来到附近的一个村子里。中午吃饭，村支书给找了全村最干净利落的一户人家派饭。这户农民也特别实在，一看来贵客了，便劳神费力做起了著名的"油糕粉汤宴"。在搓揉油糕的时候，一个干部发现，这家女主人是个近视眼，炕上只有一个光屁股小娃娃，她一边搓揉糕面一边哄小孩，其间这小娃娃便便了，她看到黄黄的一团，以为是自己不小心洒出来的，于是一捧和糕面揉在一起。在漏粉汤的时候，另一个干部发现，这家男主人在大铁锅上累得汗流浃背，好像还有点感冒，汗水、鼻涕都滴滴答答流到了锅里。等开了饭，一个干部只吃油糕不喝粉汤，一个只喝粉汤不吃油糕，等吃完饭一交流，才恍然大悟，一起哇哇地吐了起来……

他正摇头晃脑说得得意，白琳忽然端起酒杯就往他嘴里灌，一边说道："少说两句好不好，快喝酒快喝酒，再说下去，本姑娘也吐了你知不知道？"

曹寿眉乖乖地呷一口，又斜睨她一眼说："哈哈，这算什么啊。这都受不了啦？所以说你们年轻人，还必须要多多深入基层，加强锻炼不是。"

"你说的这都是什么年代的事儿啊。这次我下乡,看到咱们这一带的人家,都还是非常文明非常卫生……"

"这个嘛当然不能一概而论,你比如像郭家滩,小雨她们家那地方,就非常地讲究,穿衣做饭要样有样,所以才说,郭家滩的女人不用看嘛。即使是在上世纪六十年代最困难的时候,郭家滩的女人要出门走亲戚,也一定会随身拿个小包裹小袋袋,里面特意装着一双干净鞋,等十里八里的山路走下来,到了亲戚家门口,这女人就会换一双鞋,干干净净地去登门见客……但是,到了别的地方就不行了,这就叫十里不同俗不是?你比方说就咱这的铁匠铺吧,那地方因为荒山秃岭、缺水严重,洗澡就成了最奢侈的享受了。不知道你们大家注意过没有,铁匠铺的女人大都有一个特点,就是呀全身上下都是黑不溜秋的,但是大腿上却有一长片皮肤雪白雪白,你们知道这是因为什么吗?"

说到这儿,这家伙居然卖起了关子,嗞溜又喝了一大口。

孟中华知道老眉的这个段子,赶紧转了个话题说:"成成,你只管自己吃,也不给你爷爷夹菜倒酒,照看你爷爷吃好没有?"

成成不搭腔,正低着头玩手机呢。

德治老汉说:"成成,不要老玩那个了,会坏眼睛的。爷爷问你个正经事,对象找得怎么样了?"

成成叹口气说:"现在工作还没落实,找对象干什么,那不是自找麻烦?"

"话可不能这么说,你现在也老大不小了,爷爷这辈子,就这件事还没看到,还合不上眼啊。工作是工作,对象是对象,难道一辈子没个正式工作,就一辈子不结婚成家了?像咱们家这么多人,能吃上公家饭的有几个啊。"

"爷爷,我倒是想找,也没有人愿意跟我呀。要房没房,要车没车，一天到晚只骑个破摩托，现在的女孩子，早看不上这个了。"

"这可不一定，好女娃娃多的是呢。今儿正好这么多人都在，有个话也不用藏着掖着了。说实话，爷爷这几天倒是看中了一个，叫我说呀，隔壁家郭彩彩那个大女儿就是个正气娃娃，又是大学生，脾气好，人模样也好，这几天开了个家庭诊所，也挺红火的。我还旁敲侧击地和她娘说了说，我看人家也挺有这个意思……"

孟中华一听，连忙问："爹，你真的说过了，就那个芸芸，戴个眼镜的？"

"就是嘛，戴个眼镜怎么了，说明人家爱学习，有文化啊。"

"我不是说这个，我是说，她娘真的有这个意思？"

不等德治老汉再说什么，成成立刻大声说道："好啦好啦，不要再说了，我早就说过了，我的事不用你们瞎操心！如果你们实在着急，我明儿给你们领回一个来。这年月豺狼虎豹都成保护动物了，两条腿的女人却多的是了。"

"那好哇，你要有这个本事，明儿领回来，后儿我就让你爸给你把事儿给办了。"

"对啦，我说爸，我正想给你说个事儿呢。"成成不再搭理爷爷，扭头很严肃地看着孟中华。

"说吧，什么事？"

"我……不想在戒毒所了……"

"为什么？"

"你想想，这年头做个辅警，一个月才能开八百多块钱，连吃饭都不够，这样下去，真的一点儿意思也没有……"

孟中华有点儿急了："这个可不行，这不是挣多挣少的问题。要知道，我和你妈还是找了很多关系，也花了很多钱的。你只要一直坚持下去，将来肯定还是有前途的，怎么能说不干就不干了，不干这个你做什么呀？"

"我想……"成成嗫嚅着，不肯再说了。

儿子不说，他也就不再问了，孟中华心中烦闷，慢慢走出屋子，在院子里溜达着。正是秋高气爽、万里无云的季节，满天星斗璀璨如坠，空气中弥漫着成熟庄稼的诱人气息，不时有犬吠驴叫声悠远地响起……刚才老父亲的一番话，又勾起了他压抑许久的沉沉心思。芸芸当然是难得的好孩子，不管这个婚事成与不成，他觉得自己真的应该为郭彩彩做点什么啊，不然他的心里总是有着莫名的愧疚与不安……

之前听说刘大柱在铁匠铺的一场矿难中死掉了，他当时刚刚来到下乡工作队，考虑到种种顾虑和影响，他只好躲得远远的，一点儿也没插手这个事故的处理，郭彩彩也从来没找过他一次。直到有一天他接到一个电话，才知道她居然独自一个跑到鄂尔多斯推销锅炉去了。她在电话里带着哭音说：有个特别作难的事，康巴什新区的一个领导这几天一再暗示，只要她再开放一些，回扣不回扣的无所谓，这笔五十多万的生意他就算敲定了，并当下给她留了一个房间号码，要她星期天再和他联系……在电话里都能清晰地感觉到，她当时一定满脸通红，边吞吞吐吐说话边喘着粗气，一副孤苦无助又羞涩尴尬的样子……在电话这头，他当时也感到特别难堪而苦恼无奈，头嗡地响成一片，只好干干地嗯嗯应着，自己也不知道究竟说了些什么话，赶紧无力地合上了手机……这笔生意，最终也不知道郭彩彩做成了没有。

孟中华忽然感觉到，在另一个房间里，有女人低低的说话声。他趴在窗户上一看，原来是郭小雨和郭彩彩。正要推门进去，郭小雨又拿着牙缸进了屋里的后套卫生间，郭彩彩却端着一个大铝锅出来了。

"咦，你怎么不进屋，在院里溜达什么？"

孟中华无声地笑笑，却低声道："我说今儿的菜怎么这么丰盛，味道又这么好，原来是把你这位大师傅请过来了啊。"

"好啦,粉汤好了,快进来趁热喝吧。"郭彩彩一边说一边往主屋走,只悄悄瞥他一眼,低声道,"你可一定要记着这辈子只要我活着,你就不能离开这五道口!"

"这……"孟中华无言以对,只好默默地跟在她后面进了屋子。

满屋的人显然都已经喝醉了,看他俩进来,郭彩彩开始一碗一碗为他们盛粉汤,许多人都叽叽喳喳各自说着什么。这时,一直沉默不语的孟中原忽然大声说:"大哥,我想问你个事儿,你是不是真的要走了?"

"这个嘛……也还没有最后定呢。不过,依你之见,我是该走还是不该走?"

德治老汉一听,立刻插进来,大声训斥道:"这还用问?只要能提一下,当然走了好哇,自古道,锣鼓长了没好戏,你还真的想待在这地方,当一辈子农民?"

听着老父亲这样说,孟中华只好点头应允,待扭过身来,才低声问弟弟说:"那……中原,你的看法呢?"

"我嘛,有你在,当然好啰。但是,老爸说的也有道理,如果能上个台阶,到一个更加实惠的地方,当然最好不过了。"孟中原小声说道,一边看看哥哥,又看看老父亲。

孟中华一听,嘿嘿地笑起来:"你这话说的,做梦娶媳妇,尽想好事呢。哪有那么十全十美的,要提拔一下,也只能到个党校呀什么地方,不可能到什么实惠的地方的。"

"去党校?"孟中原一听立刻急了,连连摇头说,"哎呀呀那叫什么地方啊,那就坚决不去,那完全就是个养老的地方。我说哥啊,你现在才四十多岁,就准备着告老还乡呀?"

听两个儿子这样说,德治老汉又忍不住了,立刻指着小儿子说:"你这话我就不爱听,什么实惠不实惠的,这不是明着让你哥去犯错误吗？况且你哥现在年纪也不小了，又这么病了一场，我看呀到个清闲地方正合适，正好把身体养一养。俗话说得好，金钱都是身外之物，生不带来，死不带去的，只有身体才是最重要的。中华，不要听他的，我觉得你还是离开好，大家说是不是啊？"

成成立刻说："这个我完全同意，而且我妈也说了，你要再不抓住这个机遇，这辈子可能就再也没机会了。"

郭小雨也正好进来了，立刻拿起酒杯说："好啦，我看这就是我们全家人的一致意见了。看看今天听说大哥回来了，村委大院围得那个样啊，底下人们说什么的都有，有的话说的也是很难听的，而且我说一句不该说的话，有些人可能是盼着大哥出事儿呢……好啦，不说这些了，现在咱们共同举杯，祝愿大哥早一点踏上新的岗位，级别上也能再上一个台阶！"

"好，干杯！"

大家都不再争论，一起端起了手中的酒杯，只有郭彩彩悄悄退到了一边。

孟中华也端起酒杯说："不管怎么样，我还是要谢谢大家的关心，今儿我就替老父亲喝了这一杯吧。"

"那可不行，你呀别想得美，从今以后和这烧酒诀别了吧，不然你要再喝出啥问题来，我们可负不起这个责任。"白琳说着，已抢过他手中的杯子，把半杯酒全倒在曹寿眉刚喝干的杯子里。

"好啦好啦，不要再喝了，粉汤都快干了，莜面栲栳栳也耙锅了，这可是咱们今儿的正经主角呀。"郭彩彩一边说，一边和郭小雨一起动手，又给大家张罗起来。

在吃饭的当儿，白琳忽然推一下曹寿眉，没头没脑地问道："你刚才说铁匠铺的女人们大腿上都有一片白，到底怎么回事，也该揭开谜底了吧？"

"这个……我真说过吗?"曹寿眉嘿嘿地笑着,好半天指一指碗里的莜面栲栳栳,"就是做这个搓的呗。"

"怎么会这样,怎么会这样……"白琳惊愕地瞪大了眼睛。

"哈哈,老曹主任,这个……你怎么知道,你怎么知道,你一个一个检验过了?"孟中原忽地撂下碗,指着曹寿眉大叫起来。

第十章

躺在新房的东屋里,这一夜孟中华怎么也睡不踏实。自从给老父亲分下这套房,他还是第一次在这屋里过夜。西屋里的老父亲鼾声如雷,小黑驴也不时地嚎叫几声,还有不知谁家的狗叫声,都变得那样清晰,一次次把他从半睡半醒中拖了回来。当初搬家的时候曾有过规定,移民村不可再饲养动物,看来这一条真不切合实际,没有几个人真正执行的。做农村工作,说一千道一万,关键还是要符合实际,这是这些年来他最切身的感受了。

恍惚中,他觉得自己又回到了牛头峁。小时候,他特别喜欢大清早爬到牛头峁上看日出。那时的天更蓝,真正是万里无边,按老父亲的话说,从这里可以一直看到东海。但是他每次望过去,在水波浪一样的一道道山梁尽头,只是一片苍茫,有时又是一片蔚蓝,却实在分不清那是水是天还是海,天地在那里是融成一体的。满天的灰黑逐渐地退尽,天际线开始露出来,东方先是一抹鹅黄,再染上明亮的蔚蓝,忽地就万丈霞光,一轮火红的太阳好像突然之间就跳了出来……那时他总是痴痴地看着这一切,心里就总有一个想法,这个世界真的是太大了，大到他似乎永远也走不出脚下的千沟万壑，只能像一棵树一样一直老死在这地老天荒的地方了。

牛头峁的孩子们一般连初中也不会上，在本村上完小学就放羊种地挖野菜，过起了和父辈一样的生活。好在父亲还出去当过两年兵，而且是特别神气的卫戍区，从小就给他讲过不少大城市的生活点滴，这份好奇才鼓励着他从牛头峁到郭家滩来来往往走了整三年。那时的早饭晚饭都是在家里吃，中午饭只带着一个玉米面窝窝或莜面硬蛋，到学校灶上热一下，就着一碗水、几根老咸菜就解决了。好在他们班里有一个天仙一般的郭彩彩，才在他灰暗的心灵里有了日出般的欣喜和亮色。郭彩彩家条件不错，有各式各样好看的图书。郭彩彩开朗大方，看他一天到晚沉默寡言郁郁寡欢，总是主动开导他，大谈自己的人生计划。郭彩彩说了，最大的理想是当电影明星。他们这地方不是民歌的海洋吗？有一个和她同姓的著名歌唱家，就出在他们郭家滩。对于孤陋寡闻的孟中华来说，他既不太相信也不敢否认，但是说心里话，他觉得郭彩彩真的比许多的电影明星都漂亮，特别是她笑起来，总是格外地有一种很特别的味道，两颊显出分外明显的两个酒窝，显得那样俏丽、那样妩媚又那样潇洒，使他简直怀疑那俩酒窝不像是真的，是美容整形什么的专门做出来的……所以他觉得，她这个梦是一定能够成功的。等到初中毕业，他们俩便都暗暗下了决心，高中、大学自然不指望了，也没那个奢念，直接参加中考，早上学早毕业，早日投入火热的生活，他们都十分相信那句名言，知识改变命运，是金子总是会发光的。

他当时记得很清楚，对于郭彩彩他是做了承诺的，摩托车太低档，牛头峁唯一的一辆三轮机动车他也借下，头一天就停在独木桥边了。中考那天一大早，他早早吃罢饭，就穿过独木桥发动着那三轮车上了路。然而怎么也没想到，刚走出没几步，三轮车就突突怪叫着趴了窝。他头嗡的一下蒙住了！愣了一下，立刻发疯似的返回村里去找车主人。那是一个比他大不了几岁的小伙子，一听也急得要命，跑出来连着发动了几次，才愧疚地看着他说：

"为了你这次考试，昨天我还专门加满了油嘛，怎么过了一黑夜竟然油箱空了，也不知是漏油了还是让人偷了？"

"怎么会这样！怎么会这样！这不是要成心害人，要我的命吗？"

那天的中考点就设在陈家营，离牛头峁少说也有四十里。

那个小伙伴也急得要发疯，突然想起还有一户人家新买了一辆摩托车，飞一样地去找回来，载着孟中华一路狂奔……路过郭家滩，他哀求小伙子停一下，小伙子哪里还听得进去，已箭一样蹿上了通往陈家营的柏油路……那一路，他真的是又急又怕又愧又气，等赶到中考的场外，所有的考生都已经入场，门马上就要关闭了，他绝望地看看四周，只好不顾一切地闯进去……

等几场考试下来，他一直没见到郭彩彩那俏丽的身影，也没有勇气再找郭家滩的人问一下，只能在心里默默祈祷，她也许和他一样幸运，猛然改变主意，搭上了另一辆车，或许她压根儿就忘了当初的约定，提前一天就赶到陈家营住下了……那时如果有个手机、哪怕 BP 机多好啊！后来的结局很快确定了，他上了省水利学校，郭彩彩嫁到一家村太子洲，成了那个刘大柱的小媳妇，那小伙子憨头憨脑，见了人就会傻笑，比郭彩彩足足大了十多岁。

往事不堪回首。昨天夜里，他几次迷迷糊糊的，竟然梦到了郭彩彩，却从始至终紧绷着个脸，任他怎么逗都不笑一下，他多么想看一眼她那深深的两个酒窝，想听到她那银铃般无拘无束的咯咯笑声，可惜她一扭脸就走了过去，连头也不回一下，他只好没命地追起来，一路高喊着她的名字，却感到全身无力，喊出的声音沙哑无力，一出口就被风吹散了……直到窗户上已透出一抹鱼肚白，他才一骨碌爬起来，虚掩上门上了大街。

自从大病一场，他还是第一次这样早起床，这样早出门，秋风飒飒地吹过，身子忽然变得轻飘飘的，好像纸扎的一般。大街上空寂无人，世事变迁，已和记忆中的农村截然不同，大清早起来挑水、拾粪、下地的人已然没有一个了。清晨的乡村还沉睡未醒，显得格外安详、静穆……然而，侧起耳朵细听，却有一个苍老又沉郁的曲调在沉静的空气中回荡，就像静夜里黄河"哗——哗——"的涨水声一样：

哥哥你要走西口，
小妹妹我实在难留，
手拉着那哥哥的手，
送君送到大门口。
……
走路你要走大路，
你不要走小路，
大路上人儿多，
能给哥哥解忧愁。
……

这曲著名的《走西口》，在此地已经流传了数百年，深深地印在人们的心田里，成为当地人们的一个精神写照。不论赶集过会，还是日常劳作、朋友相聚，张口就能来上那么几句。但是，能把一曲民歌唱得如此婉转如此悠扬，好像饱含了数不尽诉不清的哀怨和忧伤，带着一辈子的深情厚谊和生活苦难的却没有几个。这声音低回沉郁，又断断续续，没有任何伴奏，却搅得人心烦意乱，把心中多少年压抑的酸楚和哀怨都倾倒出来……孟中华努力平静心绪，循着小曲传来的方向走了去。谁知道走着走着，那哀怨的曲调却戛然而止，又换成了欢快明亮的"二人台"小调：

  过了大年头一天，
  我和那连成哥哥来拜年，
  一进门，把腰弯，
  左手拉，右手搀，
  咱兄妹二人拜的一个什么年啊，
  那个咿呀嗨
  ……

  这小曲儿是如此单纯如此明亮又如此欢快，和刚才那一曲完全不搭调，任谁也不会相信这是同一个人发出的声音。不过，只要仔细聆听，又会发现在欢快中又分明浸润着酸楚，就像秋天里的鸟鸣啁啾和春天里的呢喃不是一样的味道，毕竟已经度过了整个炎热的酷暑，正在迎接着肃杀和寒风……孟中华凭直觉就认定，这一定是同一个人发出的不同频率不同波段。会是谁？一个什么样的人，有着什么与众不同的经历呢？他很好奇，急切地想见到这个人，脚步也变得飞快，不知不觉已穿过新村，来到老村的土围子里面，在一个破败的大院前站住了。

  这个院落很宽敞，但又相当破旧，一副倒塌人家的光景。依稀可以看出，过去这里肯定是座四合院的房子，只是其他房子都扒掉了，有的还留着古旧的地基和台阶，只剩下孤零零的三间正屋，一色的青砖瓦房、重椽彩柱、雕花格窗户，却斑斑驳驳，瓦楞里长满了蒿草，似乎随时都可能倒塌的样子……按理说，全村里这样的危房已经不多见了，也做过多次危房普查，可能这老房子看着危险，实际上结实着呢……只见一个老头子边哼曲子,边进进出出,把屋里的大小家具用品一件件全搬出来,在院子里堆了一大摊。

看到孟中华,老头子立刻挺直腰板,不客气地问:"你找谁?"

"你叫什么名字?"孟中华一看他这样,不自觉地拿出了领导派头,沉下脸来。

"你不认识我,我也不认识你。"

孟中华不再搭理他,径直往屋里走,老头子急得要拦住他:"哎,我又不认识你,你进我家里做什么?"

"你大清早的,把东西全搬出来,今儿准备搬家了?"

"非也。"

"什么?"孟中华好半天才弄明白他说什么,不禁更加疑虑重重,只好耐着性子问道,"不搬家,那你搬出来做什么?"

"除臭。"

"什么?"

"这屋里臭得不行,多晒晒太阳好。"

原来这样啊!不是亲眼所见,孟中华真的无法相信,居然有人有如此奇怪的想法。好像早听人说过,陈家营是有一个古怪之人,走到哪里都说臭得不行臭得不行,却一时想不起来姓甚名谁。孟中华不相信地把眼前这个老头又仔细打量一番,只见他白胡子长长的,穿一身不合时宜的中山装,上衣口袋边还挂着一副眼镜,的确有点怪异。看他一直拦在门口,孟中华只好退到院子里,随手翻着搬出来的东西。有一个大相框,上面贴满了各式各样的照片,有集体照也有个人照,而且里面大都有同样一个女子,头戴簪花,身穿戏服,化着浓浓的彩妆……他待要仔细端详,老头子已走上前,生气地一把从他手里抢过相框,抱回屋里去了。

孟中华弄个没趣,只好又翻开了几张纸,却是娟秀楷书的几张无款条幅。第一张上写着：欲大自在，得真解脱。下面几幅待要再看，老头子又走过来，嗔怪地抢走了。

"'欲大自在，得真解脱'，什么意思，可以请教吗？"

孟中华慢慢念叨着，认真地对老头子说。

老头子却嘿嘿地只是笑，不肯回答。

孟中华只好又问："刚才是你在唱小曲儿？"

"什么小曲儿，那是二人台。"

"当然……是二人台，是《拜大年》吧？"

"知道还问？你们这些当官的，总是明知故问，是故意找我们老百姓寻开心吗？"

"你家里几口人？"

"光棍一条，连这也看不出来？"

"对不起，对不起！你怎么知道我是干部？"

"我能掐会算，不仅知道你是干部，而且知道你是谁，叫什么名字。我且问你，你真的要离开这里了？"

"这个嘛……"孟中华不禁沉吟起来。真想不到，连一个老光棍都这么关心他的去留，他真的有点儿忐忑不安，都不知道该说什么好了。好半天才故作轻松地笑笑："我倒是想请教一下你这能掐会算的，是走，还是不走？"

"哈哈，自古道人算不如天算。虽然对老夫来说，走不走都无所谓。但是，对你自己来说，这个可是关乎一辈子的大事情……"

"什么意思？"

"有人希望你走，是因为你不走，他们就永远无出头之日。有人害怕你走，是害怕你走以后，好端端的开头，闹个虎头蛇尾，有始无终。咱们这地方，折腾来折腾去，几千年没个消停，都折腾得荒山秃岭、赤地千里了，现在好不容易遇上好年景了，正所谓千年未有之大变局，值此回头拐弯的节骨眼上，唯有真英雄能当大任，要好好思考，此长彼短、得失利弊都要想清楚，既不要稀里糊涂，也不要缩头缩尾，要深长思之、深长思之……"

更没想到的是，这老头子说起话来，竟然有点文白夹杂，让人云遮雾绕地探不出深浅，孟中华本是笨嘴拙舌之人，遇到这样的场合就更是唯唯诺诺，不知如何是好了，只好慢慢往外走，一直走到歪斜的街门外面，才扭头问了一句："你……叫什么名字？"

"鄙人姓陈，表字仁名。"

然后哈哈地大笑，等孟中华走得远了，才听到有沉郁悠扬的曲调从那破旧的宅院里又飘出来：

> 李世民微服私访来郊县，
> 闻听那狗县官嚣张作乱。
> 大唐朝革故鼎新在贞观，
> 振朝纲严法纪重整河山。
> ……

孟中华也听出来了，这是北路梆子里那一出慷慨激越，听得人热血澎湃、血脉偾张的《行路》吧。

在乡下工作是没有星期天的，今儿孟中华却想给自个儿过个周末了。吃罢饭就给郭彩彩打电话，问她今天干什么。

郭彩彩也似乎有什么预感，连说什么事儿也没有，想干什么就干什么。

"不知你在太子洲上的家搬完了没有，还想不想再回去看看？"

"好哇，你别说，我也正想回去看看呢。"

"那好……还能不能寻到艘小船？"孟中华又试探着说。

"没有问题。"

很快,他便开着老眉那辆破车,把郭彩彩拉到了郭家滩。

才过了几个月时间,昔日繁华的渡口小镇已经变得渺无人迹、荒凉一片。大多数的房屋还很完整,左边是那些年兴盛一时的小洋楼,喧闹的歌厅一条街门窗紧闭,玻璃也没破碎,只是连一条狗也没看到,只有一群受惊的黑老鸦怪叫着飞上天空,像一片片快速移动的乌云。

"只说搬搬搬,这么多房子怎么办,这不是浪费吗?"郭彩彩一边走一边感慨着。

"可是不搬走,留在这儿同样也是浪费。"

"不可思议,才十几年时间,怎么会变得这么快?"

"你问我,我问谁呀?"

"你不是领导吗?"

"领导也不是万能的。当初郭家滩撤乡建镇的时候,决策拍板的同样是领导。那时的设想也应该很有道理,服务煤炭金三角,服务河对岸的鄂尔多斯大开发。结果呢,康巴什的房价一天一个价,郭家滩的歌厅、小姐一天比一天多,听说那时候的老板们,真的是挣钱像捡纸,花钱如流水。谁知道一夜之间,康巴什的房地产梦破碎了,成了一座全国著名的鬼城,这地方也一下子烟消云散,繁华落尽,只剩下一江春水向东流……回想起来,这真的像是一场梦啊,这该怨谁呢……"孟中华忽然来了兴头,有点多愁善感起来,说话也颇有点絮絮叨叨了。

来到河岸边,岩石下果然停着一条小船。郭彩彩说,这是她们家唯一遗存下来的家产了,临走时就系在这里,没想到今儿还真用得上了。等上了船,她似乎一下子就找到了感觉,双桨奋力一划,小船就斜斜地向河中间的那片绿洲荡去。郭彩彩一边划一边说:

"郭家滩的兴衰，和交通也有很大的关系。过去这里好歹是三省交会之处，咱太子洲祖祖辈辈就是靠过河摆渡为生的。后来计划生育，船被扣押了，再后来郭茂他们在这里架了一座临时的浮桥，我们这船就更没啥用了。再后来，又开通了高速公路，现在又在建高速铁路，整个郭家滩就完全被世界抛弃，再也无人问津了。再以后呀，等新的水电站大坝建起来，还不知道会变成什么样子呢……"

孟中华不想再说这个了，看着小船摇摇晃晃来到河中心，像是遇到了漩涡，竟缓缓地打起漩儿来。再望过去，郭家滩就愈缩愈小，模糊成一片了。看来，今年的黄河水显然涨了很多，河面比往常变得格外开阔，大有江平两岸阔、风正一帆悬之感。忽然，孟中华又想起了清晨那沉郁、悠扬的乐曲，张开嗓子自己先唱了几句，又觉得不够过瘾，要郭彩彩也来一个。

不知怎，一向落落大方的郭彩彩竟然扭捏起来，在孟中华的反复催促下，才唱了一曲《正月十五挂红灯》，却一点感觉也找不到，自己都觉得寡寡的没多少意思，脸颊一下就红了，也懒得划船了，任由小船在河心里打着漩儿。

孟中华看她了然无趣，只好打起精神，讲起了早晨与陈仁名老汉的遭遇。刚把陈仁名唱小曲的功夫夸了几句，郭彩彩立刻打断了他的话说："你呀，只知其一不知其二，你知道这老头为什么一辈子不结婚吗？"

"穷吧。咱们这穷乡僻壤，自古到今打光棍的多了，上世纪特别是六七十年代的最多。"

"这可说的不对。在整个陈家营，陈仁美、陈仁名兄弟俩，祖上可一直是全村的首富啊。过去常听人们讲，他家爷爷是典型的守财奴，虽然种着两千亩地，每天早晨起来还挑个箩筐拾粪呢。后来有一年派下兵来，他有两个儿子，按规定应该出一个差，但是一般人都认为，他那么有钱，当时只要花五十个白洋，就可以雇一个人顶替的。谁知道他竟然把亲儿子派出去了，一去前线就没了音讯……到了陈仁名这一辈儿，这个人从小聪明好学，在中学当着民办教师，应该说也是全村有头有脸的人物，怎么可能穷得娶不上老婆呢？"

"那……"孟中华困惑地摇摇头。

"说起来，真是一个凄美哀婉的爱情故事。陈仁名从小就是个戏曲迷，不仅自己走着站着喜欢唱几嗓子，咱们这一带哪里赶集过会唱大戏他都是场场不落。那时二人台剧团出了一个很有名的小旦郭雨晴，人称'十三红'，就是咱们郭家滩的女孩子，十岁被省艺校选拔走，十三岁就在戏曲表演中一炮走红，尤其是那走台的步子，风摆杨柳，飘飘欲仙，所以又被人称为'水上漂'。这陈仁名不知怎么一来二去竟迷上了十三红，不论十三红在哪里唱戏，爬山过河也一定要赶去捧场，后来竟不断地给十三红写信，到了戏场就乱冲台口，坚称非她不娶。那时的陈仁名年龄并不大，又举止文雅，仪表堂堂，十三红竟然也被他的真情感动了，言称非他不嫁，只是家里不太同意，婚事便一直拖了下来。后来有一年，十三红随剧团到准格尔旗的一个煤矿慰问演出，陈仁名也跟着去了，谁知道这个煤矿比较乱，可怜的十三红半夜演出结束，就被一伙不明身份的人给拐走了，从此活不见人死不见尸，案子至今也没破，只在黄河边上捡到她演戏时穿的一双鞋……从此，陈仁名就变得有点儿疯疯癫癫，说起话来也颠三倒四的，听说至今还在等着他的十三红郭雨晴回来呢……"

这故事听得人心里发酸，孟中华好半天才喏嚅着说："真想不到，咱们这穷乡僻壤出刁民的地方，竟然还有这么多情善感的男人啊！"

郭彩彩立刻反驳道："话可不能这么说，其实咱们这儿许多男人最多情了。还有郭茂家的老婆小美，因为和郭茂缺乏感情，就悄悄和当年郭家滩镇的一把手党委书记韩守忠好上了。人都说他们那不过是一场交易，互相利用而已，不会有多少真感情。谁知道有那么一天，韩守忠书记竟然把办公室一锁，带着小美失踪了。那时韩书记已经五十多岁的人，抛妻别子，官帽高挂，这要下多大的决心啊……据说，前几年还有人在河对面大柳塔一带见过他们俩，在经营一家小吃店哩……"

"有这样的事儿，还是出在郭茂家里，我怎么不知道？"

"你不知道的事多啦！再说，平时没闲工夫，人家谁给你倒腾这个啊。据说，这个事对郭茂打击很大，郭茂从此守着个儿子，明白着和人们说啦，宁肯嫖娼也不再结婚了。"

"这个我倒知道，郭茂确实至今单身，是有名的钻石王老五……不过，你怎么知道得这么详细啊？"孟中华忽然看着郭彩彩，显出很奇怪的样子。

郭彩彩不动声色地说："这有什么好奇怪的，要知道他那个老婆小美，原来就是我家小姑子，也是我的嫂嫂啊，是当年我们家和他们刘家换亲换过去的。只是小美嫁给我哥后一直也没有娃娃，没过几年我哥就外出打工被电打死了，小美才改嫁的郭茂啊……小美当年真的是美若天仙，比我漂亮一百倍了。"

生活的细节竟然如此纠结又如此复杂，孟中华一时只感到心情沉重，却理不出一个头绪来。在他的心目中，郭彩彩就是最美最漂亮的了，比她还漂亮一百倍，那该是怎样一个女孩子啊？为什么漂亮的女孩儿都命运坎坷，红颜薄命？像郭雨晴，像小美，还有眼前的这位……换亲，在这些地方一直是极为普遍的，有多少穷苦人家，为了亲人幸福，为了家族绵延，只能牺牲自己的青春和幸福，嫁给一个素不相识又年龄偏大、讨不下老婆的老光棍……孟中华这些年来一直感到内心的愧疚，中考那天如果不是三轮车漏油，如果他再能找到别的办法，也许郭彩彩的命运就一定会改变了，他怎么也没想到，这背后还隐藏着一个古老的换亲故事。他开始断断续续叙说着心中的想法和愧疚，渐渐地，沉郁压抑的内心才突然有一种如释重负的轻松，直直地看着郭彩彩说：

"好啦，这些年憋在我心里的话，今儿总算全倒腾出来了。我只想再问问你，你……恨我吗？"

"恨你……为什么？"郭彩彩显出很吃惊的样子。

"如果那天你能参加中考，成绩一定会比我高许多，一定能考上艺校的，也许你就是新一代的十三红……"

"问题是没有什么如果。况且即使成了十三红，也难保不会像她一样悲剧收场。好啦好啦，你千万不要再愧疚了，这一切根本就和你无干。我不会因为你的一句话，就那么死心眼地一直等下去的。我那次之所以放弃中考，完全是家里逼的，他们都怕我飞走了，我哥哥就要打一辈子的光棍了……结果呢，我和小美都成了牺牲品，我哥和大柱也没活到个寿数，小美现在是死是活，也再没个音讯了……都半辈子的人了，这就是人生，人生不过就这么一个过程……"

郭彩彩说着说着，突然失声痛哭起来，而且越哭越厉害，整个身子不住地乱抖，那样子实在让人害怕，孟中华只好探过身子，把她滚烫的身子搂在怀里。她似乎安静了一些，号啕大哭逐渐变成了小声啜泣，脸上的泪却依然淌个不止，把他的双手都打湿了，似乎要把这一辈子受过的痛苦都哭出来一般……太阳已升到了中天，秋阳依然炙热难耐，在阳光的照耀下，整个河面也变得波光闪闪，好像一大块舞动的彩缎。在一涌一涌的波浪中，打着漩儿的小船愈漂愈远，孟中华突然惊恐地发现，太子洲已不知道哪里去了，整个郭家滩也消失得无影无踪，却有一个巨大的构筑物挡住了漂移的小船，船身发出剧烈的抖动，头顶也一下子暗下来……啊，原来不知不觉地，他们竟漂到下游的黄河大桥下了。

第十一章

正是国庆节前夕,杜丽琴忽然来电话了,告诉孟中华这几天一定要设法见见那位新来的县委书记,不然的话,他那事就有可能要黄了。孟中华听了不觉一怔,什么时候县委书记换了,他居然一无所知,这干部当的,对决定自己生死荣辱的政治事件如此迟钝,未来的政治前途也就可想而知了。

他还是听老婆的话,开始动用各种关系,小心打探这位新书记的行踪,只要一有机会,就借个破车往县委大院跑。只可惜事不凑巧,每次计划得都严丝合缝、滴水不漏,急急慌慌赶去了,却总是赶不上趟。时间长了,他也就不太上心了,总觉得凡事自有其定数,不可强求,还是顺其自然吧,反正自己也算是尽了心啦。

这天一进办公室,门缝里掉下一个信封来。打开一看,里面是一张照片,正是他和郭彩彩划船的情景。好在两人的姿态、表情还算正常,孟中华才不太心慌了。但是,这究竟是什么人搞的,除了这一张,还有没有更出格的截图,这样做的目的究竟是什么?一下子涌出这么多问题,孟中华觉得脑子都有点儿乱,愣愣地拿着那张照片看了又看,先夹在文件包里,又不安地拿出来,犹豫一下,还是点燃烧了。

相片纸还挺不好烧的,火苗一蹿一火,冒出一股子黑烟,呛得他直想流泪。

呆呆地坐在办公桌前,他忽地又想起了纪委那个"老朋友"的电话,关切的语气中含着明显的幸灾乐祸之意,连一向不敏感的他都能感觉出来,高十周这个人在高层还是很有活动能量的,看来有一股子力量,真的在暗地里使劲,就像这会儿的气候一样,丰满、收获的季节一过,严冬的冷酷和凛冽就要降临了?

忽然,门无声自开,一个高大的黑影突兀地来到地中央,像一座小山压了过来,他一激灵,不觉瞪大了眼睛。原来是铁匠铺的那个黑壮汉子高憨虎,还推着一辆轮椅,窝在轮椅里的那个人看不清,只看到一张硕大无比白得瘆人的大方脸和架在鼻梁上的茶色眼镜……只见这个人把手微微摆了一下,那个黑壮汉子就悄然退出去,并轻轻地掩上了门。

孟中华都觉得自己有点儿窒息了,不知道这意味着什么,只好硬撑着办公桌挺直了腰身。

屋子里空气沉闷浊重,一片死寂,听得见彼此粗重的呼吸声。

大方脸微微颤动一下,声音低沉而冷漠,好像不是人的声音,把孟中华几乎吓了一跳:

"想不到吧,今儿幸会,大哥!"

我真的是他大哥吗?是的,他还是中丽名正言顺的丈夫,是自己的妹夫啊。可是,这几年里,孟中华心中早就没有了这个概念,现在经他这么一说,反而觉得格外陌生又新奇,只好微微点一下头:"有事吗?"

"我觉得,我的心思你是明白的。"

"不一定吧,你不妨说说……"

"明人不做暗事,我可以说。但是,本人素不喜欢空话、废话,那不是我的风格。"

"你的意思是……"

"我很清楚,你在这里待不住了。"

"为什么?"孟中华差点儿站起来。

从那张大方脸上发出的声音,却依旧平静而舒缓,好像死水微澜:"这很明显,因为各种势力都不希望你继续留在这里。"

"那……我要是不走呢?"

"你不会那么傻……"

"这个是你可能没看出来,我这个人一直就这么傻……"

"也许……除非你真想粉身碎骨!"

"就是粉身碎骨,我也在所不惜!"孟中华再也忍不住了,从德治老汉和更老的祖辈们一直传承下来的那么一股犟劲儿,突然占据了他的全部身心,恨不得立刻挥舞双拳,把那张毫无表情的大白脸暴揍得皮开肉绽,鲜血横流……他忽地站起来,却又觉得有点儿失态,只好用双手强撑着桌子说:"老实告诉你,还有你身后的所有人,我就是这么个性格,这么个毛病,知其可为而不为,知其不可为而为之,你们想让我走,我就坚决不走了。这五道口新村就是我的儿子,是在我手里诞生、成长起来的,我一定要看着他一点一点地长大,决不允许任何人欺负他破坏他,更不会看着他夭折!我想,你们这些人,谁想在这片土地上胡作非为,就死了这条心吧!"

"你知道,这不是我一个人的事,也不是你一个人能够阻止的。现在的问题是,郭茂他们有一大拨儿的人,想在你我身上做文章,在我和他们这些人之间,你总得做一个选择吧?"

"我无法在你们之间做出选择。要选择,我是会选择五道口新村,谁支持五道口新村建设,谁奉公守法,我就选择谁……"

"那……你连你妹妹也可以放弃?"

"你找死啊!"他低沉地怒吼一声,觉得自己再也控制不住了,气得浑身发抖。

"那……咱们就走着瞧!"

那轮椅原来是全自动的,高十周大方脸上发出的声音变得冷飕飕的,熟稔地操纵着,转向,驶向门边,很快便到了走廊里。

孟中华听到走廊里有杂乱的声音,赶紧拨通了乡里那位年轻书记的电话,说他有重要的事情报告。这位新上任的年轻人却嘿嘿地笑着说,你别急,安安静静在办公室待着。他有点儿惊奇地问,你在哪儿,怎么知道我在办公室?这个年轻人依旧一副轻松的口吻说,我不仅知道你在办公室,而且还知道你和那位高十周之间唇枪舌剑足有一个小时。放心吧,一切都在我们的掌控之中,你是安全的,你妹妹也是安全的……说着说着,就听到大街上汽车喇叭声响成一片,不等他走出屋,村委会大院里已站了一大堆的人。后来才知道,是新来的县委书记亲自带队来到五道口新村了。

在执法部门那里,高十周其实早就是挂了号的人物,只是由于他的情况特殊,一直没有下最后的决心。孟中华也终于清楚了,在现代科技条件下,要监控一个人,掌握他的一言一行一举一动,那简直太容易了。听着人们绘声绘色的介绍,他当时就感到一阵后怕,幸亏自己那番话说得恰到好处,否则还很有可能牵涉到里边呢。原来,高十周那个仁义公司,已被定义为典型的黑社会组织,在公司办公室里,先后起获了许多违法物品,什么电警棍、手铐、管制刀具等,还有两把六九式手枪。更令人恐怖的是,在高加辛兄弟几个的家里,还搜出了许多遗骸、遗骨,都散乱地堆在床下的纸箱里……一开始公安人员也大吃一惊,以为背后隐藏着更凶险的凶杀案件。经反复调查、侦讯,才知道这其实是一场虚惊,这些遗骨、遗骸的死亡时间都在百年以上了，显然是从一些古墓中挖出来的。那么，他们是一些盗墓贼吗？显然不是，这伙人拦路设卡，敲诈勒索，又开设赌场，一夜的收入动辄几万几十万，哪里会做那些鸡鸣狗盗的营生。后来，还是高十周自己道出来了其中的奥妙。他们不是有一个拆迁公司、金融外企公司吗？只要哪里有大的土建工程，他们就会全部承揽下来，并安排手下把这些遗骸都埋在工地里，然后谎称墓地的主人，向承包的施工单位敲诈一笔笔不菲的迁移费用，如果达不到要求，他们就组织人员昼夜围堵，不达目的绝不收兵。不过，比起一般的黑社会组织来，这个团伙显然智商更高，手段更巧妙，轻易不会打打杀杀，所以，尽管积累了大量的财富，却没有一条命案，因此举报信不少，公安部门却一直没有下手。要不是这一次高十周亲自出马，甚至威胁到了孟中华、孟中丽兄妹的安全，新来的县委书记亲自拍板，还可能再拖下去……

　　这件事件发生得突然，处置得也十分强硬，作为当事人之一的孟中华，有时回想起来，有许多地方还是模糊不清的，村里的人更是议论纷纷：孟中华铁面无私，六亲不认，把他的亲妹夫都抓起来了！铁匠铺的人那一回围堵公路，就惹下孟中华了，那个大型的煤矿集团，叫什么金城公司的，说起来是国有控股企业，实际上就是一个股份公司，保不齐孟中华在里面还会有股份的。这真真假假的谎言，几乎一夜之间就传遍了五道口新村，在大大小小的房屋里、灯光下演绎着发酵着……孟中华无力辩解，也无从驳斥。他只是觉得，自己当时不管从哪个角度看，也只能那样做、那样说，那些话完全是从他心底里流出来的，带着他最真切的情感和思索，至于利弊得失，就实在无法考量了。

　　作为新上任的县委书记，对他的那个表态是十分感动的。等后来见了面，曾经十分动容地说："在监听设备里，你那番话，我们是听得很清楚的，也令人非常感动。我当时就下了决心，你这个人，还是留在五道口新村好，不仅对工作好，对你本人也好。如果像原来设想的那样，随随便便找个地方，象征性地安排一下，比方说，给你这么一个实干家，安排一个清闲无事的副科级待遇，是一点意义也没有的。对啦，不知道我对你的这个理解对不对，如果你现在想反悔，也还来得及，我可以重新考虑。"

孟中华当时根本来不及考虑，只是感动地一味点头。

新书记看他这个样子，更加兴奋起来，又侃侃而谈地说道：

"我当时产生的另一个看法是，这个五道口新村，一时半会儿还不能实现完全的自治，千百年沉积的传统文化啊，大大小小五六个古村落，一夜之间靠行政力量强行合并在一起，这个融合还是需要一个过程的。在这个过程中，加强领导是最重要的。既然你有这样的情怀，有这样的心愿，我们还是不要急于求成、揠苗助长，还是应该让你继续当好这个五道爷。"

孟中华感动得泪都要下来了，但是一想到这份担子的沉重，依然坚持着说道：

"书记您好，我还是插一句吧，我现在能力有限，身体也不行了，为了工作，是不是还是换个人好一些，我虽然不怕吃苦，可是……"

"好啦好啦，不要再谦虚了，只要不怕吃苦就什么困难都可以克服，组织相信你，我和乡县的领导也都支持你，你就大胆地干下去吧。我今儿实话告诉你吧，其实这些日子，我们接到的情况，是非常丰富也非常复杂的，而且一些领导的意见也不太统一。别看这只是一个小小的村委会干部问题，关键这是咱们县的第一个移民村搬迁项目，影响深远，意义重大啊，只能成功，不许失败！"

对丁这个新来的县委书记的突然光临，孟中华真的一点儿心理准备也没有，进去找了多次都没有见上面，现在见面了，却一句有用的话也说不出来。他的身边，仿佛又响起了老婆杜丽琴一再的叮咛嘱咐，再不说你就没机会了，你那个事儿就真的要黄了……可是他愈是心急，就愈是想不出该说的话来，只急得头上冒出一层汗。

"对啦，实话跟你讲，这些日子，关于你的告状信也收到不少，不过绝大多数一看就是子虚乌有、胡编乱咬，希望你不要受到这些无聊东西的打扰，继续大胆泼辣地抓好工作。只要工作，就不可能不犯错误，有错误也不要紧，改了就好嘛，要允许犯错误，也允许改正错误！"说到这里，这个人便站起来，发出一阵爽朗的哈哈大笑，结束了这场让他终生难忘的谈话。

几天之后，新的任命公布了。在乡党委主持召开的村干部大会上，那个小后生般的党委书记郑重宣布：曹寿眉任县委党校副科级的副主任科员，继续留工作队工作，五道口新村的工作仍然由孟中华全权负责。同时要求驻在村的原有党员、原村干部，全力支持、配合工作队的工作，谁不配合、不支持，高加辛、高十周的下场就是活生生的例子……整个会场气氛严肃，讲话的口气也格外严厉，不要求讨论，不安排其他的讲话和发言，只有书记这一个人坚定的声音在每个参会者的头顶回荡着。

主持会议的乡长一脸严峻，等书记一讲完，就干巴巴地说了两个字：散会。

等走出这间空气凝固压抑的房子，大家才似乎喘过气来，变得有说有笑了，互相开着玩笑，纷纷围住曹寿眉，向他表示祝贺。曹寿眉满脸堆笑，和这些人逐一握手，又发了一圈烟，才找到孟中华说："主任，咱们是不是应该去见见那个乡党委书记，向人家表示一下感谢啊？"

孟中华嘴上说好，心里却有点儿酸酸的，心想这次提拔的是你，为什么却要我去表示感谢……不过，来不及再细想一下，两个人已经来到了那个小伙子的办公室。毕竟是整一个乡的一把手嘛，这办公室面积不大，但陈设都是簇新的，到处锃光发亮，有一种明晃晃亮堂堂的感觉。看到他们俩，小伙子从大皮椅上微微欠一下身了，算是让座了。等他俩在对面的沙发上坐下，曹寿眉嘻嘻哈哈地说了一大通感激领导栽培的漂亮话，小伙子才郑重其事地说：

"其实你也不用感谢我，要感谢你就感谢老孟吧。这一次他向咱们大书记明确表态，要继续留下来工作，等于是专门为你留了一个机会啊。至于老孟嘛，大书记也说了，由于现在职数还倒腾不开，职务一时间不能够明确，但是提拔重用只是一个时间问题，请你一定放心。从现在起，在内部使用时，对老孟就是要按乡一级的副职看待。如果你有兴趣，今后乡里召开的所有会议，你都可以列席参加。"

"这个就不要参加了吧……主要是实在也忙不过来。"孟中华一听书记竟然这么说，凭直觉赶紧拒绝了。

"既然如此，那就悉听尊便。我还有一个会，今天就到这儿吧。"小伙子说罢便站起身，等于下了逐客令。

一路闷声不响回到五道口，已是傍晚时分，孟中华先去看望老父亲。原来杜丽琴已和成成特意从县城赶来了，一见面就气冲冲地说：

"怎么样，果然像我说的，黄了吧？"

"什么黄了红了，还不是和原来一样？"

看老父亲和成成也一副关心的样子，孟中华只好淡淡地向他们讲了一下会议的情形，特别强调老曹虽然提拔了一下，却依然在他手下工作，而且领导反复说了，今后他可以参加乡里的任何会议，按同样的副职对待，却被他拒绝了……看他说得有鼻子有眼，杜丽琴更生气了，反唇相讥说：

"你呀你呀，真是一个傻子。是人都看得出来，这不过是官场上惯用的伎俩，一套哄人的鬼话而已，偏偏就把你给糊弄住了，还感激涕零、高呼万岁呢。什么叫职数倒腾不开，那不过是对你们这类老实人的挡箭牌，现在还有几个地方是严格按照职数配备干部的？如果是非提不可，他们那些办法多着呢，可以加长板凳，先上后下，也可以先挂在其他地方，还可以在常委会上先明确下来，哪像你这样啊，不过是领导个人的一句话，连一个谈话记录也没有，这不是哄傻子是什么？"

孟中华无言以对，只好默默地坐下来，开始一支一支地抽烟，弄得满屋烟雾缭绕。杜丽琴一看更生气了，上前一把把他手里的烟抢过来扔到地上，边踩跺边骂他不想活了。德治老汉忽然说：

"常言说，老实人终究不吃亏，依我看，能留下来也是好的，咱就是个农民子弟，把农村的这一摊子事儿办好，也不算枉当了一辈子的干部了。"

杜丽琴说："老爹你知道什么叫级别啊，中华他毕业二十多年，在机关辛辛苦苦地混来混去，到现在连个副科级也没混出来，和多少老同学老朋友见了面，他自己不嫌丢人，我还嫌没脸面呢。千载难逢总算有了这么个机会，又活生生地让他给丢了，现在县乡两级书记全换了新面孔，原来的书记已是泥菩萨过江自身难保，他这辈子就算是全完了！"

听妻子说话的口气，孟中华隐约觉得，原来的县委书记一定是"出事了"，而且早就听说高十周在高层有一定的关系，肯定就是和他牵扯上了，只是妻子既不想细说，他也就不便细问。这样想来，自己能躲在这偏远基层，也许并不是一件坏事。当然这个道理杜丽琴是绝对不明白的。好在天色已晚，他正准备张罗做饭，谁知丽琴依然余怒未消，气得连饭也不想吃了，拉起成成来就想连夜回城。

成成却看看爷爷和父母亲，小声说："其实，今儿回来我也有一个事儿想和你们说一下，我真的不想在戒毒所干了，还是让我辞职算了。"

杜丽琴一听便更生气不已："你不在那儿干，你想干什么啊！好啦好啦，这下好，我也不管了，还是找你爸爸吧，让他给你再安排个又赚钱又体面的工作。"

孟中华也没好气地说："你是副科级干部，是领导嘛，你不会给儿子好好安排一下？"

"好哇好哇，你还笑话我不成？我是副科级干部，丢你们孟家的人了不成？叫咱老爹给评判评判，儿子没工作，是应该女人去想办法，还是应该男人去想办法？人家的男人都是家里家外顶天立地的，哪有像你这样的，找你妈找你妈，咱们家的男人都死绝了不成？"杜丽琴一边说一边竟落下泪来，而且愈哭愈伤心，啼哭声满屋子回荡着，弄得几个男的都傻眼了。

一直等杜丽琴止住哭声，孟中华才扭头对儿子说："你自己说说吧，你不想干这个，到底想干什么啊？"

成成低下头，摆出一副欲言又止的样子。

"好啦，既然你自己也没有更好的想法，那就先这样干着，咱们边干边想办法，等有机会再说，好吗？"

成成忽然嗫嚅起来："反正……我不去了。"

"为什么？"

"我已经好长时间不去了。"

"什么……怎么回事？"

"我……已经辞职了……"

"你怎么会这样，你怎么会这样！好小子，你是不是和那些人沆瀣一气，也吸毒了不成？"孟中华一听，只觉得一股血径直往头上涌，一个巴掌就打了过去。亏得成成躲闪得快，孟中华扑了一个空，却感到眼前一黑，差点儿又晕倒了。

第十二章

天气渐渐凉起来，早晨起来，地里已结了一层白霜。一番紧张的秋收之后，家家院里都码着金黄的玉米穗子，只等着粮油公司上门收购。新收的燕麦和胡麻，已经开始磨面、榨油了。这时候走到村里，似乎到处都飘着一股新鲜的莜麦香和亚麻油味儿，让人顿生大快朵颐的香甜和快感。

这时节，一向寂寂无闻的陈家老宅突然间热闹起来。这老宅说起来也真有些年头了，新中国成立以后拆的拆、分的分，一进三重的大院已经七零八落，只有老大陈仁美住的三间上房还依稀可见昔日的豪奢和气派。那屋里屋外的每一块青砖都是专门磨出来的，每一扇木槛和窗扇都造型不同，缀着形态各异的木雕图案。有时陈仁美还会一块一块给人们指点、讲解，什么孔雀开屏，什么文房四宝，什么福禄寿三星，瘦削的脸上便泛出一层阴郁的微笑……这老头被批斗了大半辈子，老婆也在"文革"中带着儿子改嫁了，年近四十才又收养了一个儿子陈建国，在村民的记忆中一向都苦着个脸，干什么都是最后一名，那微微一笑真是太难得了。据说在"文革"的时候，生产队的母驴要生驹子，作为饲养员的陈仁美在驴棚里忙着接生，等出来洗手的时候，大家都围上来问，下了个公的母的？陈仁美当下犹豫半天，才吞吞吐吐地说："请'革委会'定吧。"这故事至今还作为笑话流传着。

这些日子，先是乡里新来的书记到陈家大院里转了一圈，据说还和陈仁美、陈仁名两兄弟谈了好长时间的话。后来，那位新任县委书记到五道口新村考察，带的队伍更加庞大，不仅抓走了高十周和高加辛，而且还专门参观了陈家大院旧址，绕着陈家营堡的土围子走了一个来回，连县里电视台的新闻都播了，有人还认出躲在书记身旁、露出一脸阴郁笑容的陈仁美。再后来，各种传言就多了起来，有说在郭家滩捐建希望学校的那个老头子，就是当年出兵差后杳无音讯的陈家小儿子。现在老头子虽然已经去世，但他家的儿子当了一个什么什么大官，马上就要到本省上任了。也有的说，陈仁美收养的那个儿子如今出息了，名牌大学毕业，当的是什么股份公司董事长，而且和新来的县委书记是大学同学，要在家乡搞一个光伏发电扶贫项目，领导们都是冲着这大笔的投资才出头露面的。反正不管怎么样，几乎一夜之间，陈仁美就成家喻户晓的名人了。

首先在这里面嗅到诱人商机的是郭茂。他和陈仁美相识，还是源于鸿运酒楼的那次相聚，并未留下多深刻的印象。自打那次在郭彩彩家遭到陈仁名那干巴老头子的无端羞辱，对这兄弟俩就更无好感了。但是，对于收电费起家的陈仁财，郭茂却是相当熟悉，也算得上多年的朋友了。他首先找到这个小胖子希望能和他联合起来做一件大事情。谁知道陈仁财这小子，近些日子一直迷恋着他那个复建陈家祠堂的事儿，加上两个儿子一直不争气，他甚至怀疑是不是染上毒瘾了，弄得整日心烦意乱，哪有心思管这些事儿，连说他和人家陈仁美根本就不是一家人，只不过是同姓而已，五百年前才可能是一家人哩，弄得郭茂只好尴尬地笑笑，赶紧告退了。

郭茂不死心，又反复地想，恍惚记得陈家老头子当年在郭家滩捐建希望学校时曾经反复地讲，当年在郭家滩打游击、抗日的时候，曾在好多老百姓家里都住过，他父亲当年还给老头子当过通信员呢，只是到后来干部南下的时候，老父亲因为舍不得离开这个穷地方，竟然拱手把大好的机会让给别人了。可惜如今老父亲早已去世，当年接待过老头子的镇党委书记韩守忠还把他老婆给拐走了，也不知是死是活……他愈想愈灰心丧气，一连几天唉声叹气，觉得自己真是把所有的运气全丢光了。

这些年来，郭茂路子总是越走越窄，运气也越来越差，也许这一切都是从娶下小美这个丧门星媳妇开始的。

人说娶媳妇等于迎神呢，娶得好会给一家人带来福气，娶得不好会给一家人带来晦气，男人旺，旺一个，女人旺，旺一窝，真的千真万确。在整个郭家滩，他从小最喜欢的就是郭彩彩。他比郭彩彩大不了几岁，自信也长得仪表堂堂，加上老父亲当了一辈子的村干部，家境比郭彩彩家强得多，在意念中郭彩彩早就是他的人了。谁承想还不等老父亲去提亲，一个换亲，郭彩彩竟嫁给了又蠢又笨、大了十几岁的刘大柱，到太子洲打鱼摆渡去了。不过等到和刘小美见了面，他当时突然发现，这女孩子长得一点儿也不比郭彩彩差，而且落落大方，有一种见过大世面的神奇感觉……好在老天有眼，不到两年郭彩彩那个哥哥就外出打工死掉了。他有一种又爱又恨的报复感，硬是力排众议，把刘小美这个二婚女人娶回了家。然而等一过门他才发现，这女人和郭彩彩竟然是天地之别，一点儿也不温柔，不仅性子刚烈，还死活瞧不起他郭茂，嫌他没文化，说话粗鲁，连她死去的丈夫还不如哩。那时郭家滩的歌厅已经盛极一时，气得他常常喝个酩酊大醉，宁肯躲在郭小雨灯红酒绿的温柔乡里也不回家。直到有一天他才惊人地发现，这女人竟然和镇里的一把手韩守忠搞在一起了，怪不得韩守忠连续几年一直对他青睐有加，尽管村里告状不断，却让他一直稳坐郭家滩一把手的宝座。

那些日子，他真的是打碎牙齿往肚子里咽。每天出门见了人，还要乐呵呵的，隔一月两月，还会和韩守忠小聚一顿。韩守忠酒量惊人，常常把他喝得不省人事，叫几个手下把他护送回家。直到有一天，这位大官人竟然和刘小美一起失踪了，而且许多日之后刘小美才给他寄来一纸离婚协议书……那时，儿子勇勇还不到十五岁，刚升了高中一年级。

也许就因为受不了这个打击，勇勇在高中的成绩一直垫底，连毕业证也没有领就回来了，至今一晃八九年了，灯红酒绿、车水马龙的郭家滩镇已随着煤炭金三角的没落而彻底废弃，自己这个多年的全村一把手不仅至今孑然一身，而且鸿运酒楼也倒闭了，经营多年的郭家滩人去楼空，自己也竟然到了四处求人的可怜地步。郭茂越想越沮丧越悲哀，真想找个什么地方好好地发泄一通啊！

最可气的是，这次整村搬迁，他在郭家滩镇几乎占了一条街的房地产，居然不给他按平米补偿。按孟中华的说法，要补偿可以，但必须先查账，如果有偷税漏税行为，一定要先补缴税款，接受巨额的罚款，还可能追究当事人的刑事责任呢。天下还有比这更不讲理的吗？在当时那样一种形势下，谁不偷税漏税，而且那些执纪执法机关谁不知道啊，那时候说见了红灯要绕道走，现在扭过头来秋后算账。郭茂越来越有一种感觉，这辈子自己就是个走背运的家伙，也许真的是年轻时做的坏事太多了，要消业渡劫的吧。

从陈仁财那儿碰钉子回来，郭茂一连消沉了好多天，直到下了第一场雪，他才勉强振作起来，决心再去见见陈仁美本人，算是做一番最后的努力吧。

看到并无交往的郭茂登门拜访，手提两盒牛奶笑呵呵站在地中央，年迈的陈仁美睁大一双闪烁不定的小眼睛，做出一副欲拒还迎的架势，手扶着笨重的松木门扇，好半天说不出话来。

郭茂只好自来熟，把牛奶往沙发茶几上一掼，一手招呼陈仁美，一手把沙发上乱丢的东西捡捡，自个儿先坐下来：

"大哥你坐呀，咱都是一个村的嘛，用不着客气。"

这房子虽然是古旧的，里面却装潢得相当现代，也像城里人一样，迎门摆着大沙发，旁边还伫立着一长溜组合家具。陈仁美打开一扇家具门翻呀翻，找出一盒未开封的芙蓉王香烟，又亲自打开，郑重其事递给郭茂一支。郭茂也不客气，从口袋里摸出打火机嚓的一下点燃，口里便一连吐出好几个圈儿，显出很享受的样子说：

"你大爷，自从搬到一个村来，早就想过来看看老哥，前些日子请大哥吃个饭，大哥当时也没有好好喝喝，心想着有机会再单独聚聚啊。你大爷，别看在一个村里，毕竟这村子大了，见个面拉拉家常还真不容易哩。"

郭茂这个人说着说着便有些激动，又张口闭口你大爷起来，表情也显得特别和蔼可亲。看他这样谦和敬老，陈仁美就很受感动，连忙又递给他一支芙蓉王，自己从口袋里摸出一支不知品牌的烟点上，满脸赔笑说：

"是啊是啊，难得老侄儿这么有心，不过老侄儿事多记不得了，我那天虽然身体不好，感冒得都快起不来了，不过还是喝了不少的啊。而且以后有了机会，我和仁财还要回请老侄儿。"

"不敢不敢，只要你大爷肯赏脸，侄儿随时都可以，咱那鸿运酒楼不营业了，咱还可以到县城里吃去！"

"是啊是啊，等我那个儿子回来了，让他请你，你们两个好好喝喝，我是舍命陪君子，也陪不了你那酒量啊。"

机会来了！郭茂一听他扯到儿子，立刻就打断话头说："你大爷说得太对了，我正想见见你那个好儿子呢。要说在咱们这地方，你家那儿子是真的有出息，真正的人才啊！人啊，前三十年看父敬子，后三十年看子敬父，能培养出这么了不起的儿子，你大爷这辈子值啊，比当个派出所所长还牛哩！"

显然，在当地老百姓眼里，派出所所长就是最牛气的大官了。

只要提到儿子，陈仁美就乐得合不拢嘴，一张皱巴巴的脸高兴得像一朵花："哎呀呀，我这个儿子呀，出息不出息那咱也不懂得了，对我那个孝顺才真难得啊！每回回来啊，大包小包的，什么好吃的全给我拿回来，我说爹哪能吃了啊，吃不了全坏了，多可惜啊。还有这沙发，这组合柜，穿的用的，哪一个不是娃娃的。你还不知道吧，我这儿子还是收养过继的，比亲生的还要亲一百倍，这不是前世修的是什么呀？"

"那是那是……有这样出息的儿子，是自己的光荣，也是咱全村的光荣啊……"郭茂赔着笑，极力把话题扭到正经事上来，"你看我这次来呀，就是想跟我这么出息的侄儿沾点光啊。听说，要搞什么光伏发电，不知道咱能不能跟着做些事儿？"

陈仁美一听，怔住了："你会……什么？"

"什么都会，只要能挣钱，什么都会。"

"哈哈，这话一听就是大话了。这光伏发电，我听说完全是高科技，一般人根本掺和不上的，所有的活儿都是人家公司做，只是占咱的地，一亩地给补一部分钱，补多少我也没记住。"

"是补一年还是年年补？"

"年年补，这个肯定的，至少也要补十年。"

"具体位置在哪个地方呀？"

"就大西梁那一片吧。"

郭茂点点头，赶紧又问："我还听人们说呀，咱大侄儿那公司，搞的什么西气东输项目，也要占咱们村不少地吧。我想，咱能不能就在咱村附近给规划个地方，建个加气站什么的？"

陈仁美摇摇头："这个嘛……我就不知道了。这些事儿，说到底还得听村委会的。咱们村前一段不是没干部吗，孟主任也病倒了，好像就一直拖下来了，对啦，你为什么不当村干部呀？"

郭茂故作谦虚地摆摆手："这么多村合并，人才多了，我哪行啊。"

"其实叫我看呀，大侄儿你倒是个人才，你不是还在郭家滩当过多少年的村支书，郭家滩当年那阵势，火得很啊。现在别看合并了，人口不少，真正有本事的人家早走了，能留下来的不多哩。前些日子，听说铁匠铺的人争得厉害，没想到孟主任使出铁腕手段，一巴掌就把几个苍蝇蚊子全拍死了，比如来佛还厉害哩！这会儿我听说，仁财也有这个心思了，这个人我可清楚，书也没念过几本，这几年有了两个臭钱，也不知道是什么个来路，你要出马，肯定比他强得多啊！"

"不过我听说，人家孟主任不走了……"

"那个肯定不会的，人家说来说去是国家干部，怎么会在这儿扎根呀，听乡里新来的书记说……"说到这儿，老头子忽然压低声音，好像周围还有许多人似的，"那就是个过渡，只要有合适的人选……"然后不说了，只用手做了一个刀劈的动作。

尽管没捞到多少实际好处，这些消息还是很珍贵的。看来这两盒牛奶没有白送。郭茂正准备起身告辞，有人推开门扇就进来了。一看到郭茂，这人首先皱皱眉头说："哎呀大哥，你这一上午也不开门晾晾，这屋里多臭啊！"然后把门大展开，还不住地用手臂在屋里扇动。

郭茂对这个人可算是牢记不忘了，这不是在郭彩彩家遇见的那个惹人讨厌的老头子？后来他也听说了，这个叫陈仁名的老头子是个神经病，不仅说话疯疯癫癫，一辈子没结过婚成过家，而且走到哪里都总是臭呀臭呀的，整天一没事就把家里的东西全搬出来，说是臭得不行。要换了旁人，他早就两个耳光上去了，但这是陈仁美的亲弟弟呀，而且你能和一个神经病一般见识吗？他只好装着没听见，转身就走。

"哎，你别走啊，留步留步！"陈仁名竟翘着白胡子追出来。

什么意思？郭茂心里暗骂着，只得停下脚步，一双尖利的眼睛直视着他，透出丝丝寒气。

陈仁名却毫不理会他的意思，执意拦住他说："你是什么人，一上午把我大哥堵在屋里，到底是何用意，你知道这是什么地方，怎么能想来就来想走就走？"

郭茂也算是久闯江湖、混过世面的，岂能被一个死老头子的几句硬话给唬住了，干脆转过身，又掏出烟点上一支，悠悠慢慢地吐着烟圈儿。

陈仁美却看不下去了，赶紧推着小老弟说："你看你，这是干什么吗，这一位是从郭家滩搬过来的，大名叫作郭茂，在郭家滩也算是跺一脚动三下的人物哩。你快让开路，人家郭茂忙得很，还有正经事儿呢。"

"郭茂，你真的就是郭茂？"陈仁名靠近身边，仔细地在他脸上端详着，一股久不洗涤的腥臭气直扑上来，熏得他一直想打喷嚏。"不可能，不可能，我怎么看着不像啊？"老头子一边说一边连连摇头。

陈仁美被他的举动弄得哭笑不得："去去去，你这是干什么啊，你又没见过人家的面，怎么就知道像与不像？"

老头子依旧固执地直摇晃脑袋："非也非也，没见过面，不等于就认不出来呀，所以我说不像就一定不像。陈某人人称陈半仙，这点相术还没有吗？如果真是郭茂那小子，大哥你可就要小心了。郭茂这个人是典型的小人之相，听说这些日子，因为孟主任病倒了，咱们五道口新村群龙无首，郭茂这个小人就开始四处作乱了，听说告倒铁匠铺高家兄弟的就是这个人，只不过架了个孟中华的名儿，一般人还都以为是姓孟的大义灭亲呢。其实，姓郭的和姓高的本来就是狼狈为奸，几十年来沆瀣一气、互相利用而已，要不然谁能知道仁义公司那些黑幕呢？"

陈仁名说得唾沫星子乱溅，郭茂也呼呼地直喘粗气，却干生气，一句话也说不出来。陈仁美这下实在看不下去了，急得要捂小老弟的嘴，一边说道："既然不认识，那你就少说两句吧，快去快去！"

"别急着推我嘛，大哥！你是关在家里不知道哇，我天天满村子里闲逛，听到见到的可是多啦。特别是郭家滩的女人们说了，郭茂这个人名气可是大着呢。听说当年在郭家滩，不认识镇里面的一把手韩什么的多啦，不认识郭茂这个全村一把手的，几乎没有。一年到头，全镇大大小小的饭店都争着抢着请这个郭茂吃饭。那时候请客吃饭，桌上都时兴摆个印着广告词的小手绢，叠成一朵花儿，每位客人一朵。时间长了，郭茂家就积攒下数不清的小手绢。郭茂的老婆是个勤俭持家的好女人，看着这么多的小手绢挺可惜，就做成了一个个的花裤衩。有一天郭茂病了，到镇卫生所去打针，脱下裤子一看，裤衩子上印着四个字，欢迎光临。小护士脸一红，一针下去，打得郭茂嗷嗷直叫。第二天又来了，脱下一看，裤衩子上又换成了四个字，请君品尝。第三天，又换了三个字，叫作好再来。这样一连三天，差点儿把郭茂的屁股蛋打成了筛子……"

说到这里，陈仁名也不管别人，兀自仰天大笑不止，等笑够了再细瞅，刚刚还气得脸色铁青的郭茂，早走得没影了。老头子这才拉住目瞪口呆的大哥陈仁美，又不无夸张地大讲起他上次在郭家戏弄这小子的往事来。

第十三章

大雪封山的日子来临了。

不亲身经历，任何人都是无法想象这里的寒风凛冽和冰雪如盖的景象。

前些日子还艳阳高照、惠风和煦，整个天空一片湛蓝，只在山边会升起薄薄的一层乌云。忽然一个夜晚，北风呼呼地刮了起来。那风一阵紧似一阵，呜呜地怪叫着，天空一霎间变得阴沉起来，大团大团的云朵从四周围了过来，第二天起来一看，太阳没了，蓝天没了，整个天空一片土黄，像把整块大地搬上了天，一棵棵杨柳树、阔叶林昨儿还浓荫密蔽、郁郁葱葱，显得青翠欲滴、生机勃勃，仅仅过了一夜，全都光秃秃的，地上铺了一层的黄叶，只剩下褐色的残枝枯干直指天空，好像在做着无声的抗议，无言的哭诉……此后的日子里，北风尖锐地呼啸着，变得更加肆无忌惮、所向无敌，把地上所有能卷的一切全卷起来，使劲地抛上大空，天空由土黄色变成了灰黑、墨黑，一派黑云压城城欲摧的恐怖和严酷。这时，千沟万壑间早就变得空荡荡的，所有的人家都赶紧关门闭户，翻出放置一年的棉大衣、羊皮袄披在身上，开始围在火炉边熬过这漫长的冬季……雪！下雪了！银蛇飞舞，在这样的肃杀日子里，迎来了本地的第一场大雪。风搅雪，大团大团的雪花在寒风里舞动，变成了一条巨大的雪龙，从天而降，漫天飞舞，昨日的青草地一下子变得白皑皑的，雪团落下来又飞起去，天和地连成了一体，似乎把整个空间都塞得满满当当的，于是十步之外便不辨人影房舍，好似一下子进入了世界的末日。

冬天来了，整个晋西北开始休眠，一切都冰封起来，只能等待着下一个短暂的暖季。

在这样灰暗的日子里，时间总是变得格外漫长，所有的户外活动几乎都停滞了，生活也就变得格外简单而无聊。在这样的季节里，唯一的乐趣是喝酒吃肉。所有的人家不论穷富，都会宰杀三五只羊，把所有能吃的部分都冻在院子里，然后配上胡萝卜、土豆块，在火炉上炖得烂熟，再烫一壶老酒，吃得吸溜吸溜满嘴喷香。这个时候，外面是呜呜怪叫的呼啸北风，大雪团砰砰扑打着窗户，烧着来自铁匠铺的大块大块的石炭，大铁炉也像有生命似的呼哧呼哧地直喘气，每个人额头明亮亮汗津津的，肉香酒香和羊膻味汗腥味混合在一起，形成一种说不清楚的奇特气味，在热气腾腾中越来越浓，整个身子好像都融化了。最后酒足饭饱，倒头就睡，待第二天起来，才发现门外的雪足有一尺厚，门都推不开了……

就是在这样的日子里，孟中华感到了空前的疲惫。算起来，已有好些日子没回城里的家了。村委办公室也常常不去，整日就窝在老父亲的新房里，望着窗外簌簌而下的雪花逐日逐夜飘洒着，似乎永远也没个尽头。

白琳的母亲生病了，小姑娘哭得泪眼模糊，请假回去已好些日子，大概春节前不会再回来了。老眉头也回去了，当了副科级干部，第一个任务就是去党校接受一个月的岗前培训，估计也要到春节以后才能回来上班。本来就天寒地冻、人迹寥寥,一下子又走了这两个得力干将,孟中华心里真空落落的,好像自己被孤独遗弃在这冰天雪地之中了……

家里的事也没有几件顺利的。成成真的是辞职了,为此他和杜丽琴连着好几天苦口婆心地说啊劝啊,好话歹话说了无数,儿子始终低着头,一声不吭,真不知道他是中了什么邪。问他将来有什么想法,他也说不清楚,干脆在地下室安了一台电脑,白天黑夜把自己关起来,已经好几个月时间过去了。有一次他强行打开地下室的门,只见满地方便面、火腿肠包装纸,烟头堆了一垃圾桶,看到他,儿子的眼睛里闪出梦幻般的奇特光芒。有时他想,成成说不定是神经错乱,犯病了不成?与杜丽琴商量,妻子却一味只是个哭,要不就埋怨他只顾工作了,硬生生地把儿子的事给耽误了,养不教,父之过。要不,就唠叨地说,他们父子俩都是一个德性,死干犟,九头牛也拉不回来,人家不到黄河心不死,你们是在黄河里淹了也心不死。一边说一边哭,弄得孟中华也六神无主,不知道该怎么办了。一天,弟弟孟中原突然来找他,一席谈话把他吓得直发愣,好半天都回不过神来。

弟弟在郭家滩做了多年生意,这次移民搬迁,政府又给了一大笔补贴,他怎么也没想到,弟弟竟然沦落到了债台高筑、难以为继的地步,一张口就要向他借二十万块钱。二十万?这可不是一个小数字,他当时一听头皮就发麻了。活了大半辈子,孟中华的生活一直是平平淡淡又小心翼翼的,平生见过最大的一笔钱,是当年进行住宅商品化改造,一次性向房管局交纳的三万多元购房补差款,再剩下的,不过就是买个冰箱、彩电,三千五千的小数目而已,弟弟居然一张口就是二十万!他当时不禁睁大了眼睛,不相信地看着眼前的弟弟,真怀疑是不是自己年老昏聩,听错了呢!

他问弟弟,要借这么大笔的钱做什么,弟弟却支支吾吾,始终也说不清楚。一会儿说,他正在做一笔大买卖,万事俱备只欠东风。只要挪借一个礼拜,最多半个月,就稳赚不赔,发大财了。这是什么话,如今是薄利多销的时代,什么样的生意一夜暴富且毫无风险?弟弟却一再推托说这是商业秘密,涉及声誉和道德问题,具体的情况丝毫不肯透露。一会儿又说,他其实是想搞投资,利用互联网销售无公害蔬菜水果,具体怎么回事儿,他又说要问合伙人郭茂他们。孟中华一听郭茂就开始担心,觉得怎么也不太靠谱。一直磨叽了好半天,弟弟似乎才说了实话:

"唉,该怎么说呢,既然你非要问,我还是实话实说吧。大哥,有的话我其实藏在心里,不想和任何人说,说了也只会让人笑话,不能解决任何问题。这些年来,我其实一直是拆东墙补西墙,信用社的款也贷过,高利贷也借过,周围能借的人都借遍了,现在实在是没有办法了,才向你张这个口啊!有一笔高利贷马上就到期了,所以我必须倒个肩肩,挪借一下,要不人家可能会和我过不去的……"

"高利贷?!"孟中华一听就急了,"你怎么会借高利贷了,驴打滚,利滚利,那是不要命的玩意儿,你是疯了吗?"

孟中原苦着个脸,沮丧地低下了头,却什么也不肯说。

"你这亏空,究竟是怎么弄下的?"

"唉,一言难尽!大哥,你可一定要帮帮我啊!"

"你不说实话,我怎么帮你?"

"……"

"你……是不是赌博了还是吸毒了?"

"这个嘛……倒还不至于,说起来话长,那还是七八年前的事了,我跟着郭茂他们几个开始迷上了期货。郭茂认识一个银行的领导,跟着炒了一年多,好像挺赚钱的。后来我看着眼红,就跟着他也炒起来。谁知道炒来炒去,总是赚少赔多,有时你越急着想捞一把,赔得就越多，输得越快。后来赔不起了，只好贷款，借高利贷，就像掉进泥潭里一样，越陷越深，怎么也拔不出来了……"

"啊，那……你现在……到底还欠人家多少？"

孟中原垂头丧气，脸色苍白，又不说话了。

这次谈话，是在老父亲的新屋里。老父亲出去溜达了，零乱的屋子也没有心情收拾，还是一副刚刚搬来的架势。孟中华站起来，心烦意乱地望着这个荒落落的家，在地上慢慢地踱着。

弟弟愈不肯说，孟中华就愈是明白，那绝不是一个小数字，说出来一定是很惊人的。在他的脑海里，还和老一辈的大多数人一样的想法，万事不求人，求人不如求己。借债不如攒钱，有一分只花八厘，怎么能欠下那么巨大的外债，那不是要人的命吗？看着弟弟可怜兮兮的样子，孟中华又怜又恨，只好硬着心说：

"你说的那个数，实在是太大了，况且我向来不管家里的事，有几个存款也都在你嫂子手里攥着呢。"

孟中原抬起头，用绝望又怨恨的眼神望着他："你当了这么多年官，就没有几个私房钱？没有给自己捞摸几个？"

"什么话，我这也算官儿？还说捞摸呢，不倒贴就不错了！"孟中华一听哭笑不迭。

"那——我不是白费了一气唾沫？！"孟中原说着，脸突然沉下来，语调中有着明显的哀怨和不满。

孟中华却不管这个，立刻口气严厉地开导起弟弟来，从为人做事的大道理，到他们家勤俭度日的老传统，从他所知道的有关期货、股票的零乱知识，到投资回报率和风险控制、年化率，滔滔不绝地说了好半天，弟弟却始终垂着个头，既不回应也不反驳，只在嘴角不时露出一丝嘲讽。直到孟中华说得口干舌燥，再也找不到新的词儿了，两个人都点着烟，默默地抽起来，看大哥边抽边咳嗽，孟中原才站起来伸伸僵硬的懒腰说：

"大道理谁不会讲，可是不能当饭吃啊！我知道，你是当干部的，这辈子凭的就是一张嘴，只要说得天花乱坠就行了。我说，咱们还是来点实际的吧，你没钱我也相信，那就想办法给我弄点项目吧，比方说搞什么光伏发电，那不是投资一个多亿吗，只要你给我切一个角角，我马上就活过来了。"

"人家那是企业行为，我有什么办法，而且还在进行可行性研究论证，要真正上马开工最早也是过两年了。"孟中华一听弟弟在打这个主意，赶紧向他解释起来，让他打消这个不切实际的念头。

"那……还有一个，我听说陈仁财想开发古城堡，这个工程更大呀，而且大都是土石活儿，你一定要把这个项目紧紧控制在手上，不用说全揽下来了，即便能承包一星半点，也比你当一辈子破官儿强得多啊！"

听他又这么说，孟中华真的不知道该怎么回答了。这些日子，有关陈家营古城堡开发的事情，已经炒得沸沸扬扬了。只因为县委杨书记带着人参观了一下，电视台又做了一个专题报告，很快就成了全县上下的一个热点话题，连许多科长局长都纷纷给他打来电话询问，有的还推荐来了工程队和供应商。至于陈仁财要参与开发的事，他也是从弟弟口里第一次听到的，只好不相信地反问弟弟，这些毫无根据的马路消息，究竟是从什么地方传出来的。孟中原却根本不相信他说的话，只是一再地强调，这消息绝对可靠，如果孟中华把不住关，那就是被人架空了。到时候什么也捞不着，只落得一身臊气，那才得不偿失呢。直说得孟中华无言以对，孟中原才苦笑一下说：

"大哥，那我就先走了，不过还有一个坎儿过不去，你帮我先挪借一两万吧，小雨病了，我想一来带她到大城市去看看病，二来也顺便散散心。"

"小雨病了？什么病，要紧吗？！"

"说不清楚，就是一天到晚少神无力的，要不就是拿着个牙刷、脸盆，不住地洗呀刷呀的，这样子已经好几年了。一开始也没有人在意，反正她那人从小就爱个干净，勤洗勤刷还不是好事情吗？谁知道自打搬过来以后，就变得越来越严重了，一天下来光刷牙就能刷个十来次，郭彩彩的那个大女儿芸芸就把她叫过去，说是要搞个什么心理测试，然后呢就和我说，这实际上是一种病，叫什么强迫症，说的还很严重，这只是初期症状，发展到了后期挺可怕的，又说一般的小医院也看不了这个病，建议我到省城或北京去一趟……我想现在冬闲了，还是去看看放心一些。而且，琪琪也马上放假了，长了这么大还没坐过火车呢，我想既看病，又带着她娘俩出去旅游旅游。"

孟中原说着说着，眼睛也湿润了，赶紧别过脸去，凶凶地抽起烟来。这时孟中华才注意到，这几年时间，弟弟确实是老多了，还不到四十岁，头发竟然已经花白了，眼睛也有点儿凹陷，脸颊干瘦得没有一点儿红润的光泽……作为大哥，这些年来只是个忙呀忙呀，竟从来也没有过问一下弟弟家的生活，更不知道他心里的想法和苦乐酸甜。生活不易，一个多活泼壮实的汉子啊，几乎一瞬间就被磨砺得全身疲惫、一脸沧桑。弟弟是这样，自己又何尝不是一样，只是一天到晚忙忙碌碌的，被生活的重担压榨着，竟没有一点儿心绪回望一下喘息一下。孟中华想不下去了，赶紧摸出一张新办的借贷卡，告诉弟弟这上面可以透支五万呢，看病是大事情，该花的钱一定要花，顺便好好逛逛北京城，钱不够了，再打电话。一番话说下来，这兄弟俩都动了感情，孟中原更是控制不住自己，泪水又不争气地淌出来，赶紧收起了信贷卡，脚步沉沉地沿着厚厚的积雪走了。

天色渐晚，寒气逼人，望着弟弟雪地上慢慢消失的背影，孟中华突然感到一阵心痛。这些日子，自从把高十周逮起来，中丽就和他失去了联系，街面上那个美容泡脚店铺也已经关门大吉，卷闸门上贴着"转让"的字样。有时他觉得自己办了件天大的好事，小妹终于脱离苦海，可以重新生活了。有时却又觉得，中丽也许并不一定感激，反而会怨恨他，是他打破了小妹平静的生活，把她重新推入了一片未知的海洋……也许这就是什么斯德哥尔摩综合征的体现？在国人的内心深处，是不是都有这样一个怪胎在作乱？现在，小弟家里又出了这一摊子的事情，这孩子从小就体弱多病，母亲没奶水，又舍不得买奶粉，是靠不多的羊奶长大的，看他现在走路迟缓的样子，似乎已经被生活的沉重给压碎了。其实，从内心深处来讲，孟中华觉得，他自己又何尝不是这样，自打老眉头提拔了，妻子就没给过他什么好脸色，成成现在还天天关在宿舍的地下室里，也不知是抑郁了还是焦虑了？或者就和郭小雨一样，也是患上了什么强迫症不成？近些年来，这样的名词炒得很热，在网上一搜一片，但他真的不知道各种名词相互之间有什么区别，只感到现代的人好像越来越娇气了，生活一天天好起来，怎么精神方面的毛病反而越来越多了，到底是社会改变了人，还是人改变了社会？

今天的天空又变得格外阴沉，意味着这场雪似乎愈来愈大，很可能要变成一场暴风雪了。这地方的气候还是这样，有时一年到头雨雪不沾，有时却一场接着一场，严酷的大自然似乎在故意考验这里人们的意志力和生命力。小时候在牛头峁生活的时候，大风大雪就总是一场接着一场，那时的房子都盖得特别低矮厚实，石块垒砌的墙体足有一米厚，就那样风吹起来还冷得瑟瑟发抖。晚上又没有电，煤油也贵得买不起，家家都是用蓖麻子穿起来点燃照明，早早就蜷缩在羊毛被子里，早晨起来一下地，便盆都冻成了冰疙瘩。听专家说，这几十年其实是一个全球的大暖季，是不是很快又将转入大寒季了？他这样想着，就突然觉得有必要查看一下移民新村的房子，在这样严酷恶劣的环境里，千万别出什么质量问题啊。

孟中华走出屋，在雪地里遛了一圈。来到大戏台，他才惊奇地发现，这大雪天，戏台上居然还围坐了一圈人，正迎着寒风瑞雪吃饭呢。等走过去一看，吃的还都是凉菜，有羊头拌蒜，拍黄瓜，还有炒凉粉，反正都是其他地方夏天才吃的东西。看到他，大家都热情地招呼着，非让他吃点不可。看着这些个陌生又熟悉的粗糙面孔，他生怕自己吃坏肚子，吓得连连摇头，逗得这些人都哈哈大笑。这时他才注意到，有的人居然还光着膀子，呼呼地喷着热气，不能不为这些山里汉子的顽强与坚毅感慨。只好抿了几口众人们自带的散酒，又赶紧回了家。

他回家后赶紧掏出手机，逐一给原来五个大小村落的原村干部都打了电话，让他们先分头检查一下，明天上午到村委会开会。

等拨通陈仁财的手机，说完这个事儿，孟中华忽然沉吟了一下说："老陈啊，你现在什么地方，我们见面谈谈好吗？"

"好当然好，明不假的，不过……我现在手头有点事，一下子过不去呀……"

孟中华一听，就知道这小子根本不在村里，一定又在城里忙那收电费的事儿呢。现在的许多事情，他根本就弄不清楚，社会的复杂性已经远远超出他有限的想象力了。就说收电费这个事儿吧，他就怎么也想不通，一个不挣一分钱的义务电管员，何以就能积累下不可思议的巨额资产，成了远近闻名的大款了？难道说电业局的人都是聋子瞎子，任由他一个人胡作非为？出于好奇，孟中华也曾和电业局的几个熟人探讨过这一问题，却不是语焉不详，就是顾左右而言他，没有一个人能给出个明确的结论。

"哎，孟主任，你还有事吗？"

陈仁财也似乎察觉到什么，在手机里叫唤起来。孟中华赶紧摇摇头收回心来说：

"好吧，那么咱们就电话里说说吧。我是听有人讲，你有心思要投资开发陈家营古城堡，是不是真的啊？"

手机里传来一阵会心的笑声："这个事儿嘛，也有影儿，也没影儿，反正一切都在讨论之中吧。明不假的，这些日子里，我已经找过你很多次了，只是看你总是忙呀忙，也没个消闲空儿，就一直没谈成个话。明不假的，只要村委会支持，上级部门支持，一切都好说，一切都好说啊……"

怎么听来听去，孟中华都觉得，他这是一直在兜圈子，不肯说实质性的话，就赶紧打断他，直截了当地说："哎哎，我说呀，你不要打哈哈，咱们有什么直来直去好不好？"

"我这还不直来直去，主任您的意思是？"

"我就是问你，你怎么会有这样的想法呢？"

"这其实是一个误会，明不假的，我其实是想修复陈家祠堂的，不仅和我们老陈家好多人都商量过了，而且也给在外地的都发了消息，只等着大家的回音呢。明不假的，要搞成这个事儿，肯定是白投入，不赚钱的，我再有钱也不可能一个人来办这个，要办大家都来办，有钱的出钱，有力的出力，众人拾柴火焰高嘛。明不假的，我当时找你，就是希望村里也能够重视一下，支持一下，毕竟是咱村里的大好事嘛，听说国家最近都有这个方面的投资，叫什么农村振兴战略，古村貌整顿什么的，明不假的，能不能套点什么啊。"

"原来这样……"孟中华一听笑起来，"你这个想法很好，也很有意义，只是实施起来难度就很大啊。首先，搞祠堂建设完全是封建主义，与你说的那什么大战略都不搭调了，很难立项也很难批准的。可是我怎么听说，你又想搞什么古城堡开发了？"

"这个嘛……是大家传说哩，明不假的，也可能大家都想拉我参与吧，我不知道，这事儿到底有影儿没有？"

"你不知道，我也不知道。"

"原来这样啊……看来，完全是人们的瞎吵吵啊！"陈仁财显然是失望了，在手机里叹息着。

"我且问你，你到底能拿出多少资金？"

"……"

"不便透露？那就说个大数嘛，百万级还是千万级？"

"这个……咱们还是见面再说吧……明不假的，这个真的属于商业机密，我们老陈家的那些大官儿，一直在高层运作呢。高层运作，主任你懂不懂啊……"

"好吧，不过有一点，你一定要清楚，投资一定要讲究回报，经济效益或者社会效益，最好能二者兼顾。最起码，建个学校、建个养老院，也比搞那些封建主义乌七八糟的东西好啊。"

不等陈仁财再说什么，孟中华已啪地扔下手机向屋外跑去，原来刚溜达回来的老父亲进门就摔倒在雪地里，起不来了。孟中华立刻慌了，只好趴上墙头呼喊帮手。在此后的日子里，郭彩彩和芸芸又成了家里的常客。在她们母女的精心照料下，老父亲恢复得很快，没几天就消了肿，能扶着墙下地了。芸芸这孩子不知道从哪又弄来一种什么草药，天天帮老父亲泡脚、按摩，感动得老父亲逢人便夸，只埋怨成成不长眼睛，这么好的闺女眼瞅着要成别人家的媳妇了，说得孟中华心里也有点愧疚了。

第十四章

　　一元复始,万象更新,新的一年终于开始了。

　　元旦这天一大早,郭茂就打扮起来,全身西装革履,气宇轩昂地指挥手下人忙碌起来。

　　经过几个月的筹备,昔日不可一世的仁义公司总部,那座盘踞在高岗上俯视全村的玻璃房已装饰一新,变身为"新鸿运风味饭店"。郭茂不愧是生意场上的高手,自从高十周、高加辛兄弟先后被逮捕法办,郭茂就死盯上了这个标志性建筑。好在高家这案子办得很快,按照上面从严从重从快处理的精神,高加辛兄弟都被判了刑,高十周却情况特殊,只能保外就医、监外执行了。在交纳罚款的时候,郭茂乘机出手,拿出所有的积蓄,把这个鹤立鸡群的建筑物盘下来,把鸿运酒楼的原班人马和设备全搬过来,只略作装潢改造,这座"新鸿运酒楼"就正式开张了……开张之日选在一年之计的第一天,他真的祈盼新年开新路,走上新鸿运,从此一顺百顺,为儿子勇勇再造一个风调雨顺、万象更新的新天地。

　　今天是个好日子。自打入冬以来,不是风雪交加,就是万里阴霾，难得有几个红日头。在屋里待久了，人都好像发了霉，身心都长毛了。今儿一大早起来，天空突然变得湛蓝湛蓝，没有一丝云彩，一轮红日冉冉升起，也格外和煦温暖，不再像夏天时那样毒辣辣的了，连空气也变得格外清新，吸到肚里甚至感觉甜丝丝的。郭茂感觉多时的不快、不满、不安和不爽一扫而空，全身上下一派通泰，走起路来也格外带劲，这个开业日子真的是选对了！

要说不快，只有一件事儿。前天，他给孟中原专门打电话，邀请他们全家，还有他哥哥、父亲等一起来参加开业大庆，没想到劈头就被孟中原戗了一通，电话里都能感到他那夹酸带刺的不满口气：

"好啊大哥，你真是太能了！趁着小弟出门在外，竟然搞起了好些的大动作啊，你眼里哪还有小弟这个人。不过这也就罢了，小弟心知肚明，已经领教了。可你也不用卖乖摆好，还来送空头人情哇……"

郭茂听着蹙起了眉头："你大爷，小老弟怎么回事，说起话来夹枪带棍的！你现在在什么地方？"

"伟大祖国的首都——北京。"

"不可能吧，你们一家人都去了？"

"是啊，人穷志不短，该逛还得逛。我们一家人出门旅旅游，你大哥是不是觉得很奇怪啊？"

"哪里哪里，大哥高兴还来不及哩。你大爷，一辈子待在咱们这黄土高坡，面朝黄土背朝天的，能出去走一走看一看，真的难能可贵，难能可贵啊！你大爷，只可惜大哥实在是没这个福气。好啦好啦，祝小老弟全家一路顺风，一路顺风，等回来大哥一定为你们全家接风沈尘！"

郭茂赶紧打着哈哈，一边说一边立刻挂了线。

这家伙！他心里暗骂着，就觉得这小子的确有点儿小肚鸡肠，郭小雨跟着他，真的是太委屈了。不就是前些日子手头比较紧，曾经催了他几次还债罢了。自打当初从找郭茂手里租房子开歌厅起，这十年来借给他的钱多啦，难道讨要一次都不该吗？要不是看在郭小雨的面子上，才不愿再搭理这种不成器的人呢。有时，真的想不通，那么亭亭玉立的郭小雨当年到底是哪根筋抽的，竟然一分钱彩礼也没要，死心塌地跟了个他。

一想到郭小雨，郭茂的心就忍不住突突直跳、眼热心痒，这种感觉在别的女人身上是根本找不到的。说来也奇怪，这郭小雨长得呀，和当年的郭彩彩几乎是一模一样，活脱脱就是一个模子倒出来的。自打见到郭小雨，他才知道世界上真有"替身"这种东西，也许上帝在造人的时候也会偷懒，总是一个模具重复使用，才会甄宝玉贾宝玉地一起造出来。

小雨虽然和郭茂住在一个村里，但是因为小十来岁，小时候根本就没注意。他第一次被小雨的美貌所吸引，是在小雨所开的歌厅里。那时郭彩彩早已嫁作他人妇，一口气生了芸芸、婷婷、娜娜三个女儿，因为没有传宗接代之人，太子洲的刘家眼看着就要香火无续，刘大柱逼着她还要生。太子洲是个自然村，行政上属郭家滩管理，为计划生育的事儿，村委会没少做刘家人的工作，要不是刘大柱死得早，不知还会有几个美丽的女子来到世间。由于不停地生呀生，又操持这么一大家，郭彩彩那时早已未老先衰、青春不在，引不起他的一点欲望了。每天回到家里，妻子小美又总是无缘无故和他吵吵闹闹，那时的他就总是寻找各种借口在外面吃饭、喝酒，喝醉了就免不了到歌厅里转转。那时的歌厅也还算得上是真正的歌厅，没有后来那样乌七八糟。在第一家歌厅"百老汇"里，他当时已昏昏欲睡，一进门就倒在沙发上。后来，恍恍惚惚间，有一个女人很温柔地把他扶起来，让他喝了许多很爽口很舒服的饮料，他便慢慢有了点儿精神，拽着这个女人的一条丰腴的赤臂不放。在那赤裸裸的臂弯里，他突然有种很温馨很安全的感觉。这女人也不再退却，几乎是双臂搂着他在欢快的旋律中舞动着，一圈又一圈，脚步凌乱又跌跌撞撞，却把他满身的酒气全摇晃醒了。不过他当时明显是故意地继续装醉，头一直耷拉着，脸儿依偎在她那半裸的酥胸里，只不时睁开眼，小心睨一眼这女老板的表情……这时，他几乎不敢相信自己的眼睛了，这不是郭彩彩吗？！他一个激灵挺直了身子，赶紧地把她那热扑扑的身子推开一点：

"彩彩，你怎么在这儿？！"

在摇曳变幻时明时暗的灯光里，女人咯咯地笑着，脸颊上显出那标志性的两个酒窝："这话奇怪了，这是我的歌厅，我不在这儿能去哪儿？"

"彩彩，原来你开歌厅了啊……"

他当时一边说，一边退到沙发坐下。想起刚才那些不雅的动作，他竟有点儿不自在了，毕竟，妻子小美是叫郭彩彩嫂子的。

这女人却一点儿也不忸怩作态，又款款地走过来，紧挨着他坐下，并优雅地为他点上一支烟，自己先吸了两口，才轻轻塞到他嘴里……以他的见识，这动作有着明显的轻佻和挑逗意味。那时正是大夏天，这女人穿了一件薄薄的连衣裙，也可能是旗袍，反正他也说不准，只记得一坐下来，那两条大腿便光溜溜地全呈现出来……白圪生生的大腿，水圪灵灵的×，这么好的东西还留不住个你……河对岸康巴什的民歌里就是这么唱的，直截了当毫不掩饰，充满了野性的魅力。直到后来大灯亮起来，他乖乖地交了两百块钱，才发现这女人原来并不是郭彩彩。

"你是……"他嗫嚅了。

"对，我是小雨呀。"

"怎么会，难道我今儿犯迷糊了？这究竟是什么地方？"

"什么呀，这就是百老汇嘛，我叫郭小雨，这歌厅都开了快两年了。"

"那，那……你老公是哪一位？"

"孟中原呀。"

原来是这样，这孟中原是从牛头崄下来的招女婿，这开歌厅的门面房还是孟中原从他手里租赁的呢。那一次，他不仅认识了郭小雨，知道她虽然比郭彩彩小了近一轮，长得却几乎一模一样，比许多双胞胎还像呢，而且知道了一个解酒的好方法，冰糖水加醋，就是郭小雨当时给他喂下的"奇妙饮料"，效果确实不错，否则他还真不知道会昏睡到什么时候呢。但是，最最重要的是，打那以后他就成了"百老汇"的常客，和郭小雨也成了"如胶似漆"的关系，他是在郭小雨的身上重新成为男人的，也是因为这个而最终失去刘小美的。

往事不堪回首。郭茂打断纷乱的思绪，在装饰一新的饭店大厅里转悠着，开始检点、安顿开业庆典的各个环节。

时间分分秒秒地消逝着，主席台摆好了，红地毯铺好了，礼仪队一遍一遍地排演着，六十四墩礼炮已整整齐齐码在院子里，应邀的来宾也陆陆续续来了不少，郭茂的脸色却一直阴沉沉的，心里的焦灼也逐渐压抑不住，像一头笨熊一样沉不住气地走来走去……各个管事的人都来请示、报告，总管也不住地过来催促他，他却总是一个劲儿摇头，让他们等一等，再等一等，因为只有他心里清楚：今儿这场子，怕是要砸了。

怎么会这样呢？他实在无法理解，无法想象。

后来，他终于耐不住了，关在一个空房间里，不住不歇地打起电话来。

一直等到预定时间已过去一个小时，零零落落的来宾已经明显地不安、焦躁起来，郭茂才匆匆来到大厅里，吩咐总管正式开始。整个庆典仪式是庄重而热烈的，每一个环节也有板有眼、有条不紊，只有在剪彩那个环节，临时找来的几个人显然都没见过这阵势，手忙脚乱不成个样子，好在有儿子勇勇的料理，也总算顺利结束了，郭茂脸上从始到终微笑着，在宴席开始的环节，还一个桌子一个桌子赔着笑脸敬了酒，但是谁也不知道，他的内心里有多么难过多么心酸，真想找个什么借口，把周边这一伙人都臭骂一遍。

今天的场面看似红火热闹，其实他的心里明镜似的，该来的一个没来，这是对他最大的蔑视，是直接打他的脸啊。从一些县局到乡镇，再到驻村工作队，这些有头有脸的人居然都人间蒸发，一起商量好了似的，一个都不肯露面，甚至连德治老汉也没有来，听说是雪地里崴了脚，鬼才相信呢！

勇勇看他心烦，走过来说："爸，这些人来不来都无所谓，生意咱们照做不误。现在上头管得越来越紧，社会风气变化很大，那些慢作为乱作为的干部们，都变得服服帖帖，哪里还敢参加咱们这种仪式啊。"

郭茂嘴上不说，心里却不能不承认，儿子的话是有道理的。当初发请帖的时候，许多人也这样提示过，不过他当时实在不以为然，心想就凭自己几十年的老交情，他们也不会太驳面子的。这些年来，尤其是郭家滩兴旺发达的那些年，有多少大小干部有事没事都往郭家滩跑，一大早就给他打电话，来了就下饭店，点名吃黄河鲤鱼，吃炖羊肉。尤其是一年一度的开河鱼，价格涨到了好几百块一斤，郭彩彩一家每年就靠这个也赚不少钱呢。至于羊肉，最好是现场宰杀，带着一股新鲜的血腥气，那才能刺激这些人早已经麻木的胃口啊。后来又时兴起一股驴肉热，过去是驴贱牛贵，驴肉冒充牛肉卖，后来居然变成了驴贵牛贱，牛肉还得冒充驴肉，因为在许多男人眼里，不仅驴鞭硕大无比、妙不可言，驴肉也是壮阳补肾的绝佳珍品。呼朋唤友，杯觥交错、酒足饭饱之际，就东倒西歪来到著名的歌厅一条街，什么东北小姐、川渝妹子、苏杭美眉、扬州瘦马、大同婆姨，简直要什么就有什么，大街上停的小车也是五花八门，犹如万国博览会一般，蒙、陕、川、京什么牌子的都有，且不乏几十万、上百万的豪车巨驾，把一些初来乍到者看得眼热心跳、目瞪口呆。就说那些纷至沓来的外地小姐吧，有艳名高帜的，据说一天要过手十来八个高官巨贾，一夜就可以赚一辆桑塔纳，普普通通的一年也能往老家寄个二十来万，那真是一个嘈杂而混乱的年代，能够赶上这么一个年代，不知道究竟是一种幸运还是不幸，反正现在看来这样的年代再也回不来了……郭茂低垂着头，的确有种五味杂陈的感觉，不禁为这个"新鸿运"的未来担忧起来。

勇勇又说："爸，当初开这饭店，我就不太同意，现在看来，要开也一定要转换思路，再也不能用你们过去那老经验了，要以农家乐、服务普通百姓为宗旨，才能够经营下去，否则时间越长，亏得越大。"

"什么亏不亏，今儿是开业第一天，提这个字眼就不吉利，八字还没一撇呢，急什么，走一步说一步吧！"

郭茂不满地瞪儿子一眼，别看儿子现在也二十多岁了，还念过几年职业学院，长得也虎背熊腰，比他还高一头，在他眼里，还毕竟是一个不谙世事的毛头小子罢了。

勇勇看他这个样子，也不想再说什么，只好指着远处正大呼小叫的几桌客人说："爸，那我先过去招呼客人了，这都是我大学、高中时候的同学，今天专门从外地赶过来的。你别小看这些人年轻，做什么的都有，不过可有头脑哩，我看今后不管做什么，都是离不开这伙朋友的。"

"本地的同学，你就没叫吗？"

"也邀请了,不过来的不多,本地同学外出打工的比较多,逢年过节还不一定回来呢。你像这里面就有几个,开家庭诊所的刘芸芸,当警察的孟成成,还有陈家营陈仁财家那两个儿子,孟成成把他网上谈的一个对象也带来了……爸,要不你也过去招呼一下,替你儿子长长脸?"

勇勇是个很乖觉也很沉稳的孩子,长得也高大、挺拔、气度不凡,和郭茂一点儿也不像,任谁也不会相信是他的儿子,此时一边说一边小心观察父亲的脸色,看他并没有表示出一点儿意思来,便很快走过去,也加入那一群吆五喝六的队伍里。

这时,楼下看院守场子的一个小伙子突然气喘吁吁地跑上来,焦急不安地对郭茂说:"经理,楼下来了一个老头子,指名道姓要见你呢,你见还是不见?"

郭茂一听,立刻瞪他一眼:"这事还用得着找我?你就说我不在,让他找总管去。"

"总管大概喝多了,满楼上也找不着……"

"你大爷,当总管还能喝多?!"郭茂一听更气了,看看眼前这个愣头愣脑的小伙子,连名字也叫不上来,只好咽一口气说,"什么样一个老头子,为什么非要见我呀?是不是来打秋风的?"

"这个我也不知道,我只是觉得,他穿得不新不旧、不土不洋,说不来是什么一个样子,反正和一般人都不一样,瘦瘦的,还戴着个眼镜,留着长长的胡子,口口声声说非见你不可,其他的人,他还看不上眼,不配接待他呢……"

郭茂沉吟一下,一时也不摸深浅,毕竟今儿是个特殊的日子,多敬鬼神,少惹事端,和气才能生财啊。刚才剪彩的时候就开门不利,这会儿再来个搅场子寻是非的,可不是什么好兆头。他只好摆一下手,嘱咐小伙子好言好语的,把老头子带上来吧。

一会儿，随着一阵杂沓的脚步声，映入眼帘的，首先是那一把灰白的胡子和一身不合时宜的涤卡布中山装。郭茂心中不由得一动，就有点后悔了。自从离开郭家滩，搬到这个什么五道口新村来，和这个老头子真的没见过几面，但每次见面都不太愉快，无冤无仇、无缘无故的，这个死老头好像就总是冲着他找茬，来惹是非的。郭茂想着，赶紧走了过去，拉住老头子的手说：

"哎呀你大爷，你怎么现在才来啊，赶快上坐上坐，吃饭喝酒吧！"

陈仁名却根本不搭茬儿，挣开他的手，在大堂里兜了一大圈，才乐呵呵地看着郭茂说："今儿老夫是不请自来，专门给大侄儿道喜来了，老侄儿大概没想到吧？"

"没想到没想到……不过当时发请帖的时候，名单上有老叔的啊，怎么，老叔你没有收到请帖吗？现在的年轻人啊，办什么事情都是毛手毛脚的。下去我一定好好查查，你大爷，是谁办事马虎的，看我不剥了他的皮！好啦，今儿咱还是先入席吃饭，老侄儿陪你好好喝两杯。"

陈仁名却一直站着不动，脸上一副莫测高深的表情："饭就不吃了吧，陈某人虽然一辈子穷困潦倒，但是人穷志不短，今儿大老远地过来，可不是来混饭吃的。实在是因为这个地方，是占着咱们这个地方的一个凶位的，不吉利啊，非得找你说破不可。你看看高十周，那是多么聪明过人的一个人啊，这些年来也一直风风光光、赫赫扬扬的，据说乡里、县里的关系那也是海啦，和原来的县委书记还是铁关系哩。可是结果怎么样，比拍死一只苍蝇蚊子还容易得多。为什么会这样呢，就是他这个地点选得不对，出事是或迟或早的事儿，不出事是根本不可能的。所以说呀，你郭茂要在这个地方开饭店，又动火又杀生的，是在凶险之地从事凶险产业，结局难道会比高十周好吗？"

听他这么说，郭茂就心有所动，一下子怔住了。等老头子絮絮叨叨地说完，郭茂的脸色都白了，脊背上也感到丝丝寒意。高十周保外以后的那个惨样,他最近可是亲眼所见的。也许,这就是报应,他真不该打高十周的这个主意?现在一切都晚了,他已经把所有的积蓄全拿出来,都投到这个地方来了……想当年在郭家滩,我郭茂曾经多么地风光,一条街上到处是自己的房子,每年租赁费就是一大笔的收入。谁承想那么红火的一个地方,说倒塌就倒塌了,说补偿却少得可怜,自己完全是政策的牺牲品啊!他想不下去了,只好红着眼睛盯住陈仁名,低声说:

"依老叔之见,不知可有什么破解之法?"

"我知道你就要问这个。但是,实话实说,不要相信那些江湖术士们的鬼话,那都是为了骗钱的。你想想,共产党多英明啊,什么样的鬼神能惹得起啊。所以,依我看呀,还是送你两句话吧,一句是,一定要当一官半职,只有当官的才能镇住这地方的凶煞气。一句话是,尽量不要杀生害命,起码不要在店里现场宰杀,多卖土饭素食的好……"

看郭茂听得很认真,一边听一边频频点头,陈仁名显然更得意了,又慢悠悠地从口袋里掏出一张红纸,展开铺在桌子上,一边指点着一边说:"最后,老叔因为你新店开业,专门写了几个字,送给老侄儿,算是志庆之意吧。"

等道过谢,郭茂才仔细端详红纸上的字,只见字迹娟秀,也算得上颇有章法,原来是为他这个饭店拟的一副对联:

山肴野羹食真味
土物时蔬养太和

郭茂看罢大喜,使劲鼓掌,立刻嘱咐手下人赶紧把这副对联镌刻出来,挂在饭店大门上。回头一看,人呢,陈仁名这老头子竟一下子没影儿了。

第十五章

岁末年尾，时间好像突然就不够用了，会议多，检查多，应酬多，各种事情都在往一起赶，这就是中国，这就是黄土高坡。

一个联合检查组踏着积雪来到五道口新村，要求对已经搬迁的几个老村进行实地勘查。孟中华一再解释，这个时候雪深路滑，特别是牛头峁，距这里还有近四十里的路程，盘山公路是十分危险的。检查组那些人便一脸的不高兴，好像他们有意隐瞒什么似的。后来经实地打探，由于金城煤矿集团组织了专业清扫，通往铁匠铺的公路已经开通，孟中华只好带着检查组，小心翼翼地上路了。

出发不多久，手机又响起来，乡里通知他，立刻赶到县委礼堂开会。他问是什么会，通知的小姑娘也说不清楚，只说很重要的会，反正是关于移民新村建设方面的，县里要求各村的工作队长和支部书记必须参加。孟中华疲惫地合上手机，想来想去，只好给正在县委党校培训的老眉头打个电话，要他向党校请一天假，立刻赶到县委礼堂去开会。老眉头在电话里头作难地说，现在党校的要求也很严格，连续请三天假本轮培训就作废了。孟中华无计可施，只好口气生硬地说，我不管那个，今天这个会议非常重要，你看着办吧！说罢，也不等他回答，就咔嚓一下合上了手机。

在这个时节，真想把手机关了，可惜不能这样做，上级各部门都有明确的要求，作为他这样的基层干部，必须二十四小时开机，时刻处于待命状态。前不久就有一个干部因为手机没电，漏接了几个电话，被就地免职，全县通报。干了一辈子，一下子就归了零。

现在的风气，还算是好的了。像前些年，一个电话打来，不仅仅检查呀汇报呀什么的，还必须急急忙忙订饭店，准备不菲又别致的土特产，吓得一些在基层工作的干部在接电话时的第一句话，从来不敢说自己在哪里，有经验的总是含糊地说，正在路上，然后便接着反问，你在哪里啊？如果对方回答，我来你们这里了，就赶紧回答，真不巧，我今儿出差在省城里哪。不过，就这样也会出现尴尬，有一次他真这样说了，谁知对方立刻说，那好呀，我也正打算中午赶到省城一趟，咱们中午一起吃饭啊！害得他只好拿着钱，专程急急慌慌赶到省城去接客，要知道，这些来自上面的头头脑脑，真是一个也得罪不起啊！

正这样胡思乱想着，手机又不住不歇地叫起来。

孟中华无助地看着手机，又扭头看看坐在后座的检查组长们，烦躁又无奈地打开了。

这位检查组长是个漂亮的女干部，正式职务是县爱卫会的副主任，也是堂堂的副科级了，看样子只有三十多岁，耳朵上挂着两个细长细长的金坠子，正饶有兴致地哼着一支不知名的曲儿，显出一副很陶醉的样子。

电话是乡里那位新书记打来的。这个小伙子年纪不大，脾气却不小，说起话来一向盛气凌人："孟中华，筑牢钢铁长城，发挥好护城河、第一防线的关键作用！出了问题，你要负全部责任，要军法从事，提头来见！懂吗？！"

孟中华头都蒙了："领导，领导等等，出什么事了？"

"你们村来了好些老百姓，正围在乡政府门口哩！"

"我们村？反映的什么问题？"

"还能有什么，危房改造！"

"那……就是陈家营的吧……"

"我不管你是陈家营还是马家寨，我们现在只有一个五道口新村，这可是你亲自说的。你现在就跑步出发，立马给我赶回来！"

"这个……领导，领导，你听我说，我现在实在抽不开身……"

"为什么？你现在在什么位置？！"

"昨天领导你刚安排的嘛，检查组，正在去铁匠铺的路上……"孟中华又瞅一眼后座的小姑娘，努力压低声音。

"噢，原来这样，我倒忘记了。"小伙子的口气总算缓和了些，"那这样吧，你立刻安排手下，派一个得力干将过来，人要带走，事要办好，懂吗？！"

"懂懂懂……"孟中华口头连连应着，心里却不由得要骂娘了。手下，得力干将，这话说得多轻松多好听，我到哪里去找人啊！在这岁末年尾的时候，又是这档子吃力不讨好的营生，恐怕要找个出气的活物都不容易。他思忖了半天，只好给郭茂挂了个电话。郭茂一听说是截访的事儿，立刻说：

"危房改造是陈家营的，我们郭家滩都搬得没人了，还改造什么啊？"

"什么陈家营、郭家滩的！咱不是早就说过了，现在已经是一个村了，你是代表咱们五道口村处理信访事件，懂吗？"孟中华也没好气了，只好学着乡里书记的口吻严厉地说道。

郭茂却根本不吃这一套，依旧振振有词："孟主任，你大爷，咱们在干部会上可是说得清楚,谁家的娃娃谁抱。郭家滩的人闹事,我义不容辞。问题现在是陈家营的人嘛,而且危房改造这事儿,也是陈仁财他一手负责的,我一点情况都不掌握,即使出马也没法处理啊!"

"这我当然明白。但是……"孟中华故意压低声音,做出推心置腹的样子,好像这人就在眼前似的,"正因为是陈家营那面的事儿,我才故意让你出马啊。你以为我这是随便说的?实际上是经过深思熟虑的。人家要告状,一定是告的陈仁财他们,你说让他们出马合适吗?我现在不在村里,所以,你现在就是代表我,来全权处理这一事件,乡里那位新书记正等着了。要知道呀,现在正是考验干部的关键时期,书记说了,一定要抽硬人、硬抽人,看看咱们手头上这一拨子人,如果你不出马,还有谁出马合适啊?"

一席话,说得郭茂哑口无言,只剩下点头称是的份儿,立刻在电话里连连表示,只要领导信任,能为领导们排忧解难,我一定赴汤蹈火,在所不辞……一番话说得孟中华直想笑,只好又连着鼓励几句,赶紧挂了电话。同时,他自己也觉得奇怪,自己怎么一下竟说出那么一大堆的话,把个向来油嘴滑舌著称的郭茂都堵上嘴了。

车子终于慢下来,后座上的小姑娘也不再吟唱了,把脸贴在了车玻璃上。四周已是群山环抱,只见一座座山崖都是白皑皑的,看不到一棵树,只有一座座断裂的山体,在一片白茫茫中显露出层层带状的山岩,从土黄色、豆青色、褐黑色到墨灰色,里面夹着黑黑的一层,那就是露出地面的煤层了。间或也会有一个黑乎乎的洞口闪过,洞前是一条撒满煤粉的便道,与柏油公路连接起来……铁匠铺到了!车子在一块较平整的乱石滩停了下来。孟中华赶紧跳下车,又拉开后车门。

不等小姑娘下车,手机又尖利地叫起来。

电话是陈仁财打来的。这些日子,孟中华和陈仁财谈了多次,陈仁财也很认同他的观点，陈家祠堂不急着建了，但究竟建什么也没形成好的思路，反正这会儿大雪封山，一切等明年开春再说。他发现，这位张口闭口"明不假的"的小胖墩，其实是一个诚实、直爽之人，没有多少花花肠子，他们那些奇奇怪怪的想法，都是背后另有高人指点的。许是有了这样的交情，陈仁财和他便明显亲近起来，说话也不再客客气气的，张口就说，下午他想用一下村委会议室，让孟中华给安排一下。

这村委会议室兼作农民夜校，同时也算是村里的党员活动中心，是孟中华所在单位县水利局捐建的，里面布满了各式各样的展板，由村里一个电工拿着钥匙，没有孟中华同意，任谁也打不开的。

"你要这地方做什么？"孟中华很奇怪。

"你别管，反正是好事情，就用一个下午。"

"那房间里有好多好多东西，年终检查哪一样都离不了的，你可千万不能给弄坏呀。"

"你看你看，明不假的，怎么能够弄坏呢，一切包在我身上，坏了什么我包赔，这还不行吗？"

"好啦好啦，一切以不坏为原则，要真的弄坏了，你赔得起吗？我那可都是精心制作的宝贝啊！"

孟中华被他纠缠得实在没办法，只好答应下来。等关了手机，才想起来也许应该把危房改造上访的事儿告他一声，反过来又想，这事儿还是慎重一些的好，既然已安排了郭茂，算了！

"孟主任，快一点儿啊，你还愣着干什么呢？"

检查组那位小姑娘忽然叫起来。

说话间，后面那辆车也跟上来了。这两辆车都是他们检查组自己带的，整个检查组一共五个人，只有司机和一个搞摄影的是男的，其他三个都是小女孩，都披着村里临时准备的军绿大衣，而且来自三个不同的部门。刚来的时候介绍了半天，孟中华却一个也没记住，只记得有个女的还说了一句："你是孟成成的爸爸吧，我和成成是省警校同学呢。"这话让他很亲切也很别扭，怪只怪儿子太不争气了，辅警就辅警吧，已经干了好几年，却一下子就辞了职，成了社会闲散人员，同样是同学，几年下来已经天壤之别，使他竟没脸再问一问，这女孩是来自什么单位。

这次检查，目的只有一个，就是看到底是真移民还是假移民，原有的村落是否还有人居住，是否有人明搬暗不搬，或者搬走后又返回来。对这个问题孟中华根本不担心，所以就领着这支穿着奇特的队伍，沿着村里的老路转起来。

这里本来是一个山高坡陡的大沟，愈往里走愈深，整个铁匠铺村就建在沟两边陡峭的山崖上，高低错落，极其散乱，有石碹窑洞，也有挖的土窑，却几乎都没有院落，出门三五步就到悬崖边了，院落和院落之间也没有一条成形的道路，或上或下，全是一些羊肠小道。许是风吹的缘故，高处的雪积得并不厚，只有薄薄的一层，走上去反而特别滑。刚走了几十米，大家都叫喊起来，说这玩意儿太危险了，一脚滑下去还真有生命危险呢。

孟中华听了就笑起来，指指漫山遍野的积雪说："大家也都看清楚了，这地方不仅一个脚印也没有，甚至连狗和狼的爪印也没有。我看咱们就到此为止，拍几张照片赶紧回去吧。"

大家齐声说好，正要扭头往回返，那个挂着细长耳坠的女孩儿忽然说："没有人住，怎么还有人盖房子啊？"

顺着她指的方向，孟中华也很快看清楚了，许多人家尽管院子很小，却在悬崖峭壁上又建起了好多水泥预制的房屋，而且绝大多数都是半拉子工程，有的甚至刚刚出了地皮，脚手架也没有拆。这会儿望过去，在一片白茫茫的世界里，到处是残垣断壁一样的黑窟窿，他自己自然看惯了，对那些初来乍到者来说还是挺阴森恐怖的，只好赔着笑解释说：

"这些可不是今年新做的工程，已经停工好几年了。在汇报的时候我忘了说啦，这铁匠铺不是传统的采煤区嘛，经过这么多年私采乱挖，好多地方都形成了采空区、地质塌陷区。为了治理地质灾害，前些年不是有一个政策嘛，按照村民住房面积，给予一定的经济补偿。老百姓一听说有补偿，就立刻昼夜不停抓紧建房，有的还在悬崖上建成了二层、三层小楼，等政府发现这一情况，才勒令全部停工，并明确宣布，凡是新建的房屋一律不予补偿。这铁匠铺上世纪八十年代，本来是全省闻名的富裕村，后来尽管煤炭市场疲软，老百姓的日子还是很滋润的。经过这么一折腾，反而变成了出名的贫困村，许多人家把一辈子的积蓄，都建成了这些住不能住、搬不能搬的破破烂烂，有一户男的还因为想不开，一气之下跳崖自杀了呢！"

"怎么会这样，怎么会这样！"小姑娘喃喃自语着，身子直哆嗦，大概是冻的吧。

"老百姓嘛，都是这样，这些年来我见得多了。"孟中华不以为意地说。

"可是……你们为什么不炸毁这些建筑！我记得县里制定的搬迁政策里就有一条，要搬得出，稳得住，原来的村庄要一律拆除，土地要一律复垦，是不是这样啊？"

孟中华一听就激动起来："当然，上面的政策就是这样。但是，我实在想不通，在我们这地方，执行这一条有意义吗？这七高八低、沟沟岔岔的，要真的炸毁这些建筑，需要多少人工、炸药，这样的成本付出又有什么意义。还有土地复垦，这地方地无三尺平，原有的土地基本都撂荒了，还要在这半山腰搞复垦，这不是纯粹劳民伤财？"

小姑娘看看他，又看看大伙儿，微微一笑说："你说的也是实情。

不过，这次检查采取的是百分制，我们只能严格按表格打分，有这一条，你们就评不上优秀了，我们也没办法，只能照章办事。"

"优秀不优秀无所谓，但是，我绝不会那样做！还有，我已经听有人说了，有的地方炸光之后，因为原来的土地需要继续耕种，又在原来的村庄开始建造成排的简易工房，让回来耕种的老百姓临时使用，这不是翻来覆去来回折腾，拿老百姓开玩笑吗？"

小姑娘的脸沉下来，再没说一句话，径直向丰田霸道走去。

中午饭安排在了新鸿运风味饭店，听从这位小姑娘的要求，没上酒水，饭菜也一律是土得掉渣的地方风味。这饭店孟中华还是第一次登门，没想到土特产做得十分地道，尤其是莜面系列，什么拨烂子、山药硬蛋、水晶饺子、豆渣包子、焖鱼儿，不下十几种，上一种客人们就夸赞一气，饭桌上的气氛变得格外活跃，说笑声、戏谑声不断……只可怜小姑娘组长感冒得直打喷嚏，多少有点煞风景。好在孟中华早有准备，饭后赶紧把她们送到了芸芸的家庭诊所。这一次，芸芸显示了极高超的接待艺术。不仅病看得好，更主要的是人长得超尘脱俗，打扮得清清爽爽，一举一动又落落大方，把检查组一伙人都看得眼直了，围着芸芸不住地问这问那，连连感慨深山出俊鸟、玉人在天涯。临走的时候，外出的郭彩彩也赶了回来，一听说是爱卫会领导，立刻把孟中华拉到一旁，悄悄塞给他一个红包，让他趁机把这诊所的手续给弄完善了。孟中华只好把红包塞在药盒里，等上了车才郑重地递给长耳坠姑娘，又说了一通完善手续的问题。

长耳坠姑娘还沉浸在刚刚的热切气氛中，感慨地摇着头说："有其母必有其女，大家都说这女孩儿漂亮，我倒是认为，她这位妈妈年轻时才是大美人呢，比巩俐、林心如强得多啊！"

孟中华只好应和着说："还是你眼光独到，的确是这样，人说郭家滩的女人不用看，这郭彩彩在郭家滩也是几十年才出一个的。"

这天下午，这个检查组就带着一堆纸质材料，去了另一个乡镇。临走的时候，孟中华安排村里人准备了一人一份土特产，有台蘑，有羊肉，还有海红果，这位戴一对细长耳坠的小姑娘却坚辞不受，只拍一下他的肩，便跨上汽车绝尘而去。等汽车在雪地里吱吱嘎嘎走出老远，一同送行的几个村里人无不苦笑着对孟中华说，这一次准备好的土特产一样也不拿，一定是咱们把人家给得罪了，下一步就等着穿小鞋吧。

孟中华无法认同这些人的观点，却又觉得大家说的都有道理。事已至此，一切已无可挽回，垂头丧气的他忽然想起来，陈仁财借村委会议室，也不知道究竟在搞什么名堂，赶紧和大家告别，匆匆去了村委大院。

这时已到傍晚时分，会议室里还亮着灯光，只听有人讲话的声音，孟中华趴在窗口看了一下，又悄悄走进去，在后排一个不起眼的地方坐下。

放眼望去，满屋里尽是些陌生面孔的年轻人。也许大都是本村人，因为隔着年龄层次，他和这些年轻人接触不多。而且这些年人口流失严重，许多本村户口的年轻人也大都在城里居住，平素在村里很少见面的。只模糊看到，前面第一排正中有几个外地装束的人，显得很是突兀，旁边好像还坐着陈仁美、陈仁财等几个本村长辈。后来，登台讲话的换了一个人，他才发现原来竟是他儿子成成：

"刚才听了大家的讲话，我也很受启发。老实告诉大家，我已经不当辅警，把那个破工作给辞掉了。这些天，我一直在和我爸爸妈妈冷战，也一直在网上浏览。我就想，在咱们这个年代，不重视网络是根本不行的。别看我们这地方穷山恶水、偏远闭塞，只要有了网络，我们就和世界联系在了一起。刚才陈总经理说了，他们公司要和联通公司联合起来，尽快为咱们村开通1000兆的网络。只要有了网，我哪儿也不去了，我就回咱们这个五道口村来发展。这些日子我尝试了一下，先建了一个网站，把咱们村的土特产、山货全发到网站上，原来还是很有吸引力的，不到一个月流量已经上百万了。今后，我就想在这方面多发展。大家也都知道，我这个人不喜欢交际，有点儿自闭倾向，最适合网上生存了，只要努力坚持下去，一定可以成功，可以赚到钱……"

真没想到，一天到晚沉着个脸的成成，这会儿竟会变得如此眉飞色舞，说起话来滔滔不绝，孟中华都有点儿不相信自己的眼睛了，忍不住拍一下桌子站起来。

不过，此时满屋的人都被成成的讲话吸引住了，根本没有注意到最后一排的孟中华。很快，成成下去了，又一个小伙子走上台来。这小伙子比成成高，气质也比成成好，仪表堂堂，显得更成熟一些，一上台便向大家鞠一个躬说：

"我先自我介绍一下，我叫郭勇，小名勇勇，原来的村子在郭家滩，和刚才发言的成成是警校同学，不过我学的不是计算机，而是法律专业，这几年也没什么正经事，只跟着我爸爸瞎忙活呢。刚才听了大伙儿的发言，特别是陈总经理的主题讲话，我的确很开脑筋，也很受启发。我爸爸现在在村里开了一个新饭店，但是，听大家这么讲，我觉得这个饭店也开得不合时宜，是很难经营下去的。但是，咱们这个五道口村毕竟是一个新村子，有这么多村的人家全搬在一起，只建了住房，没有新的产业肯定是不行的，到头来只怕这个新村也维持不下去。或者选错了产业，变成另一个郭家滩，只红火十年八年就又死气沉沉，变成了新的扶贫对象。到时候，我们总不能再搬迁一次吧，而且我们这个家还能再搬到什么地方，又有什么地方可以收留我们呢？"

听这话，孟中华就猜出来了，这是郭茂家的独生子。听他还在慷慨陈词，孟中华却自个儿陷入了沉思。是啊，搬得出还要稳得住能致富，用老父亲的话说：一堆土豆到底是摆开来烂得快，还是堆在一起烂得快？产业，产业，没有产业，一切都是白搭！刚才从铁匠铺回来，他已和老眉头通了电话，知道县里开会的主要精神也是这个，而且要求务必缩短过渡期，最迟明年，一开春必须完成村两委换届，他当时一听就头大了，这个寒冷的冬天看来真的不容易度过啊。

不知何时，郭勇也下去了，现在站在台上的是一个单薄清瘦的女孩子，而且肯定是一个外地女孩儿，讲着一口就像港台电影一样的普通话，台下有人叽叽喳喳议论着，只听女孩款款柔柔地讲道：

"……在网上我就和成成讲了，要发展，就要向我们那里看齐，那里的现在，就是你们这儿的未来，这就叫时间差，叫梯度发展。其实，除了刚才讲的，还有许多可以发展的东西，我们不妨进一步放开思路，大胆设想。有句话不是说了，有想法，才会有办法。我们可以充分利用这里靠近县城，又平坦开阔的地理优势，大力发展有机绿色产业，为县城居民制定专门的供应计划，订单服务，送菜上门，一户一户个性化定制，这些过去都做不到，现在搞大数据、区块链，很容易就可以做到了。再比如，我们可以利用陈家营原有的大量空房子，搞一个高端自助式养老院，瞄准城里有钱又有闲、年龄在六十至七十岁左右的特殊人群，略加改造，成为他们在夏秋之季候鸟式养老的一个基地。我们这地方气候凉爽，无污染，我看到街上到处是老年人，一问年龄都是八九十岁，可见这地方肯定适合养老，是个健康长寿养生的好地方，我们可以在这个方面大做文章……"

台下是一片热烈的掌声。有人忽然高声叫起来："嗨，空口说话不算，你要做好这些项目，关键是马上就嫁过来吧，作为我们这五道口村的第一位新媳妇，就一定可以大有所为，大有作为啊！"

"好，好，成成快站起来，大家为他们俩鼓掌啊！"

于是，在砰砰叭叭的桌椅碰撞中，掌声更加热烈，啪啪地响成了一片。孟中华却突然感到一阵头晕，赶紧溜出了会议室。

好不容易等到会议散了，他准备好好和儿子谈谈，一问才知，这伙年轻人都簇拥着陈仁美那个当总经理的儿子陈建国回城去了。电话打过去了成成却说，他要陪陈总经理去做学术报告，忙着呢，气得孟中华一句话也说不出来。

第十六章

　　德治老汉的脚伤好了，又关在屋里憋闷了好些天，就连着上街溜达了几天。没想到这一溜达，竟受到了从未有过的羞辱和愤怒。

　　搬下来时间长了，认识的人也逐渐多了起来。尤其是一拨儿老头子老太太，闲来无事总聚在一起，东家长西家短，把认识不认识的人家全部数算一遍，什么样的新鲜事儿都逃不过这些人的眼睛和嘴巴。有时到吃饭点儿，几个老头子还会在农家乐小饭店里要几个菜喝点儿小酒。有一回到新鸿运酒楼小聚，大家多喝了几盅酒，便都拿德治老汉开起了玩笑。有的说这地方谁来都可以，你却不应该来，他问为什么，大家便都嘿嘿地笑个不停。也有的说，这地方你来了吃饭，根本用不着结账，吃罢抹抹嘴走了就完了。德治老汉认真地说，我家大儿子可是个好干部，我才不会给他丢脸，到处白吃白喝呢。人们却又哈哈直笑：这事根本不用你大儿子出面，有你二小子照样没问题，郭茂怎么着也应该给中原这个面子吧。说完又都看着他笑个不停，使孟德治莫名其妙觉得特别不痛快。

　　小儿子一家出门旅游一趟，他本来挺自豪的。可是回来不长时间，许多闲话就传到他耳朵里了。什么旅游是假，看病才是真，儿媳郭小雨精神不正常，进城是看这种奇怪的病去了。有的话说得很邪乎也很难听，好像郭小雨得了什么见不得人的怪病似的。为此，他也曾把孟中原叫过来，悄悄地问了几次，这小子却一口否认，要不就反过来责问他，做老公公的，你管这些事儿合适吗？一句话戗得他缓不过气来。更可气的是，有一次远看几个老头子有说有笑的，等他走过去，这些人就都不吭气了，却都用一种很奇怪的眼神看着他，嘿嘿地只管笑，都是一副不怀好意的样子。他仔细看了下，这些人没一个牛头峁的，大都是郭家滩的人，他只好讪讪地坐下，顺口问他们在说什么，有什么事那么开心啊，一个干瘦老头子便话里有话地说：

"听说你家媳妇看病回来了，病一定治好了，大家都为你老哥高兴啊。"

"他们是去旅游的，不是去看病。"他很认真地解释说。

"这年月都日怪了，看病都不敢说看病，硬要说是旅游，有什么意思呢？"

"我儿子媳妇没病，你们才有病呢！"

"是啊，没病没病，就是一天到晚不停地洗脸，不停地刷牙，干什么事儿会弄得这么脏啊？"

听他这么说，德治老汉突然语塞，不知该说什么好了。的确是这么回事儿，自从搬过来，他也慢慢注意到了，郭小雨有事没事总爱拿着个牙刷和脸盆，不停地洗呀刷呀的，这些天来他还以为，这个长相俊秀的儿媳妇也太爱讲究太爱干净了，经老头子这么一说，他才突然发现，这样子的确是有点儿不正常。德治老汉霍地站起来，扭头就走。

"女人的嘴，除了骂人、亲嘴还能做什么？"

"这个要问郭茂，听说那人才是行家里手哩。"

"听说郭茂老婆，就是受不了他这个，才跟着人跑了。"

"不过像他这样的男人真的少吧，下面好好的不用，却偏要用上面，还说不那样就硬不起来……"

这些人在身后愈说愈放肆，声音也愈来愈高，好像专门说给他听似的，德治老汉真想再返回去，狠狠地抽他们一顿。

以后，这样的场景一再地出现，尴尬总是难免的，德治老汉上街的次数也越来越少，实在闷得不行出来遛遛，也总是尽可能避开闲人扎堆的地方。生活变得日益苦闷无聊，自己好像被一层无形的东西包围起来，弄得气也喘不上来了。好不容易迎来大雪纷飞的日子，独自一个出去清静一下，却一不小心滑倒在地，把脚给崴了。

这事儿和两个儿子也都是没法说的，他只能拐弯抹角地嘱咐孟中原，今后还是要小心郭茂这个人，尽量少和他搅在一起。孟中原却总是不以为然地说，社会上的事儿你不懂，根本把他的话当耳旁风。听人们议论，两个人不仅亲密如故，一天到晚称兄道弟地厮混在一起，而且等工作队一走，郭茂就是铁定的五道口新村一把手，孟中原也至少是个副书记、副村长……孟中华最近也忙得很少回家，回来也只是胡乱吃点饭，默默地不说几句话，好像有满腹心事似的，他逮着机会问了一次，这事儿是不是真的，大儿子却淡淡地笑笑，反问他说：

"爹，你觉得呢？"

"我觉得呀，这两个人都不合适。"

"中原怎么样，爹自然很清楚，但是郭茂这个人你可能不太了解，当过多年的村干部，拥护的人也不少……"

"这个人外表看起来憨憨厚厚的，我看倒是粗中有细，内心里其实比较阴，比毛主席当年培养的那些干部差远了。"

"爹，你也不能总拿老眼光看新问题，时代不同了，标准也就不同。如果依你之见，还有谁比较合适？"

"陈家营毕竟是最大的村子，过去又一直是出文人出先生的地方，我听那个陈仁名说，陈仁美、陈仁财都挺不错，要投票的话肯定得票最多。"

"得票只是一个方面，陈仁美毕竟太老了，陈仁财只是一个暴发户而已。"孟中华说罢，便再也不提这方面的话题了。

现在的中华，也毕竟不是过去的样子了。当干部时间一长，说起话来就往往掐头去尾，吞吞吐吐，表达的意思模棱两可，这让德治老汉听着也很不舒服，却又无法发火，只能独自生着闷气。

好在他躺在床上的那些天，还有一个芸芸天天过来，又是涂药，又是打针，还陪着他聊聊天。这孩子不仅人长得俊，性格也乖巧伶俐，德治老汉看在眼里，喜在心头，就反反复复和孟中华说，成成能娶这么一门媳妇，真是他一辈子的福气，打着灯笼也难寻啊。对他的这个提议，儿子媳妇倒是没有意见，特别是孟中华，对芸芸也是赞不绝口，连夸这孩子人样儿好，心眼也好，又是学过医的大学生，只怕成成没这个福气呢。德治老汉一听，就说成成那儿你和杜丽琴要多做做工作，郭彩彩这面，他要亲自上门提亲。那些日子，他的心里就感觉热乎乎的，每次芸芸过来换药，他都会拐弯抹角问上好多的话，越看越觉得这孩子讨人喜欢，而且他也明显地感到，这女孩对他们家成成的印象也挺好，好像也挺有那么个意思的，只等脚伤彻底好了，他就准备托一个老熟人，正式向郭彩彩提亲了。

谁知道就在这个时候，成成忽然带着个外地女孩子来家里了，而且一连住了好几天。虽然不在一个家住，但是看那个样子，两人的关系绝对不是像成成说的那样，是普通的同事关系。况且这女孩子长得矮矮的、瘦瘦的，说起话来，他一句也听不懂，两个人晚上还叽叽喳喳地一说就说到大半夜，早上都十来点钟还不起床，一点儿出门做客的礼节都不懂，一看就不是个居家过日子的路数。所以，等两个人一走，就赶紧给孟中华打电话，也不管他在县城开会还是学习，硬是把他叫了回来。一见面，德治老汉劈头就说：

"你这儿子当得好啊，工作再忙吧，连老父亲的死活也不管了，我要你这样的儿子还有什么用啊！我看，你还是赶紧收拾收拾，让我回牛头峁吧，让我这把老骨头死也死在那个熟悉的地方，我也算是歇心了！"

德治老汉心里清楚，他只要这样一说，儿子就什么办法也没有，只剩下低头认错的份儿了。果然，孟中华立刻急得大冬天满头冒汗，说了好多自我埋怨的话儿，才急切地说：

"爸，我走的这几天难道就你一个人吗，我不是告诉中原，让他和媳妇过来照料你吗，他们难道没过来？"

"他们呀，自顾自个的小日子，哪里还管我的死活啊。每天至多就是做一碗饭送过来，和喂猪的一样，冷了热了，吃了没吃谁管啊！"

"这……你这又隔得不远，何不过去一起吃饭？"

"还过去呢，我听说他们家经常有外头的人，什么郭茂呀，铁匠铺高家的那些人呀，时不时在一起聚会喝酒，我看着他们就心烦，才不想觍着老脸和这些人在一起吃饭呢！"

听老父亲这样说，孟中华不由得沉下脸来。原来，弟弟从始至终还是和这一伙儿烂人厮混在一起啊！混了这么些年，已经混得债台高筑了，再混下去还不知道会出什么幺蛾子呢。他早就听说，自从打掉了高十周高加辛犯罪团伙，郭茂就迅速出手，几乎全盘接管了仁义集团公司，而且办起了新鸿运风味饭店，过去围绕在高十周身边的那一伙子狐朋狗友，又很快麇集到了郭茂身边，该不是重操旧业，继续胡作非为吧？想到这些，他只好安慰老父亲，等忙过年关，他一定天天回来，也会和弟弟好好谈谈，明年争取做一些正儿八经的事情。

慢慢地，德治老汉的气消了许多，便絮絮叨叨地讲起来芸芸这些天来照顾他的事儿，顺便把郭彩彩一家全都表扬了一遍，才唉声叹气地说，自打从牛头峁搬下来这些天，他一下子就觉得老了许多，腿脚也不灵便了，脑子也有点发痴了，他现在再也不想管别的事儿了，只有一件事儿让他很操心，就是成成找对象的事儿。其他的他也不指望，只希望闭眼前能把这事给办了……说着说着，眼睛竟湿润起来，弄得孟中华也挺伤感，这些年他还从来没见过倔强的老父亲这样动情过，只好安慰老父亲说，找对象这事儿可不比别的，急不得，只要有合适的人，办起来也是挺快的。德治老汉一听就急了，立刻揉揉眼睛说：

"怎么没有合适的人，难道你忘了不成？"

"我……没忘没忘，你是说芸芸吧……"

"我已经托人和郭彩彩说过了，人家都答应下来了，难不成你们想变卦了？！"

德治老汉一急，干脆就把话给说死了，今儿非逼着儿子说个究竟不可。

听老父亲这么说，孟中华心里也很焦急，只埋怨老父亲办起事儿来怎么能这样没谱，只是说不出口来，一直憋了好半天，才叹口气说："爹啊，现在的年轻人，和我们那时候真的不一样了，这事儿还真不是咱们想象得那样简单……"

"我知道，成成不同意，另外又找了一个，对不对？"德治老汉立刻打断儿子的话，怒气冲冲地说。一句话，弄得孟中华不由得瞪大了眼睛："爹，你怎么知道啊？"

"嘿嘿，"德治老汉冷笑不已，"我不仅知道这龟孙子另找了一个，而且知道是一个外地侉子，长得黑瘦干小的，说起话来叽里呱啦，一句话也听不清楚。我可告诉你，咱们家虽不是什么达官贵人、富贵之家，也是一辈子勤勤恳恳，勤俭持家，诚实处世，没有人敢小瞧咱们一眼的。这辈子，你爹最后悔的就是，没有阻止你弟弟，任凭他自己胡作非为，结果呢，又是倒插门，又是开歌厅，又是得了什么暗病，弄得你老子老也老了，还灰头土脸的，走在路上叫人指指点点的，我这老脸都没地方搁了。实话告诉你吧，这些天来，你爹白天黑夜都窝在家里，都没脸面到街上圪转去了，要不，我怎么放着清福不享，又想着干脆搬回牛头峁去呢……"

第一次遇到这样的事情，德治老汉竟真的老泪纵横，呜呜咽咽起来。

每当这个时候，孟中华就特别感到手足无措，只能无助地呆坐着，一个劲儿抽烟。直抽得像喝醉酒那样晕晕乎乎的，老父亲忽然又凶狠地说：

"我可告诉你，这件事你要是做不了主，就不是我的儿子，也赶快把这个破官儿辞了，回牛头峁种地去吧！"

"这……"

"还有一件事，你要赶快给我把中丽找回来。你说你当的这个破官儿，别人管不住，只把你妹夫给送进局子里了。这个吧，咱就不说了，现在连你妹妹也找不回来，连个音信也没有，这不是生生地要你老子的命吗？我要是好歹有个闺女在身边，还会这样孤苦伶仃连个热菜热饭也吃不上？"真不知怎么搞的，德治老汉今儿越说越生气，脾气也越来越大，而且任性得像个孩子，吓得孟中华大气也不敢出，只盼着天早一点儿黑下来，也许浓浓的夜色会消弭一切吧。

好在闹腾了一下午，德治老汉也真累坏了，吃罢饭，电视也不看了，早早就钻进了热被窝。孟中华赶紧收拾一下屋子，轻轻合上门走到院里，才长叹了一口气，孤零零站在雪地里。

忙乱了一整天，不仅头嗡嗡的，脖子也僵硬得快要断了。他努力伸着脖子仰望天空，忽然惊奇地发现，整个天穹湛蓝湛蓝，显得那么高、那么明亮。这些年来竟从来也没有注意过这个，早已习惯了天空的灰黄和没有星星的夜晚，今儿才突然有一种回到儿时的感觉。再仔细瞅瞅，星星便变得愈来愈多，还真的眨着眼睛，很快铺满了整个天穹。银河系，天河，他忽然注意到了那一道横亘东西的星汉光带，特神秘又特新奇的感觉……正要再仔细寻找那牛郎星、织女星，就听见有人小声叫着他的名字，这才注意到墙头上面有一个黑乎乎的人影，正探过半个身子张望着。

"原来是你啊！"

孟中华立刻笑起来，也赶紧搬一个高凳，扶着围墙站上去。

在黑暗中，他只看到一双闪闪的眼睛，嗅到她脸上热扑扑的气息，像是刚洗过脸似的，有一股淡淡的清香。

"不冷吗，这么冷的天！"

"你不是一样，还傻傻地看天呢，在寻找什么呀？"

孟中华一听，便嘿嘿笑起来。在黑暗中，两个人的声音都轻轻的，却依然显得格外清晰。他一边笑，一边用手指点着："过去老说什么天河迢迢、星汉永隔，今天才第一次注意到，就是这个样子啊！"

"看来你今天的心情不错，还有兴趣仰望天河啊……"说着，又是咯咯地笑，虽是低低的，却感觉满院的空气都在抖动。

他的心也在抖，只好把声音压得更低："恰恰相反，心情糟透了。"

"为什么，可以说说吗？"

"一言难尽啊——你孩子们呢？"

"芸芸去城里进货去了。"

孟中华恍恍惚惚起来，自从中丽出事之后，娜娜好像就换了一家美容中心，至于她那个二女儿芳芳，好像在西北农林大学读书，现在还没有放假呢。他于是在黑暗里坏笑了一声说：

"要不，我过去坐坐？"

郭彩彩却把声音压得更低，嗔怪地说："你还不嫌多事吗？那张划船的照片，你还没给我看过呢。查清了没有？"

"这样无聊的事，我查它做什么。"

"可是你不要小看，这后面却一定隐藏着大目的的。有好多事情，我还没和你说过呢，也不知道你清楚不清楚，过去常听老一辈说，过去在搞运动的时候就有句俗话，庙小妖风大，池浅王八多，指的就是咱这种地方，你可一定要小心一点，不要中了人家的诡计啊……"

听她在黑暗中这样说着，话儿款款的软软的，却又句句饱含着深意，使他不由得勾起了许多的酸甜苦辣，只是一时间不知道该怎么表达，只好叹口气说："是啊，萨特说过，他人即是地狱，真不知道这些人都是怎么想的。现在，上头又催促着要换届选举了，而且要在明年开春前完成，你觉得咱们这儿会一切顺利吗？"

"绝对不可能！"

"那你有什么好办法？"

"该来的总是要来的，想挡也挡不住。办法也自然很多，条条道路通罗马嘛。但是，人最难战胜的是自己内心里的那个坎。"

"在许多时候我觉得自己很傻，从小就是一根筋，所以这一辈子才一无所获，一败涂地。"

"都这么大年龄了，什么是失败，什么是成功，应该早看得开了。我记得很小的时候你说过，你这一辈子最大的愿望就是为这块土地做些事情，努力改变她，努力创造她，再也不要让人踩躏她污蔑她蔑视她，我觉得这一点你永远也没有改变……"

孟中华听着，不由得就感到心里翻江倒海，五味杂陈。童年的记忆是刻骨铭心的，苦难是人生的第一老师。不过今儿郭彩彩这话的口气，实在是十分坚决又十分冷静，是他从没有遇到的。

"真的！我理解你，也相信你。但是，一定不要冲动，遇事冷

静 ——要听话啊!"

在黑暗中,轻轻地一个吻,整个人影儿便不见了。他咂咂余香尚存的嘴唇晃一下,突然有一种晕晕的感觉,差点儿从高凳上掉下来。

第十七章

从腊月到正月，家家户户都是喜滋滋的甜蜜蜜的，孟中华觉得，只有自己一个人沉浸在孤寂和冷漠之中，好像小时候常常点燃的那种蓖麻子灯，愈燃愈昏暗，摇摇曳曳随时都可能熄灭似的。这种感觉真的很悲哀，一旦苏醒就变得十分强烈，甚至比他在医院抢救的那些日子里还更加恐怖，好像已经把他的整个身心都攫住了。

从早晨起来，身体就软塌塌的，没有一点儿力气，看着慵懒而惨白的太阳升起来又落下去，一天又一天，没有丝毫的变化。县里的文件还在不住地下达，各种会议还在经常地开，一些上头的人也会时不时到村里转一转，孟中华却突然觉得激情不再，只是机械地陪同着应付着，说话不需要经过脑子，做事也不再用心用力。好在他已经是三年多的老队长，五道口新村是一个无需回避的巨大存在，有的人还会同情地看着他说："不容易，不容易啊！你那个副科级还没有落实？"好在时光荏苒，日月如梭，很快就到年底了。

不管世事如何变化，在天高地远的黄土高坡，过年永远是一件大事情。几乎从进入腊月的第一天起，人们就进入了临年状态。不管贫穷还是富有，有事还是有闲，全家人都忙碌起来，粉刷内墙，清理烟道，擦玻璃，洗衣服，把所有能擦洗的地方全擦洗一遍，有那讲究的人家，还会把全部家具搬到院子里，就像陈仁名平日所做的那样，晾晒上一两天。当然更要紧的是，准备丰盛的吃食了。这些年来经济日益繁荣，只要有钱似乎就没有买不到的，但是对于绝大多数人家来说，杀猪宰羊依旧是必不可少的，也根本用不着冰箱，在当院挖一个坑，就可以一直冻到来年"龙抬头"。豆腐不磨了，但豆芽总是要自己发，因为常听人们说，现在市场上售卖的豆芽，全是用尿素泡大的。平时吃点尿素好像问题不大，但逢过节总不能再这样冤枉吧。最常见的就是榨粉条、炸油糕了。在本地，这两样东西是过年餐桌上必不可少的第一美味。特别是炸油糕，大概已经延续上千年了，用的是上好的软米——粟子，属汉族人传统的"五谷"之一，神农氏所赐。这些年来，由于种植不易，产量太低，价格反而暴涨，变得更加宝贵起来。在这块土地上，油糕、粉汤是最高的待客之道，更是过年时的必备食品。即使在"文革"时期，最困难的日子里，连做菜都没有一滴油，油糕炸不成了，老百姓便时兴起了吃素糕，总算是把这个传统保留了下来。

在这番红红火火的热闹中，只有孟中华和他老子是个例外，既不养羊又不喂猪的，一切都省了。杜丽琴自打曹寿眉提拔以来，就对孟中华一肚子的气，家里的事不闻不问，都不知道她在忙什么。近些日子，社科联的老主席退休了，杜丽琴多年的媳妇熬成婆，顺理成章成了一把手，尽管手下只有一个兵，也毕竟是跻身正科级干部行列了，平时根本不回家，回来就躺在沙发上，家务事是再也指望不上了。成成有了对象的事看来的确是真的，而且是从网上钓来的，至于具体怎么回事儿，连着问了许多次，成成也一直没说清楚。看那个样子，成成对家里人的情绪一直很对立，短时间内根本无法化解，对他这个

175

当老子的，更是一句话也不愿多说，却整天和一拨儿外人混在一起，特别是和郭茂那个儿子勇勇，好像已经是莫逆之交了，和陈仁财的两个儿子也来往不断，有时候孟中华忍不住会胡思乱想，难道他们是聚在一起吸毒吗？

孟中华呆呆地看着天空，不由得打了一个冷颤。

一只老鹰展开双翅，在天空无拘无束地翱翔，那优美的身姿，舒展的线条，使他自己愈发感到内心的孤独和无奈。

这，肯定是一只已经步入中年的老鹰了吧？

听人们讲，鹰一旦过了中年，就面临着一个生死抉择，要么无可奈何地迅速衰朽，在孤独中走向生命的终点，要么就忍着巨大的痛苦和艰难，自己对自己痛下杀手。先用嘴一根一根拔掉所有的羽毛，等新的羽毛长起来，再一啄一啄拔掉爪子上所有的鹰钩。最后，再对着岩石拼命地撞击，把已经老化的喙全部碰得脱落掉，然后不吃不喝，一直等着新的利喙生长出来……一只全新的雄鹰，从此诞生了！这个过程鲜血淋漓，惨不忍睹，大约要度过整整一年的时间。只要渡过了这样艰难的一关，这只已经濒死的老鹰就会真正获得新生，重新飞上蓝天，使自己雄视天下、独占长空的生命再整整延长一倍……

不知何时，那只孤独的老鹰已经消失，只剩下湛蓝的天空一碧如洗、纤云不染，一副海阔天空的气象。孟中华长长地吁了一口气，内心似乎轻松了许多。万物皆有灵，万物也相通，或许放下过去，才能更好地拥抱明天。自己的心好像也随着那面临生死抉择的老鹰升上了湛蓝的天穹，孤独而清冷地鸟瞰尘寰，向着未来搏击而去。

人人都是孤独的，成成这孩子显得更加孤独，身为独生子，感觉他从小就是这样，好像总有好多的事情瞒着父母，孟中华愈来愈觉得自己离这个孩子的心也已经很远了。

老父亲也明显衰朽了，整天磨磨叨叨，不是要回牛头崮去祭祖，就是成成的婚姻大事，还时不时从箱底掏出九个不知什么朝代的银元，一个个吹一吹数一数，在炕头上摆来摆去，说是给成成准备的压箱宝贝。孟中华问了多次，才知道这是老父亲新近从一个村民手里换来的，就不由得心里发笑，一块银元二十元，哪有那样的好事啊，绝对是假的无疑，可见老父亲也真的是糊涂了。直到有一天，老父亲上街转了一圈，才叹着气告诉他，人家芸芸已经订婚了，是铁匠铺高家，名字记不着了，成成再也没这个福气了。以后再也不见他摆弄那几个银元了。

临到年关，老婆突然又有了新主意，要带着成成到外婆家过个年，顺便到外地旅游几天，只问他愿不愿意一起去。孟中华很清楚，这是杜丽琴故意给他难堪呢，但是他懒得说穿，只顺水推舟说，那好啊，你们就出去散散心吧，老父亲有我陪着就可以了。要不是现在上级三令五申，但凡一把手一律不准外出，对所在地方、单位要负总责，我陪你们一起去。杜丽琴听了，便不怀好意地冷笑着说，其实这样也好，古人云，天地之德莫大于孝，你就在家好好尽孝吧！

这样一来，今年这年怎么个过法，可想而知矣。

弟弟一家也早回来了，只过来看过他和老父亲一面，留下了一包像炒面一样的稻香村酥饼，却绝口不提那张借贷卡的事儿。等接到手机短信，孟中华才吓了一跳，弟弟竟把他卡上的额度全花光了。整整五万啊！尽管工作几十年，孟中华也一直是赚一个花一个，还真没花过这样的大钱哩。他连着冥思苦想好些天，却一直不知道该怎么办，更无法向弟弟张口。毕竟他已经听说了，弟弟早已经债台高筑，那数字大得吓人，加上郭小雨又得了什么怪病，做大伯子的他连什么病情也无法开口询问……可是，一共五六十天的还款时限马上就要到了，万般无奈，他正准备向郭彩彩张口，从城里回来的郭茂给他捎来一个文件袋，上面赫然印着××县爱卫会的字样。等面露疑惑的郭茂一走，孟中华迫不及待地打开，原来是给芸芸办好的一套手续，里面还夹着当初的那个红包。他的眼前立刻浮现出那一对细长的金耳坠，只是那小姑娘的名字却怎么也想不起来了。他有点儿发怔，钦佩和感激之情油然而生，又觉得还有许多很复杂的意味，只是一下子说不清楚。同时相信，检查也一定过关了。等他兴冲冲拿着这些东西去找郭彩彩，她显然也十分高兴，十分作难地说，怎么会这样，这让人怎么过意得去！是不是嫌少啊，我还没感谢过你呢，趁着年关把帮过忙的人都打点一番感谢感谢，不要让人家说咱不懂礼数！说着，又重新包了五万块钱硬塞到了他手里。

拿着那一大包，看着郭彩彩满面的笑容，孟中华莫名其妙地就想流泪，赶紧扭过头走开了。

常言说得好，过年就是过关，不管单位还是个人，每到年关都是手头拮据的，只有打饥荒送礼的，哪有上门借钱的呢。特别是面对一个女人，不仅显得俗气，真的是很难为情的。

过去每到这个时候，作为基层干部，又有着特色鲜明、驰名全国的土特产品，送礼总是难免的。听许多老村长、老支书讲，有人从年末一直送到年初，来来回回反反复复要跑几十趟，许多部门许多大人物，让其办事是不可能的，但不向其送礼也是不可能的。年关将近，许多村干部包括陈仁财、郭茂他们，也多次提出这事儿该怎么办，要真的一份儿不送，明年村里还计划要办那么多事情，恐怕都会黄了的。但是，孟中华如今真的一点儿心绪也没有，对他们的提议一个也没有答应。同时他也知道，许多人都来询问他，今年过年怎么过，在村里还是回城里，言下之意也想给他送什么礼。为一了百了、求个清净，孟中华干脆把常用的手机号也换了，一天到晚，把自己关在老父亲屋里，自买自做，这种感觉倒也十分新鲜，活了这么大还真是第一次哇！

小时候在牛头崞，冬天的日子总是格外漫长。躺在暖暖烘烘的被窝里，老父亲会吧嗒着旱烟袋，一次次讲起他当年当兵的日子。那是老父亲唯一走出大山走向世界的机遇，那是老父亲一辈子的骄傲和荣光。老父亲总是说，野外生存，行军走路，辨别方向总是最重要的。指南针有它的用处，但那东西是死的，人是活的，一味依赖那东西是要犯大错误的。在咱们这北方，辨别方向有很多的方法。比方说，看看山，所有的大山，阳面一般都是光秃秃的，阴坡上却总是郁郁葱葱，长满了油松落叶松。再比如看树木，咱们北方风大，一年四季西北风呼呼地吹，所以树干的北面总是比南面要粗糙一些，树干也总是向南面微微倾斜。还有河流、冰雪等等，会帮你在任何情况下都能分清东南西北……在一个个漆黑的日子里，听着老父亲的絮絮叨叨，看着石窑洞墙上一个个黑黑的影子，想象着有一天自己也会像老父亲一样，扛着长枪上战场，打败美帝野心狼……谁知道这些年过去了，自己也已经到了不惑之年，才发现在当今现实社会中要保持头脑清醒，永不迷失方向，却真的是人生最难的一件事情啊。

时间永在消逝，街市依旧太平。不管快乐还是悲伤，热闹还是寂寞。过了腊月二十三，灶王上了天，民间进入短暂的自由状态。腊月除夕一到，家家灯笼高挂、鞭炮齐鸣，灶王爷述职归位，又开始了新一年的轮回。这就是民间的理念，老百姓的思维。从大年初一开始，男女老少穿戴得齐齐整整，拜年讨喜走亲戚，好吃的要一直吃到正月十五闹元宵。最令人称奇的是，这地方有一个举世皆无的独特乡俗，正月十三名为"杨公祭"，大人小孩全不出门，出门必有血光之灾。孟中华小时候就常听母亲说"洋公鸡""洋公鸡"，这会儿才琢磨清楚，原来不是那三个字，要改为"杨公祭"就说得通了。这习俗一定是从杨继业父子血战金沙滩，撞死在李陵碑上演绎过来的，要知道金沙滩离这地方不过百里之遥啊。不过究竟为什么是正月十三，这是杨继业的生日还是忌日，就需要民俗专家们研究了。反正，正月十三关一天，十四十五闹元宵舞龙灯撒个欢，年味儿也就愈来愈淡，又要开始新一年的辛苦劳作了……今年，郭茂和陈仁财都曾提出，这是移民新村的第一个元宵节，一定要红红火火、大闹一场，如果村委会没钱，他们可以赞助，孟中华都一一回绝，坚决拒绝了他们的好意。家事村事无不一团糟，自己的身体也疲惫不堪，孟中华真的不想在这个多事时节再引出什么别的说法来。

在这期间，他只办了一件事，就是动员陈仁财不再建什么陈家祠堂，而是把陈家营古城堡保护立了项，并组成了一个股份合作社，由陈仁财担任合作社新主任，上报了一个颇为宏伟的古城堡风貌建设和旅游开发规划。听县里有关部门说，最近这方面的投资的确很大，分管领导手里就有大笔的资金找不到出路，一旦获批必将会给五道口新村的未来增添无限的光明和永久的利益。他觉得，能在自己手里办成这个事儿，也总算对得起老百姓的一片心了吧。

就在正月十三这一天，乡里那个年轻的娃娃书记，突然一个电话把孟中华叫到了办公室，啥话也不说，劈头把一份文件递过来。

孟中华大清早走了十几里路，气还没有喘一下，刚向书记道一声过年好，接过这份文件一看，就觉得头有点儿发晕，像喝多了酒一样。他这样子大概连这位年轻书记也看出来，关切地问他："你怎么头一摇一摇的，大清早还喝酒了？"

"怎么会，就是觉得有点儿头晕。"

"那可要注意啊，你老兄毕竟有过那个病的，要注意劳逸结合，文武之道一张一弛嘛！"

"谢谢，谢谢！"

这是一份关于换届工作的情况通报，可以看出来，全县没有按时换届的村屈指可数，全乡更是只有五道口一个村了。

孟中华也觉得比较难堪，只能怔怔地看着这位顶头上司，且看看他葫芦里究竟要卖什么药。

小伙子把桌上的一叠文件拿起来，不住地在桌面上颠着说："你不要看我，我也没有什么别的办法。但是，这样下去，肯定是不行的。虽然领导没有明着说，但是我心里清楚，这是新来的县委杨书记抓得最多的一件事情，也是最看重的一件事情，我们不能给领导增光添彩了，也总不能拖后腿吧。所以，你这个头必须剃，而且一定要奋起直追、愈快愈好，力争在清明节前后走完所有的程序！"

孟中华一听头就大了，立刻反驳道："这个绝对不可能！"

"为什么？"

"关键是没有合适人选啊。"

"不要这个那个的，我说同志，可不要武大郎开店，比你高的都不用啊！怎么可能没有人选呢，要知道你们可是四五个村合并啊，难道过去那么多村干部，就没有一个可用之才？！"

"是的，原村干部很多，想干的也很多，可是……"

"我说同志，一定要摒弃门户之见，要开门选人，目光远大一些，要更新思想观念，不要戴着有色眼镜看人，用旧的框框旧的思维选人用人，更不要带着个人情感色彩甚至私心杂念啊……"

不等这位顶头上司再说下去，孟中华心中的火腾地就上来了，立刻不客气地打断他的话说："领导，话可不能这么说，我怎么带着个人感情色彩，又掺杂什么私心杂念了？！"

小伙子一看他急了，也似乎觉得说的不妥，只好嘿嘿一笑，连说他不过是随便说说，没有别的意思，请孟中华不要过于敏感，更不要太过冲动。等孟中华又渐渐平静下来，才啪地把文件扔到桌子上，站起身不容置疑地说：

"好啦，今天的约谈到此为止。说一千道一万，这是乡党委最后的决定了，清明前后必须完成，你回去之后就照此安排吧，完不成，提头来见！"

"这……"

不等孟中华再说什么，这位顶头上司已率先离开了办公室。

开春第一次见领导，就受了这么一通气，又领了如此艰难的一个任务，孟中华感到格外伤心又格外愤怒，却一点儿办法也没有。春寒料峭时节，北风一阵紧似一阵，厚厚的积雪已经开始消融，地面积满了湿滑的冰凌，孟中华刚走到院里，就连着滑倒两次，好不容易来到车前，却打不开车门。他只好一边在车边瑟瑟发抖，一边掏出手机发微信，一直过了好长时间，陈仁财才从一个办公室跑出来。孟中华本来有一辆旧车，这一段时间也让儿子开走了，老眉也没有回来上班，他一旦出门只能向陈仁财开口。等两个人上了车，陈仁财才小心翼翼地边开边说：

"刚才我见了一下乡长，咱们那个项目还是很有希望的。"

"哪个项目，是古堡保护？"

"是那个光伏扶贫项目，仁美大哥家儿子搞的那个。"

"太好了，不过我可有言在先，要全村一盘棋，进行通盘考虑，不能只考虑你们老陈家。"

"那是你的事，我又不是村长，仁美大哥也不是。"

一听这话，孟中华便不再理他，只是默默地望着车外。

"回吗，还去哪儿？"

陈仁财连着问了几次，孟中华才抬抬手，指了指茫茫远方。

等来到县城，也不用再吩咐，陈仁财便熟门熟路地把车开到了县委大院。正赶上有人集体上访，黑压压百十号人，还拉着鲜红的横幅。孟中华斜眼一瞟，就知道是关于村级换届的事儿，也无心再问是什么村了，和堵着大门的保安、警察交涉了半天，却没人相信他和这些人不是一伙的，连大门也根本进不去。一直磨缠了好长时间，遇到一个县委办公室的大干事，才悄悄地告诉他，今儿领导们都不在，他问去哪里了，这人摇摇头不作声了。

孟中华长叹一声，又一步跨上陈仁财的丰田霸道，漫无目的地在大街上遛起来。

等来到长街尽头，忽然看到路边一大群人围在一起，不知在做什么，旁边还停了好几辆小车。在一辆电力工程车旁，陈仁财似乎看到一个熟人，赶紧停车下来，热情地打着招呼……孟中华也下了车，却在人群里看到了沉着脸一声不吭的那个中心人物，正是县委杨书记。

大概是输电线路出故障了，几个人先后赔着笑脸汇报抢修情况。

孟中华小心地挤到杨书记身边，只是大气也不敢出。一直等汇报完，杨书记口气严厉地把周围的人训了半天，才一扭头认出他来：

"哎，你……不是五道口新村的那个老……孟吗，不在村里待着，怎么跑到这儿来了？"

孟中华连忙满脸堆笑，双手拉住杨书记的手，握一下又握一下，说了一通新春拜年的吉利话，才压低声音把刚才乡里的安排简要介绍了一番。杨书记一听是这事儿，也显得很重视，推着他离开人群，躲到一座输电塔后面，才语重心长地说：

"老孟呀，我理解你的意思，但是，你们也要体谅乡里、县里的难处啊。今年这事儿上边催得很紧，乡里也是实在没办法了，才会出此下策啊……还是好好地做点工作，积极推进吧！"

"可是……真的是没有合适人选……"

孟中华急得不知该说什么，只能不住地摇头。

"我其实也知道，现在村里活跃的那几个人都不怎么样，人人都有一摊屎的。不过，民主是一个程序，不要求全责备，我们还是要大胆放手，先把人选出来，不行再换嘛。"

"不行不行，杨书记，这可真的不行，搞不好会出大事的！我可绝不允许把这么一个好的新村，因为这一步走不好，毁在我的手里。"

"那……你说怎么办？"

杨书记警觉地盯着他，摊摊手。

孟中华觉得全身发热，额上都冒出汗来，只好低垂着头，像个犯了错误的孩子。

"毛主席说，人才难得，还真是这么回事。现在，像你这样熟悉基层、热爱基层、有本领重感情的干部，真的是不多了。按道理，你们这事儿也不归我管，我都有点儿越俎代庖了。但是，这毕竟是咱们县第一个也是最大的移民项目，意义重大、影响深远啊，如果出现什么闪失、曲折或反复，我们都会愧对历史的。要是你再年轻几岁，能多待几年多好……"杨书记一边说一边叹气，也明显动了真情，孟中华都能听到他粗重的喘气声。

一直过了好长时间，孟中华突然下了最大的决心，也抬起头死死盯着杨书记说："好吧，杨书记，我真的佩服您，也相信您。既然您已经说到这份上了，那我就留下来，我也不要那个副科级了，就再当一届村支书和村主任，总不能让五道口村半途而废……只可惜我不是村里的人……"

"好啊！"杨书记一听他这样说，立刻惊喜莫名地拉住他的手，又用另一只手在他背上猛地一拍，"好啦，我要的就是你这句话！只要你同意，其他的一切都好办，我们可以特事特办，而且还可以让你同时兼任副乡长。说老实话，目前五道口新村的形势的确非常复杂，也只有你才能稳定大局，把好这个舵啊……不过，一定要保重身体，保重身体……"一边说，一边已不容分说，给乡里那个娃娃书记打起电话来。

等辞别杨书记上了车，孟中华才发现，陈仁财的脸色不太对头，有点儿恼悻悻的。时间也过中午了，他说，要不要在县城吃点饭再回村，陈仁财一声不吭，直接开着车上了路，好半天才说："今儿是杨公祭，本来就不该出门的，早回早歇心！"

第十八章

又到了黄河开河的时节。

在一片寂寥和空旷中，几乎是一瞬之间，在目光所及的所有河段，冰封一冬的河面突然就迸裂开来，无数的冰块漫天飞舞，组成一个玲珑剔透的缤纷世界，巨大的轰鸣声响彻天地，在狭长壁立、高耸千仞的晋陕蒙大峡谷间久久回荡，紧接着便是滔滔的洪水汹涌而来，一下子把所有的冰凌掀翻入水，卷起一波接一波的浊浪，挣脱了一个严冬的束缚，急不可耐地向下游涌去，大漠孤烟直、长河落日圆的壮观景致，又立刻呈现在世人面前。

郭茂独坐在老鸿运酒楼的豪华包厢里，把所有的窗户全打开，看着眼前这幅动人心魄的画面，真有一种人河一体、心声迸放的酣畅感，冰封的日子实在是太久了，这股力量必将冲决一切阻碍和封闭，开拓出一条勇往直前的河道来。

今天，是下游大型水电站开始蓄水的日子。也许要不了多久，包括老鸿运酒楼在内，脚下这一切，乃至整个郭家滩，就都要被滔天的黄河水淹没，成为历史的一部分，成为千百年后考古学家的研究对象。只是不知道那时候的人类会如何评价刚刚过去的这一段历史,是否真的理解所谓的歌厅、所谓的酒楼,在当年那个时代究竟意味着什么。这里,有他的汗水、有他的付出和荣光,也有他的梦想、他的苦闷和哀伤,他要亲眼看着这一切消失,整个郭家滩到底是怎样沉入河底,被冰冷的现实所埋葬的。

自从撤乡并村开始以来,他就一直处在煎熬和痛苦之中。过去的郭家滩,几乎就是他和他父亲的郭家滩。不论是捐建希望学校的那位"陈老",还是后来拐走他老婆小美的韩书记,对他父子轮流执政都起了很大的作用,但是到了五道口新村,他和官场的这种微妙关系就再也维持不住了……不管他怎么努力,挖空心思铺路搭桥,那个孟中华总是一副高深莫测的样子,不把他当自己人来看待,这真的让他很伤心。就像今年年关时节,孟中华搭着个陈仁财那小子的破霸道车跑来跑去,眼看着人家的关系就一步一步铁了起来。要知道,岁末年初嘛,不是请客就是送礼,要不就是私密会面,是最能考验两个人的关系铁不铁、硬不硬的关键时刻。他陈仁财不就是有个丰田霸道吗,你孟中华不过就是一个没有级别的村干部罢了,我那辆奥迪Q3再破旧,那也是德国货啊,还坐不下你这么个小人儿?

就在前几天,由乡党委书记主持,专门召开了一个全村党员大会,说是五村合并,正式党员也不过二十多个,高加辛、高十周不能参加了,以乡党委提名、当场投票的方式,把个孟中华名正言顺推到了支部书记的宝座上,五道口新村的党支部就算是正式成立了。令人意外的是,当时就有人提出来,孟中华不是这个支部的党员,有当书记的这个资格吗?更意外的是,当这个人说完话,现场的许多人都把目光投到了他郭茂身上。不错,说这话的人的确是一个来自郭家滩的老头子,但是和他郭茂一点儿关系也没有,更不是他有意安排的一个棋子。不过,这伙人显然是有备而来的,当场就拿出了一份党员介绍信,说孟中华的党的关系已经接转到新支部来了……真是可笑,新的支部还没成立,怎么能"已经"接转了呢,大家哄地就笑起来,并响起来稀稀拉拉的掌声。这就是态度,五道口新村的党员们,就是以这样一种"稀稀拉拉"的方式,迎来了他们新的掌门人,并开始筹备村委会的换届了。

现在,郭茂愈来愈有一种清晰的预感,下一步村委会的换届也一定会像这次一样"稀稀拉拉"的,至于新的村委会主任嘛,明面上的说法虽然是人人参与、个个有权,到时候也无非是孟中华兼任,或者把个陈仁财或陈仁美扶上来,这是他们固有的套路和伎俩,万变不离其宗。

那么,我郭茂从此就要退出这个舞台了吗?

这几年来,我费了那么多的心血,好不容易把那个高家兄弟搬下去了,难道这一切都要白费了?

说句公道话,在几大村众多的人选中,能够实实在在超过我郭茂的人选,究竟有几个人?

而且,这也绝不仅仅是我一个人的事,有郭家滩几百号的父老乡亲,还有下一代的勇勇他们呢,总不能就这样长期忍受陈家营那一伙龟孙子的欺负吧。一想到这个,他的心里就更来气了。如果一直由孟中华兼着,也许大家还服气一些。要是费这么大劲儿,却让陈家营那伙儿龟孙子白捡个便宜,是万万不可能的。像那个白胡子老头儿,说起话来疯疯癫癫的,也不知道是真疯还是假疯,污蔑我郭茂也不是一回两回了。像那个陈仁美,本来就是个"文革"时期的"五类分子",听说在那个时代,他就天天编派着话,恶毒攻击党的领导,说什么"会计吃着六两粮,浑身上下的确良;队长吃着六两粮,又娶媳妇又盖房;支书吃着六两粮,抽着纸烟抿着糖;社员吃着六两粮,挂着棍子靠着墙",这样恶毒的顺口溜至今还在民间流传……特别是那个陈仁财就更可气了，只不过依仗着他在电业局的一个关系，这十来年耀武扬威，赚的全都是不义之财，别看现在蹦得欢，小心将来拉清单，迟早都是要进局子里面的，如果让他来当村委主任，那不是摆明了在打我的脸吗？

郭茂忽地想起来，年前他曾受孟中华指派，到乡里接待了一次上访户。那几户人家可都是陈家营的，反映的危房改造问题，也都是陈仁财直接办理的。虽说孟中华后来听了汇报，也做了调查，陈仁财的确自个没有占什么便宜，只是因为漏报了两户人家，上级拨下来的钱便不够了，而这两户人家又坚决不让步，陈仁财就从其他农户身上，每人克扣了一笔，给这两户人家做了补偿。但是不管怎么说，这样一来，每户人家到手的补助款的确比其他村少了许多啊。尽管孟中华一直包庇，但是这明显就是一个工作失误，也许是失职，完全可以大做文章啊……郭茂越想越兴奋，又有点儿精力勃发，只想找个什么地方发泄一番了。

常言说的好，常在河边走哪有不湿鞋的？只要扭住这一只湿鞋不放，就不愁剥不下他的一身冠冕，甚至内裤来，这样一闹啊，不死也会脱层皮，看他们的如意算盘还如何打下去……

开河时的汹涌澎湃已经过去，此时的黄河变得格外舒缓，只有一摊一摊的冰凌从上游冲刷下来，在河心打着漩儿，发出"哗啦——""哗啦——"的声响，一点儿也没有上涨的迹象。看来，这河水还不知什么时候才能涨上来，要淹没到老鸿运酒楼这儿，还真不是一时半刻的事儿。郭茂耐不住了，慢慢走下酒楼，在昔日号称"滨河不夜城"的街道上踱起步来。

繁花似锦不过数年，就已经变成了空寂无人的一条空巷子，连呱呱乱叫的乌鸦都不见一只。积雪融化了，却依然有一层薄薄的霜，白花花的没有一个脚印，走一步滑一下。搬走才不到一年，两旁的小洋楼便都变成了鬼域空城，许多窗玻璃都碎了，一个个黑窟窿如张开的大嘴，好像在伤心喘气一般。要说这孟中华，就是历史的罪人，好端端的一个郭家滩镇就是在他手里死掉的！郭茂一边走，一边气哼哼地诅咒着，不知不觉竟来到了"百老汇"。

他停下脚步，痴痴地看着这亲切又破败的门面装饰，只觉得百感交集，目光就变得迷离起来。

忽然他注意到，这里乱七八糟好像有不少脚印。

推推门，金黄色的软包门竟是虚掩的。他心中一动，立刻一闪身，蹑手蹑脚走了进去。

电早停了，屋里黑漆漆的，只从门缝里透出微微的光亮。这里一共两个包厢全是空的。他又慢慢摸到了二层，这地方是住人的房间，熟门熟路地，他几乎闭着眼也能找到每个房间门……推开一间，空的。又推开一间，他竟呆住了：软床上竟躺着一个人，是郭小雨啊！

"你怎么进来的？！"

郭小雨明显感觉到了什么，忽地坐了起来。

只在一瞬间，郭茂感到全身的血都在向一个地方涌，力气变得无穷地大，压抑许久的东西全都复活了……是啊，自从搬迁以来，自己已活得太憋屈太无奈了，天天赔着笑脸，见人就说好听的，即便开办了新鸿运风味饭店，也天天出的多进的少，这些日子已经明显支持不住了，想不到今儿竟然这么巧，真好像鬼使神差一般，这才是他命中的人儿啊！他不再犹豫，立刻像狮子一样扑了上去，恨不能把那一团温软的肉彻底揉碎，变成他自己身体的一部分……等潮水退尽，一切都平静下来，他才气喘如牛地躺在一旁：

"谢谢你，让我又做了一回男人！"

"你做了男人，我就不是女人了……"

郭小雨却呜呜地哭泣起来。

"年前出去旅游,玩好了吧?"

郭小雨不再吭气,却连着干呕了几口。

郭茂翻个身,又有点兴冲冲的,摸一下小雨那丰润潮湿的嘴唇,露出一脸坏坏的笑来:

"小雨,你这个地方可是宝贝啊,要不是你用这个,我那时候早就不是男人了!"

"你——"

郭小雨忽然涨得脸色通红,竟趴在床边哇哇地吐起来,边吐边呜呜咽咽抽泣着。

郭茂这才感到不对劲儿,赶紧爬起来,又是拍打又是赔笑,好半天才哄得女人平静下来。俩人又缠绵了一会儿,他才终于弄清楚,郭小雨这次回来,是要趁最后的机会,最后再搬一次有用的东西。孟中原开着个小面包车已跑了一趟了,也许马上就又返回来了。郭茂听她一说,这才着急起来,赶紧和郭小雨下了楼,把一些整理好的东西搬到空寂的大街上。

不一会儿,孟中原就开着一辆破面包车赶来了。看到郭茂,孟中原显然觉得很意外,在车上怔了好一会儿,才跳下车来冷着脸说:"真巧啊,你怎么会在这儿呢?"

"我也是听说马上要淹了,想看看还有什么需要搬的……"郭茂忽然觉得心有愧疚,只好尴尬地笑笑。

"你是大老板,旧的不去新的不来,搬不搬还不是一样!"孟中原一点儿好气也没有,连讽带刺地说。

"哪里哪里,你我兄弟还不是一样!"

"怎么能一样呢。你人家是黄世仁,我充其量就是个杨白劳,在这地方忙活了十几年,倒欠下你一屁股的债,这能一样吗?"

"好好好,就算像你说的这样,现在这社会谁不知道哇,杨白劳比黄世仁还理直气壮呢……"郭茂一边赔笑，一边心里直打鼓，听孟中原今天说话一直夹枪带棒的，就觉得有点不对劲。过去多少年，他可不是这样的一个人啊。在江湖上混，许多事情都是明摆着的，必须睁一眼闭一眼，两只眼睛都睁得太大了，那是根本混不下去的。尤其是那些开歌厅的，几乎没有一个不把老婆贴出去的。能够像孟中原这样，歌厅开了十几年，郭小雨依旧陪伴在他身边，没有明目张胆地跟着别的男人跑了，就已经是万幸的了！

"总有一天，杨白劳会要了黄世仁的狗命！"孟中原气哼哼地说着，眼里便露出一丝凶气。

孟中原的这副凶狠样子，倒是郭茂根本没料到的，他只好壮着胆子，也目光凶凶地望过来，看看郭小雨，又看看孟中原。好在两个男人同样凶险的目光一碰撞，孟中原的身子便微微一抖，把头低垂下来……郭茂暗自冷笑，干脆走过去，亲热地拉住孟中原的手，慢慢向河岸边走去。

郭小雨的心立刻悬了起来，远远在后面跟着。

已经过中午了，温暖的太阳高悬在头顶，开阔的河面波光粼粼，像彩缎般光耀诱人，河对岸的山崖顶上还有点点的积雪，在阳光下也亮闪闪的，过去林立的石灰窑、砖厂、炼焦厂都没了踪影，只剩下一些个黑乎乎的残垣断壁还矗立在那儿，无言地指向天空……曾几何时，热气腾腾的两岸大小车辆望不到边，都拥挤在那条摇摇晃晃的浮桥边等着渡河，太子洲刘大柱、郭彩彩的摆渡船也总是挤满了人，一边摆渡一边拉响骄傲的汽笛声……如今倒好，这一切都消逝了，只有一座高速公路桥横跨河岸，离河面足有几十层楼房高，巨大的身影好像把两岸壁立的山崖都压下去了。远处，一座更加宏伟的高速铁路桥还没有合龙，那一个个围着脚手架的桥墩就像一座座耸立的高楼大厦，在河面上倾斜出巨大的投影。更远处的那座水电站大坝是看不到了，只感到这里的水一天天都在上涨，水流也比过去徐缓了许多，也许过了不多久，连伫立千年的太子洲也会沉入河底，成为永恒凝固的一段历史遗存……

来到河岸边，在一块兀立的岩石上两个人站定了，都张大一双迷茫的眼睛，默默眺望着对岸绵延起伏的山崖。

郭小雨也停下来，远远地看着这两个男人，谁也不知道她起伏的胸膛里此时正想着什么，只有一个迎风挺立的身影在阳光下显得格外突兀、孤独，就像光秃秃的山崖上蓦然看到的那棵独立的松树。

"过去那样红火的沙圪堵、大柳塔、康巴什，如今都突然沉寂了，变成了一座座鬼城。最近我曾到康巴什新城看了一下，到处高楼林立，中心广场比天安门广场还要开阔，只是看不到一个人，我们满城转了一大圈，连一个饭店也没有找到，还是到十几里外的老城里才吃了一顿饭……"

郭茂忽然用沙哑、苍凉的声调说着，僵硬的手臂在空中僵硬地比画一下。

孟中原也情绪低落，垂头丧气地说："哎，我们这儿还不是一样，没有康巴什就没有郭家滩，只剩得一江春水向东流……"

"这可能就是命！如果再繁华五年、十年，你我可能就都是百万元户、千万元户，甚至是亿万富翁！"

"福兮祸所伏，这些年过去，有多少的千万户、亿万富翁，也不是跳楼就是自杀啰。"

"所以，最重要的就是抓住现在，抓住权力。在这个时代，没有权力是万万不能的。现在好夕还有你哥哥在，如果等他也离开了，我们在五道口还怎么立足，你那一屁股的债，还怎么还啊！你应该清楚，不是我一直逼你还债，我现在也实在是走投无路，饭店天天在烧钱，本来说好要开建一个加气站，贷款的事至今还落实不下来……所以，你大爷，我们这次一定要齐心协力，背水一战。还是我说的那个话，只要我能当上这个村主任，这一切都可以迎刃而解，你就是铁定的副主任，你欠我的那一笔债都可以一笔勾销！"

"但是，现在的情况好像不那么乐观……"只要一提到欠债，孟中原的头就垂得更低了，少气无力地说，"你也知道，我哥根本不会听我们的……"

"这个你放心，我已经有办法了！"郭茂忽然挥了一下手，口气坚决地说，"我告诉你，那个陈仁财是根本闹不成的，你就等着瞧吧，用不了多长时间，纪检委就会找上门来，他小子就等着坐禁闭吧。还梦想着当选村主任呢，门儿都没有！"

孟中原一听，不禁有点儿吃惊，抬头看看一脸冷峻的郭茂，想问个究竟，怔了一下，终于没说出口来，只是似懂非懂地点点头，才小心地问："那……你的意思是，我欠你的那些钱，就可以……"

不等他说完，郭茂立刻打断他的话，口气也变得更加冷酷："这个嘛我有言在先，说话算数，只要我能够当选，所有的事都好商量，不仅一笔勾销，我们还可以继续联手，再大干他十年八年！但是，如果我不能当选，咱话在前事在后，我这人你也知道，黑白两道，什么样的事都做得出来，到时候可就不要怪我不客气了……"

看他突然显出一副狰狞可怖的面容，孟中原不由得打个冷颤，脸色变得一片惨白，一句话也说不出来。

站在不远处的郭小雨，忽然惊惧地叫了一声，又蹲下身子干呕起来。

开始涨水了，不知不觉间，黄河水竟然涨了一大截，也不知道是上游放水还是下游大坝合龙，汹涌的浊水一次次冲刷着河岸，发出震耳欲聋的巨大声响，一层接一层翻着白沫的波浪排空而至，那气势大得吓人。黑压压的乌云也不知从哪里来的，很快覆盖了整个天穹，天地间一片昏暗灰黄，寂静的郭家滩镇已变得模糊不清，和河岸、山崖连成一体，不辨方向，天地一色……起风了，浩荡的西北风一瞬间席卷天地，把枯枝败叶和所有能掀动的东西都卷了起来，发出哗——哗——的啸叫声……多少年来，黄河两岸还从没有发生过这样剧烈的风暴，他们三个人都有点儿吓坏了，都弯着腰疾步向镇子中心停放的车子跑去。

等郭茂上了车，眼看着孟中原两口子的面包车也已经驶出小镇，才努力把稳方向，驶上回五道口新村的道路。风声浪声玻璃破碎声房屋倒塌声响成一片，天昏地暗的犹如到了世界末日，一向大胆的郭茂也不禁感到心惊肉跳、恐怖不已。等他把摇摇晃晃的小车终于开上柏油路，再回头望去，只见那曾经有过多少梦想多少荣光的繁华古镇，密密麻麻地建满了小洋楼的整个郭家滩镇，已消失得无影无踪，只有滔滔的黄河水还在不住地上涨着，好像要追逐过来一般，吓得他赶紧加大油门，一路狂奔起来。

第十九章

　　天说热就热起来了，太阳已升到中天，身上也汗浸浸的了，孟中华才来到牛头峁那一个乱坟场，喘着气站定了。

　　成成搀扶着德治老汉，孟中原拿着一大堆花花绿绿的元宝、纸扎等祭品，也很快跟上来。德治老汉拣一块石头坐下，几个人手忙脚乱摆好供品，点燃纸扎，磕三个响头，思念的心儿也就放下来，抽着烟胡乱溜达起来。

　　马上就是清明节了。德治老汉早早就叫喊着，要亲自回来烧纸祭祖，孟中华只得给成成打电话，让儿子买纸扎祭品，联系好去的人。后来，他又听说下游的大坝要合龙了，回流的河水很可能会把返乡的路完全淹没，不仅以后返乡祭祖再也没有可能，今年清明节能不能回去都是个问题。德治老汉一听这个就急了，连着骂儿子办事不得力，骂修水电站冲断了龙脉，又后悔不该听人们的话，硬从山上搬下来，结果再也回不到老家，见不上老孟家的老祖宗了。孟中华只好天天安慰老父亲，又经过一番联络、协调，才确定了今天这个日子。等到出发他才知道，琪琪要上学，两个媳妇也都说身体不舒适没有来，成成却招呼也不打一声，把他那个网络上联系的"女友"给带来了。对于这个女孩，孟中华并没有多少成见，只要两个人能生活在一起，他实在是无可无不可。时代不同了，年轻人的生活他真的一点儿也不了解。许多人天天吃在一起，住在一起，却说只是普通的朋友关系。有的人一个天南一个海北，一年也难得见上一面，却整天卿卿我我腻腻歪歪的，在网上说的那些话呀叫人看着就脸红心跳。前些日子，更有可笑的事儿，县工商银行的行长网上约会了一个"女友"，热热乎乎谈了一年多，一次面也没有见过，就先后借给这个女人七百多万元钱，差点把这个县工商银行给搞垮了。一个四十多的老男人，一个正科级干部，发起狂来都会这样，更何况尚未成家的青年男女……不过，老父亲依然对这个突然蹦出来的女孩没有一点儿好脸色，一进牛头峁就黑着脸说："没进门的女人是不能到坟地的！"硬是把这女孩给撵了下去。

从这个制高点上望下去，今年的黄河水涨大了许多，在牛头峁四周的这一条沟里，河水已涨得深不见底，看样子用不了多久就会漫过那座古老的独木桥，到清明那天还能不能回来，的确是个问题了。不过，老百姓们的消息显然是灵通的，想法也都是一样的，刚才在墓地他就看到，许多坟头都有残留的供品和火烧过的痕迹，显然已经有人捷足先登祭拜过了。这会儿，还有一些牛头峁的后人陆陆续续走上来，在各自的坟头前摆供、跪拜，看到他们一家，都会走过来亲热地打声招呼，有的还拉住老父亲的手不放，亲热得好像分别了许多年一样。

在这种亲热的寒暄问候中，老父亲显然找到了某种逝去的欣慰和快乐，笑呵呵的好像一下子又回到了许多年以前，一一询问每个人的近况，好半天都不松手，直到人家不好意思地挣脱开，赶紧先下山了，他还站在那里不住地挥着手，好像这些人不住在五道口，这辈子也不再见了似的。

仅仅离开了一个年头,从小生活的牛头峁似乎已陌生起来。整个山崖杂草丛生,已经掩没了所有的路径。树木也好像比过去更茂密了,黑压压望不到边,所有的房舍、窑洞倒好像矮了许多,几乎要被这样浓密的草木树丛给掩没了。没有炊烟,没有犬吠驴叫,显出死一样的寂静。只有地上的小松鼠跳来跳去,好像连人也不避,树上的乌鸦、喜鹊、麻雀和布谷鸟、啄木鸟扑的一下飞过树梢,在天空兜一个圈儿,又落到另一片树丛里。天气说热就立刻热起来了,山桃山杏都开花了,粉红的雪白的花儿一丛丛一片片漫山遍野地烂漫着,绽放出勃勃生机和早春气息……

弟弟孟中原忽然走了过来,低声对孟中华说:"哥,现在村里换届选举的事儿,不知道进行得怎么样了?"

"正在进行选民登记,很快就公布候选人名单了。"

"你是不是想让陈仁财上?"

"这不是我想不想的事儿,而是人家自身一直在积极争取,客观上也具备这样的资格和实力,毕竟陈家营人口众多,加上他最近规划的古堡开发项目,是关系咱们村长远发展的大好事啊……"

"这不是……宗派活动?"

"瞎说什么啊!你的意思是?"

"哥,你要是自己兼任,我就啥也不说了。但是,如果让老陈家上,许多人都是不服气的。而且我敢断定,这个人肯定弄不成,他屁股下面有屎,要出大事情的,而且很快……"

孟中华警觉地看看弟弟,一言不发。

"哥,咱明说吧,我想和郭茂联手,他当正的,我当副的,只要你支持,我们可以得到绝大多数人的拥护。"

"你们就那么自信?"

"当然……"

"郭茂有他的长处,也有明显的缺点,而且是致命的。当然,这次是公开民主选举,只要符合程序,他一样有这个资格……但是我就奇怪,你为什么非要和这样的人搞在一起呢?"

"这个你别管,但是,除此之外,别无他法!实话和你说,这关系我们一家人的生死存亡,命中注定,实在无法改变……"

孟中华从来没有发现,一向和和善善的弟弟,一瞬间竟会变得那样面色狰狞、阴森恐怖,好像一头饥饿到极点的绝望的野兽。怎么会这样!怎么会这样!他的心不由得抖一下,头也撕裂般疼起来。近来也不知道怎么搞得,头总是毫无征兆地突然就疼起来,而且一次比一次剧烈,好像要爆炸一般。有次电话里和老婆说起来,杜丽琴竟恶狠狠地说:"你那是活该!好好的路子你不走,非要在那地方活受罪!而且又抽烟又喝酒的,死了也和我无干……"气得他差点儿晕过去。

他咬紧牙关闭上了眼睛,只感到有汗水从额头渗了下来……等疼痛减轻一些,再睁开眼,才发现弟弟早走得没影了。只有老父亲不知从哪儿找来一把破铁锹,正指挥着成成铲草、培土,母亲的坟头已变得光溜溜的,周围的蒿草也拔得光光的,好像一个新坟一般,他只好走过去说:

"爹,你费这个劲儿干吗,不听人说野火烧不尽,春风吹又生?"

"这样光光的多好,不然以后人们来看了,好像咱这是没人管的野坟似的。"

孟中华只好点点头称是,心里想:以后……还会有以后吗?

老父亲又说:"赶明年你要立个碑,清明节时安放起来。"

孟中华依旧应着,心里便不由得犯了糊涂,按照老规矩,要立碑也必须等老父亲去世三年之后,怎么可能给母亲单独立块碑呢,老父亲显然是老年痴呆,脑子坏了啊,也许是得了什么阿尔茨海默病吧。

想到这些,他便感到特别的悲哀。几十年来,虽然明知老父亲这辈子活得不容易,一天到晚忙呀忙的,竟没有一刻休闲工夫,自己却总是想,只要再忙过这几年,一定陪着老父亲好好地享享清福,特别是到北京、上海、广州、深圳那些大城市去逛一逛……谁知道一年一年推下来,这个凤愿一直未来得及实现,不仅老父亲痴呆如许,连自己也已经一身疲惫,快变成半个人了。以致这会儿他才意识到,父子俩今后还再有没有这样的机会,能否走出眼前这一座座大山的围困,到外面的花花世界去走走看看,都是一个未知数了……

他想不下去了,赶紧扶住老父亲说:"爹,不要再忙乎了,天已经不早了,我们还是下去吧。"

"下去?这不就是咱们的家嘛,一会儿回家里,咱们一起做饭吃。"老父亲一边说,一边不解地看着他。

这话听着就有点儿瘆人,特别是在这样的乱坟滩上,孟中华也不想再说什么,赶紧向成成使个眼色,两个人搀着德治老汉,一起向下坡走去。

走了没多远,德治老汉忽然又说:"成成,你那个媳妇呢,怎么一大早出来,就再也没见她的人影儿了?"

成成一听,没好气地说:"爷爷啊,你是真糊涂还是怎么了,刚才上山的时候,不是你说的,她不能到坟地,硬给推下去了?况且,那也不是我媳妇,还只能算是个普通朋友啊!"

孟中华立刻说:"普通朋友,普通朋友你带她来这地方做什么,不是成心惹你爷爷生气?"

成成还没张口,德治老汉却来了精神,责备他们说:"成成也老大不小的人了,有这么好的媳妇,怎么还不娶过门来,是成心要气我不成?你们不要以为我老糊涂了,每天哄着我吃点喝点就算孝顺了,我现在最希望的,就是赶紧给咱成成娶个媳妇,我也就能闭上眼睛了。郭彩彩家那闺女不愿意,那是她没福气,我看这闺女比那个芸芸还强得多,为什么还不赶紧张罗着娶过门呢?"

一听这话,孟中华只好连连点头赔笑,答应今年就把这事办了,等老父亲满意地笑起来,转身向山下走去,他才小声问成成怎么回事儿,成成却只含糊着说,边走边看吧,我们现在以事业为重。大概看到他一脸的疑虑,才又呵呵一笑说:

"爸,你是不是也像我爷爷一样,也有点脑子不灵泛了?我说了不用你们管,你们就放手别管好了。她这次来牛头峁,是有着更重要的事做呢。她家不是江苏泰州的吗?那里有一个大型投资集团,想投资开发新的旅游项目,我们讨论来讨论去,就突然想到了咱们牛头峁。等水电站蓄了水,这地方水再涨上来,四面环水,又是千年古战场、古寨子,在咱们北方真是不可多得的旅游胜地,她就是先拍一些照片,想发过去……"

说着说着,成成忽然莫名其妙红了脸,不说了。

孟中华定睛一看,原来那女孩和弟弟孟中原就站在前面,正望着一片荒草地指手画脚,不知正说着什么。看到他们祖孙三个,两人停下来一直等他们走到跟前,孟中原才问道:

"哥,小李问这块地,似坟地又不像坟地,到底是做什么的,是不是古战场遗址啊?"

"这个嘛……"孟中华看老父亲一声不吭,只不住地瞅人家女孩子,只好支吾着说,"打我记事起,这地方就是这么个样子,小时候我也经常到里边玩,记得还捡到过一个半截矛头,也不知丢哪了。那几个大的土堆,有人说是古人打仗时的疑兵阵、假粮仓、点将台,也有的说是万人坑、士兵墓、京观,至于那些小土堆究竟是做什么的,就没听人说过,一点儿也不知道了……"

"万人坑、士兵墓、京观?!"听着就叫人啧啧称奇又倒吸一口凉气,特别是两个年轻人都张大了惊奇莫名的眼睛,连忙走近一些,一边小声说话,一边不住地用手机拍照。

这时,一直沉默不语的德治老汉开口了:"这附近的人们也只知道那些大土堆里埋的是大宋朝孟良、焦赞的士兵,却不知道这些小土堆里埋的什么。这是羊坟,懂吗?老早先的时候,咱们老孟家的人都是不和外地来往的,养了羊也不卖,特别是一些老羊养得有感情了,像你们几个娃,都是吃羊奶长大的,杀也舍不得,就一直养到老死,然后全部埋了起来,久而久之,就形成了这样一个个的羊坟……"

原来是这样啊!此时再望过去,就觉得这个地方和刚才不一样了,在没过膝盖的荒草中,零落的几个巨大封土堆和一片小土包好像都有了灵性一般,在浩荡春风中发出簌簌的声息,人与动物的归宿融为一体,在如此开阔的背景下,显得颇为萧瑟而诡异……从这里回望上去,牛头崄顶上那个土城堡更加突兀,烽火台映在蓝天下,石碹门洞上那几个镌刻的字迹依稀可辨:

山河百战成焦土
黎庶九死有遗孤

是啊!在三省交界的这个地方,牛头崄的确是一个令人神往的地方。生于斯长于斯,几十年来只感觉和憎恨着它的偏远和贫困,只是到离开之后,才第一次注意到,它是如此地开阔,如此地壮丽!黄河在脚下咆哮,长城在脚下蜿蜒,烽火台一座连着一座,一直延伸到山的尽头,并在一座接着一座的山崖顶上起伏、跳跃着,千百年来,这里一直是战马嘶鸣、烽火连天,一拨接一拨的战事,一次接一次的民族融合,才造就了这里人的豪放、坚毅和忠诚,不论男女,都爱得那样炽烈那样决绝那样感天动地……记得当年讨论搬迁方案的时候,就曾有人提议，其他地方都可以搬，唯有牛头峁不能搬，应当特别保留下村民们最原始的生活形态，作为一个活标本永远存在下去。不过当场就有一位领导颇为动情又愤慨地说，这样的观点看似有理，却相当无情。在人与物的比较中，只有人是第一位的，我们绝不能为着保存一种生活形态，甚至文化形态，就牺牲一代人甚至几代人的幸福权利。这些年来，这块土地上的人民已经牺牲得够多了，再也不能让他们脱离时代进步的列车了……这话说得多好啊！但是，搬迁以来，我们又为他们做了些什么，他们真的搭上这列风驰电掣的时代列车了吗？

一堆土豆，究竟是一个一个摆开来烂得快，还是堆在一起烂得快？

孟中华又想起了老父亲说的这句话。

是啊，我们不仅不能让这堆土豆烂掉，而且应该把它们一个一个埋在土里，让它们生根发芽，迎来一个接一个的丰收和喜悦。

泰州女孩指着山下说："叔叔，哪儿是郭家滩？"

孟中华一边眺望一边指点，顺着滔滔奔流的黄河一直望下去，却只看到水天一色迷茫的一片，他揉揉眼睛，又走出几步四面环顾了好半天，只好叹口气说："已经看不到了！听说下面的水电站大坝合龙，这些天来一直在涨水，郭家滩真的已经被淹没得无影无踪了，再也看不到啦！"

"听说这郭家滩也是一个千年古镇，黄河岸边著名的古渡口，又是走西口的一个著名出发地。这些年来国家、集体、个人一起上，投资建设那么些年，就这样千重铁锁沉江底，作为这一事件的操刀手，这样一个古镇死在您的手里，您的感受一定很复杂，是不是也很难受啊？"

"不，我不难受！郭家滩镇不是现在才死掉的，早在二十年前，就已经死掉了！"孟中华语气生硬地说。

"为什么？"

泰州女孩不解地睁大眼睛，孟中华却不再说话，扶着老父亲赶紧向山坡下走去。

忽然，弟弟孟中原走过来，悄悄地对他说，他刚才看到妹妹中丽了，孟中华忙问她在什么地方，弟弟指一指牛头峁，孟中华便心里明白了，嘱咐弟弟带着大家先下山，然后便寻一个较隐蔽的地方坐下来。

不一会儿，只见孟中丽一个人匆匆忙忙地从山顶上的坟场走下来。孟中华赶紧走上前去，拦住了她：

"小丽、小丽，你怎么来了？"

"你们能来，我就不能来？"

失踪了这么长时间，孟中丽却似乎并没有多少变化，穿得落落大方，好像比过去胖了一些，也更端庄了一些。孟中华不禁有点儿诧异，怔怔地看着妹妹说："成成打了好多电话，也联系不上你，没想到你一个人来了。"

"我来是想看看妈。我知道，从此以后这个地方就要变成一座孤岛，再也看不上妈了。我并不想见到你，还有其他的人。"

"也不想见老爹？"

"等你和二哥二嫂都离开五道口，我会和爹一起生活的。"

"为什么，你为什么那么恨我，还有中原他们？"

孟中丽忽然淡淡地笑起来，显出很不屑的样子："恨吗，真的谈不上。只是觉得心里憋屈，想和过去的一切告别，用一把刀，把熟悉的曾经全部斩断！"

"可是……你是我们的亲妹妹啊，怎么能斩得断！你不知道，自从你失踪以后，我们大家都有多么担心，千方百计打探你的消息，只差没有动用技侦手段了！"

"大哥，其实你们不用担心，我活得很好。恰恰相反，我倒是很担心你们现在的状况啊。你身体那么差，早已经是半个人了，你知道吗，你那条命是侥幸捡回来的！这些日子，你又没明没夜地干起来，这样下去怎么得了？况且你应该清楚，现在五道口新村的情况相当地复杂，几个方面的势力都处于势在必得的胶着状态，你如果还算明智的话，根本不应该再这样坚持下去了，退一步海阔天空，你怎么就不明白这个道理呢？"

"退……作为一名入党几十年的老党员，在爸爸和我的基因里，绝没有这个字的……"

"还有二哥二嫂，我就真的不明白，他为什么总和这个郭茂搅和在一起，你也许不知道，外面的传言有多难听，我都没法和你说这个话。既然你和老爸都这么倔强，宁折不弯，到了黄河也心不死，那，二哥怎么就和你们一点儿也不像，硬把羞耻当作荣耀……"

孟中丽这话，真是越说越难听，孟中华都感到脸上热辣辣的，比挨了几个耳光还让他难堪。头又撕心裂肺地疼起来，他只好粗暴地打断妹妹的话，问她现在究竟住在什么地方。孟中丽欲言又止，忽然故作轻松地笑起来：

"什么地方嘛，将来我一定会告诉你们的。对啦，我现在和高憨虎结婚了，就是一直跟着高十周的那个老实后生。高十周现在的情况很不好，自从出事以来，他那病情一直都在恶化，所以，我和憨虎都离不开他，否则，他没爹没娘，一个亲人也没有，连监狱也不肯收，总不能把他扔到大街上吧。好在他还有那么一些资产，除了没收的，也还够我们眼前生活。大哥，你也不用埋怨我，而且我对高十周也不是什么情啊爱呀之类的，那是文人们瞎编瞎说，我才没那么高尚呢。我只是觉得，即使一条狗，养得长了也不能把它随便抛弃，我就是这样一个人,当年妈就是这样教我的……"

起风了,在浩荡的春风中,孟中丽这话像一块块生硬的石头,一点一点砸在孟中华心上,又似乎随着风儿滚落到山下去了……孟中华清楚,毕竟他们都是源自同一个血脉,谁也说服不了谁,只能像这遗世独立的牛头峁那样,不管风吹浪打,不管有人没人,一直兀立在这天地之间了。

第二十章

随着选举日子的日益临近，五道口新村的空气顿然紧张起来。

陈仁财也不在城里待着了，一天到晚穿一身单排扣西装，在村委会大院进进出出，一副紧张忙碌的样子。不知从哪里请来的技术人员，开始在陈家营古堡遗存的残垣断壁间支起三脚架，画上了白灰线，保存最完整的南堡门洞已支起脚手架，爬满了施工人员。陈仁财一边指手画脚吆三喝四，一边对围拢观看的人微笑着解释：这叫作一期修复工程，今后还有二期、三期工程。咱五道口新村马上就要成为全国驰名的乡村旅游示范村了。人们便无不啧啧称赞，发出一片欢笑声。

陈仁美也没有闲着，和新派来的两个工作人员一起忙碌着，正在制定一个惠及全村人的光伏发电扶贫项目，连着召开了几次村民小组会议，在村里新戏台那儿人最集中的地方，贴出了规划方案和扶助政策，以及随之而来的土地承包调整方案，他那个宝贝儿子也领着几个公司技术人员在村里租住下来，说是只要方案一通过，就立即组织施工了。而且人们也逐渐弄清楚了，这个叫作陈建国的老陈家的宝贝儿子,并不是那个集团公司的总经理,最多也只是个总经理助理,是公司派出来的一个项目负责人。不过,这个不常回村的年轻人的确气宇不凡,个子瘦瘦高高的,戴一副闪闪发光的金丝眼镜,眼镜腿子上还拴着长长的链子,一看电脑就把眼镜吊在胸前,说起话来文文雅雅、和和气气,一会儿是标准的普通话,一会儿又是字正腔圆的本地土话,逗得大家哈哈直笑。这小伙子的做派,立刻吸引到了许多的年轻人,连成成、勇勇还有那个泰州女孩,都一天到晚围在他的身边。听人们说,这伙年轻人已经注册了一系列的公司,网上的生意也做得红红火火,过去村里的山货总是积压严重,今年就奇怪了,不仅卖断了货,价格还翻了一番多,许多机灵人都开始到附近村庄收购,转手给这些年轻人倒腾出去……连附近山上出产的一种小灌木绿色毛尖,也被冠名为一个什么"西北毛健茶",说是泡茶饮用可以延年益寿,吸引得许多本村人一开春都往山里跑,一天能采集几十斤,外地人见了,问他们采集这些草儿做什么,他们便都神神秘秘地笑笑,一溜烟赶紧下山回村了。

连一向无所事事的陈仁名也似乎闲不住,不仅到处走走看看,指指点点,而且编了一个新的顺口溜,把孟中华主持的村支部大大表扬了一番,顺便也夹带着夸了半天他们陈家人,没想到这话儿竟引起了许多搬迁户的不满,吓得他赶紧闭了嘴,以至于这段新的顺口溜没有流传开来,也没有几个人能记下来了。

在不满的人群中,最不高兴的就数郭茂了。在他看来,这是陈家人明目张胆地在笼络人心,欺负他们外来户。郭茂也采取了针锋相对的办法,在新鸿运饭店打出广告,为了支持新村委会换届选举,从即日起一律七折优惠,从而吸引到不少年轻人和孤寡老人。孟中原也下了最大的决心,一有机会就大肆宣传,郭茂和他要联手竞选村委的正副主任了。一时间,全村上下人心浮动,说什么样话的都有,只有孟中华却不以为意，也没有人再向他说这些事儿，大家似乎都以奇特的戏谑的心态，正看着搬迁以后的这一出好戏究竟能唱出一个什么景象来。

在这个短暂而焦炽的过程中，孟中原的情绪变得极不稳定，也十分地复杂。他不想见也不敢见郭茂的面，却又实在推不开，一天天必须见面，见了面还一定要热情地说笑着，再招呼几个人，说说笑笑齐聚新鸿运饭店，不管不顾地喝上一顿酒。他觉得，自己的酒量已越来越大，有了强烈的酒瘾，只要一顿不喝，就会觉得浑身难受，瘫软得一点儿劲儿也没有，而只要几杯酒下肚，就立刻会精神抖擞起来。那火辣辣的液体，真是一种奇妙无比的饮品，一瞬间就能让你把所有的烦恼全部忘记，心里热乎乎兴冲冲的，好像一下子充满了无穷的精力，而且各种奇妙的想法都会涌上心头，好多平时淡忘了的人和事也一下子全想起来，让你感到从未有过的快乐和欢欣。这时，你胆子也大了，说话也流畅了，思维也活跃了，心胸也豁然开朗了……然后，随便找一个地方倒头便睡，一觉醒来，已是又一个艳阳高照的新的一天了！

这一天，他又喝得酩酊大醉，躺在新家长沙发上，一直睡到日落西山，才在一阵接一阵剧烈的手机铃声中醒来。老婆不知道哪里去了，女儿琪琪下学回来，一看他醉成这样，也扭头去了爷爷家。孟中原也不再理会她们俩，依旧舒坦地在长沙发上躺着，一直听那手机铃声响了一遍又响一遍，才不耐烦地接起来：

"谁啊？"

听着对方不高兴的口吻，他立刻听出来了，只好忍耐着，换一个口气说："郭哥，你有事儿吗？"

可以感到，郭茂在电话那头依旧一副不耐烦的样子："都什么时候，你小子还躺着睡大觉啊！"

"怎么回事，有什么情况？"孟中原一听，立刻酒醒了一半，从沙发上爬起来。

"你大爷，下午纪委来人啦，把陈仁财给带走了！"

"什么什么，竟有这样的事儿，知道为什么吗？"

"你大爷，你呀到这会儿还这样糊涂……"郭茂在电话里哈哈大笑，却又显得口气阴森森的。

孟中原依然不解，只是不住地感慨着："好家伙，多危险啊！我当然明白，他这样一走，对我们来说肯定是好事情。但是，不就是一个破主任嘛，选上选不上也至于闹到这地步啊，这可是家破人亡的节奏啊。"

"你大爷，你这话说重了，家破人亡倒不至于，但是，至少也得脱层皮啊。前些日子，我就咨询过了，就是那个私分危房补助款的问题，就可以定一个贪污未遂，够他喝一壶的了……"郭茂一边说，一边得意地笑着，好半天才又急切地说，"现在，这个最大的绊脚石已经搬倒了，只要你大哥再明智一点，你我就临门一脚，马到成功了……在这个时候，你小子可一定要给我坚持住，有机会好好劝劝他，不要再执迷不悟，要知道他也绝不可能无懈可击、一尘不染，不要把你大爷逼急了！"

等放下电话，孟中原就感到大脑一片空白，在沙发上呆呆地坐着，天一点点黑下来，窗户上已变成了灰黄色，依然全身瘫软，不知道下一步该做什么。

记得郭茂早就和他说过，年前村里碰巧派他去乡里接待上访群众，他就知道陈家营危房改造是有问题的，有好些个农户并没有按照原有的标准领到补助款。据陈仁财解释，是因为当时工作疏忽，漏报了两户人家，而其中一户人家又一再上访，坚决要求列入今年的补助计划，他没有别的办法，就把实际领到的补助款，按人头平均分配了……当时孟中原听了,也觉得陈仁财这样做也是迫不得已,有其相当的合理性,现在看来,郭茂这家伙真的是老谋深算,早已把这里面的条条道道全摸清楚了。贪污未遂,未遂也是贪污啊,别看平日里抬头不见低头见,点头哈腰嘻嘻哈哈的,回头拐弯的时候也真的是刀光剑影啊……一想到和这样的一个人相处,他就不由得感到头皮发麻,脊背后凉飕飕的。

现在,真的就像郭茂刚才说的,所有的绊脚石都已经搬开,真正到了最后揭宝盒的时刻,就全看大哥的主意了。郭茂让他做大哥的工作,但他心里很清楚,像大哥这样倔强的人,根本听不进任何人的话,何况是他这么个小弟呢?但是,他真的无法想象,一旦达不到目的,深不可测的郭茂究竟还会使出什么样的手段来。听听他刚才那口气,这一次他可是下了最大的本钱,不达目的决不罢休,而且手里一定也掌握着不少有关大哥的秘密武器,难道这家伙真的会像对陈仁财一样狠下毒手吗?

想到这些,孟中原心里更慌乱更痛苦,觉得自己就像困在大洪水之后的泥淖中一样,不由自主地愈陷愈深,怎么也拔不出身子来了。

此刻,他多么想远离这一切,特别是远离郭茂这个心狠手辣的家伙啊。但是,他又突然感觉到,自己是不可能顺利离开的,如果达不到目的,这个张口闭口"你大爷"的家伙是绝对不会善罢甘休的。特别是他手里还捏着自己大笔的借债,那是绝对不可能一笔勾销的……想到欠债,他不由得又想到了妻子郭小雨。这辈子他最对不起的,就是这个如花似玉的俏丽女人了。那时他高中毕业,在部队当了两年兵,在一个叫不来名儿的边疆城市待了两年,就再也不想回牛头崮了。复员回来,尽管老父亲一再嘱咐,让他回牛头崮守家在地好好干活,像当年的自己一样治山治水,还一次次拿出他和水利部长的合影和获奖证书来,脸上一副得意洋洋的骄傲。孟中原知道,那是老父亲一辈子的最大幸福和荣光,也是他内心强大的精神支柱。但是,自己毕竟是八十年代的年轻人,这些东西不管怎样诱人,已经再也吸引不住他的目光了。他当兵的那个地方,尽管只是一座边疆城市,但是与从小生活的这牛头峁比起来,总有说不尽的诱惑和韵味,他绝不可能再像老父亲那样,在如此荒凉的一个地方生活一辈子。好在当他不断地往返县城,寻找各式各样的机会和可能的时候,竟鬼使神差般认识了在南方城市当过"细房"公主的郭小雨。所谓的"细房",就是后来在全国兴盛一时的歌厅,不过那时还是在一些沿海城市流行,也不像后来的歌厅那样乌七八糟。后来,他就不顾父母亲的反对,和郭小雨来到郭家滩,开办了全镇第一家歌厅"百老汇"。千不该万不该,他不该后来跟着郭茂挣快钱,炒起期货来,不仅把这些年开歌厅积累的资金全赔了进去,而且把小雨和他自己也赔了进去。每次看到郭茂走后郭小雨那个痛苦无助的样子,又不住地洗呀刷呀,他就感到心如刀扎般地疼痛,可是一和郭茂在一起,特别是郭茂一提起那愈积愈多的巨额债务,他就像扎破了的皮球,蔫蔫的再也打不起一点精神来……

这些年为了清偿这些欠债,他也曾想了好多办法,借用过信用社高息贷款,从民间办过高利贷,拆东墙补西墙,周围但凡能张开口的朋友、熟人都借遍了,只是他也不知道怎么搞的,最终欠郭茂的饥荒不仅没打清,反而滚雪球般越来越大,真不知什么时候会突然爆裂开来,以至于不可收拾……

如果真到那个时候,他怎么对得起跟着自己风雨同舟一路打拼的妻子?可是任现在这种状况持续下去,他就真的对得起妻子和女儿吗?

孟中原想不下去了,干脆走出家门,趁着夜色来到戏台院的一家农家乐小饭馆,又点了两个菜,要了一瓶五十三度的剑南春,在一个角落里自饮自斟起来。

在烈性酒精的刺激下,他很快又进入了迷迷糊糊的醉酒状态,觉得有一股无形的力直往脑门上涌,想和人诉说些什么,却没有一个人理会他。这时手机又不住不歇地叫起来,他手抖抖地好不容易接了起来,就听一个粗暴的声音似乎在电话里吼叫起来:

"老小子,这一次你可等着挨揍吧!你好好给我听着,我再也不能容忍了,限三天时间,你小子立即给我先拿过一百万来,不然,先拿一条胳膊来再说……"

"你……谁呀?"

"你少给我装蒜,连我也听不出来了?告诉你吧,我现在已经得到了准确消息,村委会的候选名单已经公布了,不仅主任、副主任,就是村委会委员里面也没有老子的名字,你说老子该怎么办?!"

"怎么会这样……那……主任候选人是谁?"

"当然是你那个宝贝大哥……"

"你等等,咱们再合计合计……"

"还合计个屁啊,看来你这个大哥他是铁了心,他自己吃肉,连一口菜汤也不给你我喝啊!你也不用再啰嗦了,咱有话在先,既然闹不成,那就新债旧债一起算——要不,就让小雨和你说个话?"

一阵窸窸窣窣的声音,手机里传来了妻子断断续续的抽泣声,虽然一句话也没听清楚,但是绝对错不了的,那就是妻子,啜泣声、喘息声混和在一起,在黑暗的夜色中显得那样清晰又那样诡异,使他顿感周围无数双眼睛都在好奇又鄙夷地聚拢过来,脸颊上火辣辣地发烫,只好咬着牙,努力控制着不骂出脏话来。

"怎么样,要不,你现在过来吧……"

孟中原脸色血红,啪的一下合上手机,脸上肌肉一阵痉挛,都有点儿变了形。

小饭店今儿冷冷清清的，没有几个吃饭的人，更没有人关注躲在大堂一角的他。孟中原端起酒瓶，把剩下的酒一口气全喝光，摇摇晃晃就往门口走。这时，有服务员走过来，拦着他让他结账，他随口骂了一句脏话，就直直地冲到了院子里。

他那个样子大概太可怕了，饭店老板低声骂了一句：什么德性，还是孟主任家弟弟呢！竟止住服务员，由着他在夜色中东倒西歪向前走去。

这时，就听到手机又响个不停，孟中原在夜色中睨了一眼，却不是那个可恶的郭茂，而是一条没头没脑的短消息：

告诉你一个重要的消息，此刻我虽然不知道你在哪里，但是，我却知道你的夫人在哪里……那是村外的一个小山岗，那上面有一所落地玻璃的大房子，过去名曰仁义公司，如今名为新鸿运风味饭店，在这所房子二楼的一个包厢里，一个善良又懦弱的美丽女子正赤身裸体承受一只大灰狼的百般蹂躏与摧残……朋友，请不要问我是谁，因为这消息绝对可靠，我曾经就是那个地方的主人，那里的每一个房间每一个员工，没有我不熟悉的……请立刻马上就……

高十周！绝对是高十周！一听这夹讽带刺冷飕飕的口吻，孟中原眼前就浮现出了他那一张惨白如纸的大方脸和那副硕大的茶色眼镜……起风了，迎着冷风打个哈欠，他不由得吐了一口，然后就沿着歪歪斜斜的街道一头冲入了夜色之中。

那是一个血腥而混乱的夜晚。北风呼呼地吹着，枯枝败叶和纸片、垃圾漫天飞舞，输电线依旧发出那种熟悉的嘶嘶声。孟中原已实在想不起来，他当时究竟是怎样摸到那个地方又找到那个房间的。他只记得身上热烘烘的,一边走还一边解着扣子,有无穷的力一直往头上冲,使他必须发泄一番撕裂些什么。在那个房间里,他其实什么也没有看清,也记不清是自己闯进去的还是有人开门放他进去的。他没有看到什么赤身裸体的女人,不管她究竟是不是郭小雨。但他的确看到了床,一张好大好大的床,床上还乱七八糟散落着女人的花衣裳。他也看到了那个臃肿又粗鲁的男人,那个让他愤怒又羞辱不已的可恶之人。看到他东倒西歪的样子,那个人其实一点儿也不害怕,还哈哈大笑着招呼他坐下来,有话好好说。他当时只嘟囔了一句:

"有个屁的话说啊,你不是让老子过来吗?"

"钱呢……也拿过来了?"

那个男人斜眼看他,露出一脸的鄙夷。

这句话,让他更加愤怒起来,他觉得自己突然变成了一头勇猛无比的狮子,不不,是一只恶狠狠的独狼,抓起地上的一把椅子就没命地砸了下去,而且一下接一下,一直不停地砸啊砸啊,直到那把椅子只剩下一个椅背还在他手里……有好些人不知从什么地方钻了出来,把他死死地按在地上,使他只能呼哧呼哧地喘着粗气。他没有再看到那个肥胖可恶的男人,却分明嗅到了血腥的气味。这种气味过去是很熟悉的。在很小的时候,每到过年过节,牛头峁全村都会弥漫着一股浓浓的血腥气。大家见了面都笑嘻嘻的。你家杀羊了?你家杀了没有?在他们那儿,祖祖辈辈都是这样过来的。这些年,这样宰杀的场景越来越少了,这种新鲜的血腥气也真的好久没有嗅到了。在那一刻,他真的好像又回到了幼小的时代,看着老父亲和哥哥在手忙脚乱地宰杀猪羊,满院里流淌着鲜红的血水,他捧着一个尿泡子使劲地吹起来,像那些城市孩子吹着花花绿绿的气球玩一样……

在这股浓浓的血腥味的刺激和满足中,他终于沉沉睡去,和死去了一般。

第二十一章

听到郭茂被杀的消息，孟中华正在县城自己家宿舍里。

好久都没有回家了，家里的一切都似乎陌生起来。这是原县水利局的宿舍区，几十年前的老房子了，砖混结构，四层，在新近冒出的一片高层建筑中间显得古怪而破旧、寒酸，需知在几十年前，除了水利局等极少数有权又有钱的单位，还没有几家能盖起宿舍楼的。这些年就不同了，大片大片的商品房拔地而起，动辄就是十几二十几层，价格也如火箭般嗖嗖直往上蹿，杜丽琴就一天到晚埋怨他，别人家但凡有点能耐的，不是自建小洋楼，就是三套五套的商品房，哪有一套旧宿舍住到底的，一天到晚待在这样的环境里，不气死就算是万幸了。好在这天晚上妻子的情绪还挺不错，正和他商量要不要也征一块地，自家儿建一栋独门独院的小洋楼。他问怎么回事，老婆说，这是最后的机会了，今后不会批了。一些新上来的正科级干部准备合伙批一块地，家家盖一幢小洋楼。他听了很是吃惊，忙问那需要多少钱，老婆说最便宜也得五十多万。孟中华不再说话，头开始隐隐作痛，也不再搭理她了。

这时，便有电话连续打进来，惊人的消息也源源不断地涌来了。等他赶到村里，现场早已经封锁，他只看到一伙惊恐慌乱的村里人。此后，他也没有再见到弟弟的面。他始终无法想象，一向柔弱、顺从的弟弟，怎么能做出如此让人诧异的事情来。当时老婆的反应却异常激烈，反复埋怨他不听自己的话，该走不走，不顾死活待在那个烂泥潭里，害了自己害了家庭更害了中原一家子，弟弟这事儿是和他绝对脱不了干系的。再不赶紧离开，不知还会生出什么惊天动地的奇事怪事来……女人有一种异乎寻常的思维能力，总是会把一些毫不相干的事物联系在一起，让你解释不清又哭笑不得……

此后一连几天，昔日祥和安宁的五道口新村一直笼罩在惊恐不安的气氛中。天空也像大城市一样阴沉沉灰蒙蒙的，白天街道两旁、村委大院和戏台两边总聚集着一堆一堆的人群，一边窃窃私语一边睁大警惕的眼睛，对每一个路过的陌生人都投来了疑忌的目光。一到傍晚，家家关门闭户，街上闲逛溜达的人明显少了许多。听说郭茂在医院抢救了好几天，最后还是被抬进了太平间的冷柜里，要等待整个案件结束才能入土为安。听说他们家的勇勇倒是名副其实，很勇敢地撑起了这个破碎的家，不仅生活如常应付自如，而且和他出走多年的生母都联系上了。有一天，郭彩彩竟找到孟中华，说是韩守忠和小美让她给捎个话，他们也想搬到村里来居住，希望能得到村委会的同意，如果户口注销了，是否还需要重新办理落户手续。孟中华当时很吃惊地看着郭彩彩说：

"韩守忠是谁，小美又是谁？"

郭彩彩显然并没有受这一事件的任何影响，甚至更加光彩照人了，清明刚过，就穿了一件浅色的裙装，饱满的身躯把衣裳撑得鼓鼓囊囊的，活像一块刚出炉、烤得油光发亮的美味面包，看他吃惊的样子，也不禁有点儿惊诧地说："你呀，怎么这些天来记忆力这么差，我都和你说过多少遍了，你连他们俩是谁都忘记了？"

孟中华依然头痛欲裂，什么也想不起来，怅然若失地摇摇头。郭彩彩却不再理会他，自顾自说道："郭茂这一死，他们俩也总算可以正大光明生活在一起了。想不到这两个人倒是有情有义，也算得上一段佳话了。记得当年的韩守忠，那可是一表人才，个子高高的，大背头，文文雅雅，还架着个金丝眼镜，像个大学教授似的。听说他当时政治前途也是一片光明，是全县屈指可数的青年才俊，年纪轻轻已经是老资格了，在陈家营乡、杨家湾乡都当过书记，后来成立郭家滩，才特意把他调过来的。那时候就常听人们说，下一步县委县政府换届，韩守忠几乎是不二人选，肯定要进班子了。谁知道就在这个时候，他居然为了一个二婚女人，家也不要了，官也不当了，公职也辞了，几乎是净身出户，就带着个女人到大西北内蒙古高原一带流浪去了……这要有多大的勇气，下多大的决心，才能迈出这一步啊，说身败名裂、以死求生一点都不过分……"

郭彩彩说着，从手机里翻出一张相片让他看。那的确是一副气质优雅、风度翩翩的派头，一双眼睛炯炯有神，又有一丝淡淡的忧郁，幽幽的目光满怀深情地从相片上望过来，让人印象深刻又特别可亲。而且这个样子，似乎和生活中某个人特别相像，孟中华不由得蹙紧了眉头，却怎么也集中不起精神来，想不清楚究竟像哪一个人。

郭彩彩又说："自从离家出走这些年，你我都无法想象，他和小美都经历了什么，走过了多少地方，吃了多少苦头。据说，他们俩最西边一直走到了敦煌、嘉峪关，最北一直翻过了大青山，在内蒙古武川一带隐姓埋名多年。开过饭店，包过地，倒腾过买卖，下过煤窑打过工，听说最困难的时候还卖过血呢。他比小美大十几岁，走的时候已经是五十多岁的人，居然吃得下这样的苦，两个人还一直相濡以沫，相亲相爱，听见过他俩的人回来讲，好得几乎和一个人似的，开饭店的时候一个做菜,一个跑堂,那眼神、那表情真是没的说……人生在世一场戏,像这样终身难忘的经历,这样的刻骨铭心的情感,不可无一,不可有二,听着就让人感动得落泪……"

郭彩彩一边说,一边翻着手机里的相片。那的确是陌生又熟悉的另一个世界,各种各样的背景,杂乱无章的场景,随意抓拍,点滴的印痕,都一起涌入了眼帘。所有的场景都很普通,灰暗而缺乏剪裁,也毫无拍摄技巧可言,总有一种土黄色的苍凉味儿,只有天空总是特别地蓝,两个主人公的笑容也总是特别灿烂,任谁都能感受得到,那烂漫无邪的笑完全是发自内心的,没有任何修饰、掩盖和摆拍,像两个忘记年龄和身份的老小孩。孟中华把手机拿过来,又从头到尾一张一张地翻看着,心里有一种说不出来的滋味。再转眼看去,郭彩彩一脸的忧戚,止不住地揉着眼睛。孟中华只好干笑一声说:

"看来,你这个小姑子还真的是魅力无穷啊。"

郭彩彩一把抢过手机,啪地合了起来。

"怎么,我说的不对吗?"

孟中华又干干地笑着,忽而觉得有点儿惶悚。

"是啊,在我们郭家滩大大小小的女孩中,我们小美的确是最漂亮的一个,真的是人见人爱啊!"

"说老实话,从这些照片上看,虽然笑得很灿烂,一看就是个非常天真非常爽朗的女人,但是和你比起来,毕竟还不在一个档次上,无论五官还是气质,都是和你没法相比的。"平生第一次说这样口吻的话,孟中华一边说一边就觉得不好意思,有点儿羞涩地低下头来。

"谢谢你的夸奖!不过,我最欣赏的是,他们为了自己的真爱,不畏一切的这样一种精神,追求自由幸福的这样一种勇气。要说女人的魅力,现在但凡一个当官的,要找几个漂亮的女人还不是一句话的事儿?那些高官显贵妻妾成群的就不说了,就说你们这些乡干部吧,老百姓不是早就编了顺口溜，叫作骑着摩托载着羊，村村都有丈母娘？而且为了玩弄女人，大肆侵吞国家财产。与这些卑鄙无耻的小人比起来，韩守忠是不是更值得我们尊重，其精神境界是不是要比这些人高出多少倍呢？"

今儿郭彩彩不知道怎么一回事儿，说起话来口气凌厉又滔滔不绝，饿得孟中华一句话也对答不上，只觉得自己的头痛病又犯了，后脑勺那儿好像要裂开了一般，两个太阳穴也感到青筋暴涨，眼前的她也似乎有点儿影影绰绰的，他赶紧掏出随身装的止痛药吞了几片，起身在屋里踱起来。

这次对话，是在老父亲的新屋里。老父亲从另一间屋子走过来，默不作声地看着他们俩，又默默地走出去，不一会儿又默默地走进来，给郭彩彩倒了一杯白糖水，在旁边椅子上坐下来，却一句话也不肯说，一直看着他们俩发呆。后来，听到院里有咚咚的脚步声，才赶紧走了出去。孟中华从窗户里望了出去，原来是儿子成成领着一拨儿男男女女的小青年拥进了院子，看到他爷爷不耐烦地堵在屋门口乱挥手，又悄无声音地退出去。在这一伙青年男女中究竟有哪些人，他一下子没有看清楚，但郭茂家儿子勇勇和那个泰州的女孩，都一眼就认出来了。他不由得看看身旁的郭彩彩，莫名其妙就觉得有点儿隐隐的不安。

郭彩彩也趴在窗户上，默默看着院子里的动静。等这伙年轻人都没影儿了，老父亲也回了自己那间屋子，郭彩彩才扭过头来，认真地看着他说：

"你知道，当年韩守忠为什么非要辞职不可？"

"这很明白，在官场待不下去了吧。"

"其实不然。因为计划生育罚款的事儿，我和这个人也一直比较熟。后来又从小美那儿听了许多情况，才知道原来他执意要辞职而去，就是要对得起自己这一身官服。他当年是很信任郭茂的，为了郭家滩的发展，也一直放手支持郭茂的工作。但是后来他才逐渐发现，郭茂这个老狐狸明显滥用了对他这一份信任，在郭家滩上下其手，胡作非为，又利用自己的权力网罗了一张巨大的关系网，韩守忠已经根本控制不住他了。对于他与小美的关系，郭茂其实一直是知道的，只是他自己大概有什么暗病，没有生育能力，为了把韩守忠一直紧紧攥在手里，才始终不肯捅破这一张纸。这种人才是最阴险也最可怕的。正因为这样，韩守忠才最终选择了离家出走，干脆一了百了，自己把自己打了个粉身碎骨……"

原来这样！孟中华又拿过她的手机，把那一张张相片调出来，看着那个陌生人的表情。韩守忠离家出走这事儿，他在县水利局也是有所风闻的。但是他那时参加工作不久，和韩守忠也不认识，就没有留下太多的印象。此刻，看着从相片上投射过来的那双睿智又略带忧郁的目光，他似乎真的理解对方了。后来，他的目光停留在了一张相片上。这张相片显然是近期拍摄的，相片中的韩守忠目光惆怅地伫立在黄河岸边，大概就是从对岸的沙圪垯朝郭家滩这儿眺望着，背景是一片光秃秃的荒山，他的身子佝偻着，白头发被狂风吹得乱蓬蓬的，活脱脱就是一个风烛残年的孱弱老人，好像随时都能被一阵风吹到黄河里面去……照片里没有女主人的形象，只有他这样一个孤独的身影，看得人一阵心酸。孟中华只好强忍着剧烈的头痛，把手机还给她说：

"所以在我看来，他这一去虽然勇敢、决绝，也有责任、有担当，但是，也留下了很多的遗憾和无奈。人生短促，一晃而过，还是要努力做一点事情，为社会也为自己的人生旅程留下点什么值得回忆的东西。这些日子，咱们村里前前后后出了许许多多的事情，我觉得自己也一下子苍老了许多，就像被榨干了的一具僵尸，再也经不起一点儿折腾了……"

"对不起,不要再说这些丧气的话了!好啦,我该走了,让他们二人回移民新村的事,你到底答应了没有?"

"当然,只要勇勇没有意见。"

郭彩彩没再说话,只握住他的两只手,使劲地摇了一摇。

等郭彩彩前脚一走,老父亲后脚就踅进屋来,却一句话也不说,只睁着一双充满疑惧又不满的眼睛,直直地瞪了他许久。

他什么也不想再说,慵懒无力地在长沙发上躺了下来。好在头突然不痛了,只是思绪万千,依旧嗡嗡地响成一片,怎么也不能集中地想一个问题。要知道,村委换届已经到了节骨眼上,家里的事情也集聚了一大堆,都需要他保持清醒的头脑和充沛的体力积极应对。对于他这日渐不支的身体,他是既恼恨又无奈,真苦恼极了。

恍惚之中,他的脑海里忽然浮现出一个意象,年轻时的韩守忠的确长得和一个人很相像,这个人就是勇勇啊!

第二十二章

早晨一起床,曹寿眉和白琳就跑到老父亲家里来,向住在这里的孟中华汇报换届工作的筹备情况。不等他们开口,孟中华却首先向他们谈起了韩守忠和刘小美想回村落户的事儿来。

曹寿眉一听,立刻惊奇地瞪大眼睛,坚决摇头说:"这事儿论谁都可以,就是韩守忠不能留。这个人你不熟悉,我却非常清楚,是一个手腕高明、非常能干的人物啊。他要回到这村里来,那是小河沟里来了大蛟龙,非把咱们这地方搅和个飞沙走石不可!"

白琳却立刻指着他说:"老曹啊,你这话可说的不对!咱们新村现在百废待兴,正是用人之际,他要是个干事的好手,那不是好事情吗?"

孟中华听了他们的争论,最后直截了当地说:"我们老眉头别看心宽体胖、心胸豁达,有时也难免小家子气啊,还不如我们的小白目光远大哩。除了刚才你们说的,其实我心里还有一个想法,今后在乡村治理上,我的看法是一定要更加重视发挥五老的作用,一个是老党员,一个是老教师,一个是老科技工作者,一个是老族长,还有一就是老干部，把这五老的作用发挥好，乡村里的好多问题就都会迎刃而解，不一定每件事都由我们的村党支部村委会出面。这要作为一个工作思路，今后在实际工作中可以好好探索一下。"

听他这么说，两个人便都不吭声了。

对于开门落户这一条，孟中华已经想清楚了。不仅韩守忠和刘小美回来，他非常欢迎，其实不管是谁，想到他五道口新村落户，这总是个好事情。这些日子，想来此落户的人的确愈来愈多，多年来人口逐渐下降的趋势已经一举扭转，而且返乡落户的更多是年轻人，连儿子成成和泰州女孩儿李响也把户口迁回来了。他们俩已经办理了结婚手续，只等着五一节举行传统的典礼仪式了。这次弟弟出事儿，几个家庭一下子乱了套，郭小雨和老父亲都躺在床上，一连好些天水米不下肚，只靠着芸芸天天过来挂葡萄糖瓶子呢。好在有这两个年轻人回来，家里才不至于乱得一塌糊涂。陈仁美就提出来，他现在年龄也大了，儿子陈建国又在具体负责光伏发电的扶贫项目，希望把儿子的户口也落到村里来。听了他的这个话，不论工作队还是村干部们，都感到特兴奋也特别有面子，因为人家陈建国可是了不起的人才，在全县干部大会上都做过报告，年前曹寿眉参加的那个会就是陈建国专场报告会，连县委杨书记都亲自出场为他站台呢，当即一致同意，并授予了陈建国一个村长助理的荣誉称号。光伏发电，那是惠及全村人的现代化大项目。在铁匠铺那条沟里争取的煤炭资源开发补偿项目，经过半年多的积极争取，近些日子也出现了新的突破。着手规划把整条沟都封闭起来，既封山育林，涵养水源，又可在沟口修建一座水库，为多年撂荒的百里平川提供充足的灌溉水源，加速现代生态农业发展。而且，从乡纪委得来的消息说，陈仁财的问题已经基本查清，毕竟他个人没有拿钱，只能算是工作问题，给个处分，很快就回来了，他那个古堡开发项目不会受到影响，有望继续施工……尽管出了这么多的突发事件，许多村里人的心头还蒙着一层阴影，早春的寒风依然料峭难忍，孟中华的心里却已经兴冲冲的，一想到这些头也不疼了，精神头也足了，就像村边那一棵棵光秃秃的杨柳树和刺槐、榆树、枣树，终于熬过了又一个漫长的寒冬，开始顶出浅黄嫩绿的一个个幼芽，很快就将迎来山花烂漫、浓荫蔽日的盛夏时节。

听了一天汇报，孟中华悬着的心终于落了地。曹寿眉、白琳他们工作做得不错，各项准备工作做得都很细，让他十分满意。等两个人一走，孟中华又在屋里舒坦地睡了一下午，才一骨碌爬了起来。

换届选举的日程早已经确定，人选也已经公布，尽管乡里那个娃娃书记很是担心，一再地来电话询问，还把他叫到乡里几次，孟中华依然信心满满，毕竟他在这个地方已经待了近四年了，所谓横空出世的五道口新村，是和他的名字紧紧联系在一起的，他深深地相信，只要他还在，这个地方就乱不了，他一定要把这个新生的充满朝气和希望的大型村庄领上一条千古未有的康庄大道……好在明天首届村民代表大会就要正式开幕了，这个傍晚天气清朗，只有薄薄的一层白云，一轮温和的暖日正徐徐落到西山，变得红彤彤的，霎时间西边半个天空的云彩也映得火红，把整个村子笼罩在一片暖暖的金色光芒中。孟中华全身疲惫而又通泰舒坦，在水泥路面的大街上缓缓踱步，享受着这落日余晖中难得的安逸与闲暇。

远远地，就听到大戏台那儿人声嘈杂，不知在谈论什么，还有哈哈的笑声。看来人的忍耐力都是无穷的，郭茂事件的阴霾已经逐渐过去，惊恐和慌乱已经消逝一空……他慢慢地走过去，在一个不引人注目的角落站定了。

围在这伙人中间的，依然是那个叫作陈仁名的白胡子老头。好像正唾沫星子乱飞地讲着什么太子洲的传闻轶事，什么西汉薄太后、什么代王刘恒落难记等，孟中华没听清，也懒得理会，正准备转身离

开,只听老头子又转了话题说:

"你们知道,这郭家滩的郭字,是怎么来的吗?"

说罢,停了好一会儿,看大家似乎都不吭声,又问一句,有没有郭家滩的,待得到否定的回答,才戏谑一笑说:

"我们这五道口村,天生就应该合在一起,是一个村的人。为什么这样说呢,这就要从郭家滩的郭姓到底是怎么来的说起。据说,许多年前,郭家滩还是一片荒地,有一个女人路过此地,看到这里地势平坦,河面也很平静,是一个摆渡过河的好地方,就搭个窝棚住下来。后来,又陆陆续续来了三个男人,一个姓高,一个姓孟,一个姓陈,和这女人共同生活在一起。等到生下孩子以后,这个女人也不知道究竟是谁家的孩子,为了避免纷争,干脆就各取一个偏旁,创造了这个郭字,所以,这就是郭家滩的来历,也是郭这个姓氏的来源……"

有人哈哈大笑起来,连声道:"好!"

也有人指着老头子,大骂他纯粹胡编乱造,满口喷粪。

还有人幸灾乐祸地说,看郭家滩人明天怎么打死你吧!

正闹腾不休,老头子忽然又收敛笑容,一本正经地说道:

"各位不必当真,这不过是开个玩笑而已。其实,从古到今,究竟有多少事是真的,又有多少事是假的,谁能够说得清楚呢。你就比如这个太子洲的传说吧,从西汉到如今,少说也有两千多年了,在那么屁大的一个地方,怎么可能两千年来香火不断,还能躲过各种战乱、烽火?咱们中国其实就有一个传统,只要一个地方有点儿什么稀奇古怪的,就都喜欢往三代圣人、皇亲国戚、名人先贤身上套,越说就越玄乎其玄,越玄乎其玄就越说个不休,好端端的历史,其实就是这样被搅成一团乱麻,再也理不清楚了……说不好听的,咱们的古人其实就不能算是现代意义上独立的人,而是一群羊,宋代于石说过,治民如治羊。过去的老百姓们吃饱喝足了，就喜欢瞎哼哼一气，只有贴上这些帝王将相、达官贵人，才能够受到人们的尊重，也才能成为历史的一部分……"

孟中华没心思听他胡说八道了，加快脚步向老父亲家里走去，今天晚上他无论如何都应该清理一下脑子，明天大会开幕，他可是要正正经经做一个述职讲话的。

小院里半明半暗，两扇窗户都透出橘黄的光。屋里热气腾腾，晚饭显然已经做好，就等着他回来呢，但他很快发现，老父亲和成成、李响的脸色都有点儿不对劲儿。他笑着说，有事回来晚了，刚在那张老式炕桌边坐下，成成却认真地看着他说：

"爸，吃饭以前，我们想和你商量个事儿。"

"说吧，你们年轻人又有什么鬼点子了？"

"这一次我们可是认真思考过的，而且也不是我和阿响几个人的意见，而是一大伙年轻人的意见，总觉得这次选举公布的村委会人选，竟然没有考虑我们年轻人的想法，也没有一个三十岁以下的人选，是不是太保守了，这样一个老化的、只考虑几个村子平衡的班子，怎么能够带领这么大一个村脱贫致富奔小康？"

孟中华一边听一边不由得睁大眼睛，不相信地盯着滔滔不绝的这个儿子。这孩子打小就沉默寡言，近年来只要下了班就不分昼夜趴在电脑上，他和妻子还一直怀疑儿子是不是患了啥子抑郁症，怎么自从找了这个叫李响的网上女友，好像突然就变了一个人，不仅讲话滔滔不绝，而且为人办事也稳健开朗多了，难道这就是所谓爱情的力量？他一边想一边点头微笑，显出一副很满意、安详的样子，成成却依旧不依不饶地紧盯着他说：

"老爸，你不能光笑不说话啊，你是不是还把我们当小孩子，以为我们这只是说着玩啊。这一次，我们可是非常认真的，大家只是不希望到时候太难堪，才让我单独和你说的啊。"

"咦，这么重要？"孟中华依旧笑呵呵的，"你倒说说，怎么个难堪法啊？"

成成很快就有点儿蔫了，好像预设的思路突然被父亲这个嬉皮笑脸的样子给打断了，憋红了脸说不出话来。一旁沉默不语的李响赶紧接过话头说：

"爸，这可真不是闹着玩的。所谓难堪，说白了就是在投票的时候让您过不了半数。本来嘛，当选不当选都是正常的，但是，您在这里已经四五年了，平素威望那么高，又是村支部书记，自信满满的，一旦落选，大家都怕您受不了这个打击……"

"就凭你们几个毛孩子，还有这个能耐？"孟中华严肃起来，露出一脸不屑的表情。对于这个尚未完全进门的儿媳妇，他可是领教过的，嘴巴子厉害着呢。

"您也许没有认真想过，现在村里的年轻人到底占多大的比例。而且到开会的时候，年轻人的到会率要比老年人高得多，况且多数老年人还有委托子女投票的习惯。还有一点，这些日子里，这些年轻人一直都在活动呢。您也许根本没想到，他们对您的意见可是大着呢！"

"对我……为什么？"孟中华顿感意外，双手扶着桌子坐直了。

李响不吱声，一直瞅成成和德治老汉，后来看到德治老汉朝着她摆手，才嗫嚅道："按理说，这个话真不应该我来说。但是，有些话还是提前说清楚的好。因为我处的位置更加超脱，听到的消息也更多一些。人们说，尽管这些年来您做了许多工作，付出了巨大的努力，而且还累坏了身体，特别是过去的一年，又顶着方方面面的压力，保持了全村的稳定快速发展。但是，如果真的查一查，您也很难就没有一点儿问题，比如，您好像和一个叫什么彩彩的女人关系暧昧——对不起，他们就是这样说的。为她们家办了不少事情，而且还收过她们家几万块钱——真不知道这个他们是怎么知道的！而且，您经常使用陈仁财的私家车，据说很难讲这其中和您本人没有什么关系……所以，我的意见，当然，我和成成的意见是一致的，就是觉得，您现在一定不要再卷入这场竞选中了，要当机立断，立刻退出！您也不要总担心年轻人不成熟，不锻炼怎么能成熟呢，而且实在不行，以后还可以再换换嘛。一个机制，只要能决定谁上，又能决定谁下，就是一个成熟的机制。"

说到这里，这个瘦弱的小姑娘戛然而止，突然停顿下来，屋里一下子就陷入了死寂。德治老汉和成成也都目不转睛地盯着孟中华，在昏暗的灯光下他的脸色黑黝黝阴沉沉的，没有一丝表情，好似一座历经千年风雨剥蚀的青铜雕像。

看着他痴痴怔怔的样子，德治老汉也似乎忍不住了："你倒是说话呀，这闺女说的还是有道理的。"

孟中华依旧沉默无语。不管有道理没道理，开弓没有回头箭，一切已经无可更改。但他知道多说无益，只能在心里默默承受着。

德治老汉又说："你是老党员了，你的心思爹知道。但是，说实在的，爹现在再也没有别的想法了，只要平安就好。现在你弟弟生死未卜，你再有个三长两短，不是成心要我这把老骨头的命吗？"

孟中华饭也不吃了，铁青着脸走进卧室，和衣躺下拉拉被子蒙上了头。只听老父亲在地上不住地踱着步，喃喃地说："这娃娃，和我年轻时一样地犟，为了治山治水，我和公社书记都不知吵了多少次，这就是咱老孟家的命啊！"

在黄土高坡上，春天的风总是最凛冽的，每一个椽眼和砖孔都被风吹得呜呜作响，好像屋顶的瓦片也要飞起来了。在忽起忽落的狂风中，身子变得轻飘飘的，就像那只舒展双翅的老鹰，在千沟万壑间自由地滑翔。奇怪，在这个季节里，一条条山梁都是绿茵茵的，深深的沟底更是碧绿一片，在一条条如围巾一样的田埂里，金黄的油菜花早早地就要开放了，胡麻泛出蓝悠悠的光，莜麦、土豆苗也已经绿油油的，共同编织成了一块花花绿绿的彩色地毯。昔日露着一个个黑窟窿的铁匠铺那条沟，更是山高林茂，肥硕的油松、挺拔的落叶松、高耸入云的樟子松装点出一个无边无际的绿色世界，只有细碎的阳光条条缕缕地漏下来，斑斑驳驳如梦幻一般……郭家滩的喧嚣和嘈杂早消失得无影无踪，黄河水面变得如此开阔而沉静清澈，不时发出哗哗的声响，那是有黄河大鲤鱼从水下跳跃出来，又倏忽不见，只有太子洲依旧伫立在河水中央，如同一块绿宝石镶嵌在碧波荡漾的河面……看到这些，他真的太高兴了，一路欢喜地欢笑不已。再从这地方望出去，周遭所有的山峦也已经碧绿一片，两狼山、勾注山、黑茶山、管涔山、系舟山、读书山都像南方的那些山峦一样翠绿翠绿，而雄浑和开阔又明显过之，更显得博大而厚重。最后，太阳冉冉升起，在灿烂的阳光照映下，他终于看到了那一片片光伏电站的采光板，架在平缓的大西梁上，好似一整块熠熠生辉的巨大镀锌板，已修葺一新的陈家营古堡却人山人海，密密麻麻似乎在赶庙会……

于是他睁开了眼。天色已经大亮了。这一夜，他一直是在似睡似醒的恍恍惚惚中度过的。看到孟中华醒了，他们祖孙几个都不再嚷嚷，默默地看着他。好半天，李响问了一句：您吃饭吗？孟中华摇摇头，只仔仔细细洗漱了一番，穿了一身笔挺的西装，就径直向设在大戏台院里的会场走去。

这是五道口新村自搬迁以来最为盛大的一个会议。整个会场布置得庄重而简朴，新建的大戏台作为主席台，摆放了一溜铺着红绸子的长条桌，桌上摆放着好几个黑色话筒。在两旁的明柱和顶棚横梁上，巨幅会标和对联、标语也一律红底白字，典雅大方，气势磅礴。等孟中华走进会场，曹寿眉、白琳等工作人员和村里的干部都迎上来，高音喇叭里适时响起了《运动员进行曲》的旋律。老眉头附在他耳边说:"乡里的领导马上就到了。"

"好,等领导一到,会议马上开始。"

孟中华一边说,一边和大家相跟到大门口等候着。

刚站定,一辆小车便驶过来,只见那位一脸娃娃相的乡书记从车上跳下来,热情地握住孟中华的手:

"祝贺祝贺,热烈祝贺啊!"

"谢谢领导关心!"

等大家一起簇拥着这位顶头上司走进会场,曹寿眉连忙挥手示意,会场里便响起一片稀稀拉拉的掌声。

会议正式开始了,按照预定的程序一项一项地进行着。等轮到孟中华代表筹委会做报告,孟中华突然感到有点儿发晕。大概是早上没吃饭血糖有点儿低,他略略弯一下腰,就赶紧深吸一口气,努力镇定情绪大声说道:"同志们,乡亲们,今天,我首先代表筹委会报告过去一年所做的工作,并提出今后五年村集体工作和建设的安排意见……"

这个报告,是大家集体反复研究确定的,相当宏伟也十分鼓舞人心,孟中华越讲越兴奋,身体也立刻燥热起来,额头汗浸浸的,他想擦汗,又觉得似乎不妥,只好努力忍耐着。慢慢地,眼前的字迹竟逐渐模糊起来,好像一个个跳动的苍蝇。弟弟妹妹这会儿会在哪里?妻子杜丽琴又会在哪里?不知何故,他的脑海里突然会冒出这样的念头。他顿了一下,使劲眨一下眼睛,就在会场一片人头里瞅到了成成、李响的身影,果然,那周围一大片全是衣着鲜亮的年轻人,而且叽叽喳喳很不安分。孟中华心里竟然掠过一丝惶恐,语调也立刻低沉了许多,沙哑得好像听不清了,他赶紧又眨一下眼睛,嗓子干干地念起稿子来……好在总算念完了,他赶紧弯一下腰,匆匆坐下来。

这时，会场里忽然一阵骚动，孟中华好半天才闹清楚，原来是有人又举手又递条子，要求现场发言。

这可是打乱预定议程的事儿，主席台上的人你看看我，我看看你，谁也不想表态。最后，大家都把目光齐聚在乡书记身上。这位会场的最高首长显然也有点儿作难，又把探询的目光盯住了孟中华。孟中华正感到头晕欲裂，又有点儿恶心想吐，只好勉强微笑着点一下头。

谁知道，第一个上台发言的竟是李响。她操着一口不太标准的普通话，先做了一番自我介绍，才诚恳地说道：

"乡亲们，各位领导同志们，按理说，在这样一个场合，再有多少人也轮不到我来说话。但是，我为什么还要抢着第一个上台发言呢？这是因为我是外来的，几乎是一个完完全全的局外人，所以我的发言，有我的劣势，更有我的优势……我觉得，成成他爸爸，已经是一个过去式的人物了，我们完全应该以新的目光，跳出乡村、家族的局限，开阔视野，力争从更年轻更有知识和更现代更市场化的角度，选一个全新的全村带头人，比如陈建国经理，甚至大学毕业的郭勇勇，他们都是很有思想、思路开阔、公道正派的年轻一代……"

此后，这孩子还说了许多的话，也有许多的人接着上台发言，而且绝大多数都是年轻人，会场的气氛越来越热烈，哗——哗——的掌声也一阵接着一阵，好像在热情欢呼中又有着许多别的意味。但是，孟中华已经一句也听不进去了，也没有再看清那轮番上台的一张张面孔，他只感到想吐却吐不出来，身子软软地瘫在桌子上。一旁的白琳大概感到不太对劲，赶紧扶着他走到戏台后面。他立刻张大嘴巴，哇哇地喷了一地，溅了小姑娘一身，然后身子一歪便倒在地上了。

在那一刻，他只感到，自己又像昨晚一样轻轻飘浮起来，而且越升越高，一直升到了洁白的云端里。那是一个洁白无瑕的世界，像冰雪一样清澈,又像棉絮似的温暖,就像小时候在牛头峁下的黄河湾里,一直玩得累了,就躺在水面上,头枕着赤裸的双臂,怅望着白云飘飘的天穹,整个身心都与那大团大团的白云融合在一起了……这一回,他觉得自己真的是太累了,终于可以心安理得地闭上眼睛了。

图书在版编目（CIP）数据

使命 / 晋阳著. -- 北京：作家出版社，2024.6

（"新时代山乡巨变创作计划"潜力文丛）

ISBN 978-7-5212-2791-8

Ⅰ.①使… Ⅱ.①晋… Ⅲ.①长篇小说－中国－当代 Ⅳ.①I247.5

中国国家版本馆CIP数据核字（2024）第084752号

使　命

作　　者：晋　阳
责任编辑：翟婧婧
装帧设计：周思陶
出版发行：作家出版社有限公司
社　　址：北京农展馆南里10号　　邮　　编：100125
电话传真：86-10-65067186（发行中心及邮购部）
　　　　　86-10-65004079（总编室）
E-mail: zuojia@zuojia.net.cn
http://www.zuojiachubanshe.com
印　　刷：三河市北燕印装有限公司
成品尺寸：152×230
字　　数：185千
印　　张：15
版　　次：2024年6月第1版
印　　次：2024年6月第1次印刷
ISBN 978-7-5212-2791-8
定　　价：60.00元

作家版图书，版权所有，侵权必究。
作家版图书，印装错误可随时退换。